Criação em processo

Roberto Zular (org.)
NAPCG/USP

CRIAÇÃO EM PROCESSO
Ensaios de crítica genética

  ILUMI/URAS

Copyright © *2002:*
Roberto Zular

Copyright © *desta edição:*
Editora Iluminuras Ltda.

Capa:
Fê
Estúdio A Garatuja Amarela
sobre *Album d'Afrique du Nord et d'Espagne* (1832), Delacroix.
Paris, Museu do Louvre.

Revisão:
Paulo Sá

Composição:
Iluminuras

ISBN: 85-7321-187-3

2002
EDITORA ILUMINURAS LTDA.
Rua Oscar Freire, 1233 - 01426-001 - São Paulo - SP - Brasil
Tel.: (0xx11)3068-9433 / Fax: (0xx11)3082-5317
iluminur@iluminuras.com.br
www.iluminuras.com.br

SUMÁRIO

APRESENTAÇÃO 9
Roberto de Oliveira Brandão

INTRODUÇÃO
A pluralidade da escrita 13
Roberto Zular

NO LIMIAR DO TEXTO

"O texto não existe": reflexões sobre a crítica genética 29
Louis Hay
A biblioteca de Mário de Andrade: seara e celeiro da criação 45
Telê Ancona Lopez
Como se constitui a escritura literária? 73
Philippe Willemart

NO LIMIAR DA DISCIPLINA

Crítica genética: uma nova disciplina ou
um avatar moderno da filologia? 97
Jean-Louis Lebrave
Devagar: obras 147
Almuth Grésillon

NO LIMIAR DA INTERDISCIPLINIDADE

Crítica genética e semiótica: uma interface possível 177
Cecília Almeida Salles
A crítica genética do século XXI será transdisciplinar,
transartística e transemiótica ou não existirá 203
Daniel Ferrer
O horizonte genético 219
Pierre-Marc de Biasi

SOBRE OS AUTORES 253

APRESENTAÇÃO

Roberto de Oliveira Brandão

A CRÍTICA GENÉTICA É FILHA DE SEU TEMPO

Se a crítica textual tradicional — penso especialmente no conjunto composto pela Filologia e pela Edótica com suas ciências auxiliares: a Paleografia, a Diplomática, a Codicologia, a Hermenêutica, etc. —, tinha por missão principal garantir ou restituir a forma e a mensagem originais de um texto ou documento que, pelos naturais problemas de conservação, reprodução e transmissão, corriam risco de não se preservarem em sua integridade, a crítica genética moderna, embora não dispense tais recursos nem objetivos, quer principalmente "mapear" o percurso da escritura, com suas variantes, rasuras, emendas e toda sorte de modificações que configuram a "gênese" do texto como o espaço onde o escritor testa as muitas alternativas que o processo criativo, tanto como experiência pessoal quanto como prática histórica e social da escritura, vai pondo diante de si.

Num primeiro momento, pois, podemos dizer que o crítico genético está mais preocupado com o literal do que com o literário, mais próximo do lingüista do que do crítico literário, mais interessado nos vestígios arqueológicos que o escritor vai deixando no seu percurso criativo do que no objeto final de sua criação, exatamente na medida em que todas as modificações operadas no texto lhe interessam e não exclusivamente aquelas que exprimem um "optimum" artístico final.

Tal ênfase nos procedimentos, contudo, não significa que a crítica genética se desinteresse do fato estético nem do juízo crítico, reservando para si exclusivamente a reunião dos dados que compõem os materiais e processos utilizados pelo escritor para a realização de sua obra. Pelo contrário, indica que ela considera a engenharia do texto, ou seja, o processo de sua produção fundamental para se compreender, não apenas a obra acabada, mas sobretudo as implicações históricas, lingüísticas, estéticas e literárias que nela atuaram de modo a torná-la o que ela é ao fim do processo.

Atento às tendências culturais de seu tempo, o crítico genético sabe que a produção artística já não pode ser explicada pelas categorias tradicionais de "imitação", "modelos", "furor poético", "inspiração", "gênio", "fantasia", e outras, em verdade, expressões metafóricas que por muitos séculos rotularam o processo criativo, servindo hoje mais para revelar o sistema de valores de onde provieram do que para descrever o trabalho concreto do artista com seus materiais.

Essa mudança de perspectiva não surgiu por acaso ou capricho dos estudiosos do texto literário, entendido este como "manuscrito" e compreendendo os rascunhos com as rasuras, os acréscimos, as variantes e anotações do escritor, mas surge no contexto de um deslocamento do eixo cultural que redirecionou os interesses e valores do homem de nosso tempo, marcado pela prevalência dos meios sobre os fins, do sensível sobre o inteligível, da diversidade sobre a unidade, das mensagens sobre o código.

O TESTEMUNHO DOS ESCRITORES

Em relação à produção literária, podemos lembrar alguns aspectos significativos desse fenômeno: inicialmente, observamos uma preocupação crescente do escritor em falar sobre seus próprios processos criativos. Como faz sua obra, como se relaciona com os materiais com que trabalha, como suas idéias vão tomando forma a partir dos meios sensíveis, coisas, palavras e circunstâncias concretas, que por vezes parecem assumir o comando do processo criativo. A esses relatos juntam-se, por um lado, a tendência a trazer para dentro da obra criativa a problemática de sua própria produção, confundindo categorias que sempre estiveram separadas, a criação e a reflexão, e, por outro, a possibilidade de acompanharmos as marcas que o escritor deixa das várias etapas de seu trabalho, os rascunhos, as anotações, as rasuras, as substituições, etc., que atestam que sua atividade não é diferente da prática de todo homem que produz alguma coisa, por mais simples que seja.

O acesso aos dados que mostram a atividade do escritor nos ensina muito sobre seu próprio processo criativo. Se perguntarmos "por que considerar aqueles elementos que ele descartou ao modificar seu texto?", ou então, "por que recuperar formulações que já não correspondem a sua última vontade?", podemos dizer que sem tais formulações, isto é, sem o mapeamento dos caminhos e nexos que o levaram à forma final da obra, esteticamente mais elaborada, continuaríamos a ter acesso, como sempre ocorreu, apenas às categorias abstratas e metafísicas do belo como explicação do funcionamento do trabalho criativo, sem perceber — porque não eram valorizados — os meios concretos e os processos que lhes davam sustentação.

Dito de outro modo, podemos supor que, ao menos no plano da práxis *artística, o problema da criação tenha raízes na dialética que rege a relação entre o real e a atenção, entre a sensibilidade e os materiais que a expressam, entre os múltiplos estados subjetivos e os gestos que os revelam e moldam, pois só podemos ter plena consciência de e sobre algo depois de feito ou acontecido. Enfim, estamos em pleno reino da estética, que é, em seu sentido etimológico, a essência mesma da criação artística, isto é, o trabalho com o sensível.*

Embora o testemunho dos artistas seja antigo e ocorra praticamente em todas as correntes e formas artísticas, só modernamente o fenômeno toma vulto, especialmente devido às possibilidades de acesso aos materiais e processos de produção da obra. Do mesmo modo em que a reflexão sobre arte já não é prerrogativa exclusiva do filósofo, do teórico ou do crítico de arte, o processo de criação artística moderna não permanece mais necessariamente restrito à experiência particular e intransferível do artista, mas pode ser acompanhado pelo crítico, especialmente no caso do escritor, através dos rascunhos e manuscritos que conservam as marcas que ficaram de seu trabalho, e com a vantagem de que o crítico conhece o resultado final com o qual pode cotejar as fases intermediárias e entender a dinâmica que as rege.

A presente coletânea

Os textos aqui reunidos foram escritos por estudiosos do manuscrito literário e dão bem uma idéia da diversidade que o estudo da gênese literária tem suscitado desde o início. Como professores e pesquisadores universitários franceses e brasileiros, seus autores discutem os temas centrais da análise do manuscrito, tendo alguns deles participado ativamente da própria constituição da corrente de pesquisa conhecida hoje como "crítica genética" e exercido papel relevante na formulação de seus princípios teóricos, metodológicos e da prática da edição genética, tal como a conhecemos hoje.

A escolha dos textos procurou contemplar algumas das muitas frentes de trabalho levadas a cabo por esses geneticistas, das quais queremos sintetizar apenas três, observando que nem sempre se encontram em um único artigo.

Num primeiro momento, ressaltamos aquelas análises que buscam demarcar os territórios compreendidos pelas tendências anteriores à crítica genética, mas que, embora tenham se dedicado à pesquisa do manuscrito e da produtividade textual, distinguem-se dela não apenas quanto aos suportes teóricos que decorrem do estudo dos manuscritos, mas também quanto aos métodos utilizados na sua análise e à própria configuração de seu objeto de estudo. Por outro lado, encontramos todo um conjunto de reflexões através das quais ficamos conhecendo os conceitos básicos da crítica genética, apontando aqui apenas alguns deles: de início, temos o próprio conceito pelo qual ficou conhecida, isto é, "crítica genética", mas também as noções de "gênese", "manuscrito", "manuscrito de autor", "rascunho", "variante", "rasura", "acréscimo", "prototexto", "paratexto", "processo de escritura", e muitos outros, que o leitor brasileiro ainda não familiarizado com o tema irá conhecendo no decorrer das leituras. Finalmente, para ficar apenas nas três frentes de trabalho lembradas acima, os textos da coletânea nos desvendam as relações e os compromissos que a crítica genética mantém com outras áreas: a psicanálise, a lingüística, a semiótica, a teoria literária, a arte e a literatura comparadas, etc., atestando seu caráter interdisciplinar e intersemiótico, em sintonia, aliás, com as necessidades analíticas dos novos tempos.

A tradução dos textos escritos originalmente em francês foi realizada por pesquisadores brasileiros ligados à Associação dos Pesquisadores do Manuscrito Literário (APML) que vêm desenvolvendo, desde a década de 80, um amplo e multifacetado trabalho de reflexão sobre a crítica genética entre nós, contando já a seu crédito não apenas inúmeras edições genéticas de obras de autores nacionais, mas também uma promissora abertura para novas perspectivas de estudo da literatura e das artes em geral.

INTRODUÇÃO

A PLURALIDADE DA ESCRITA

Roberto Zular

> "(...) o sentimento que tenho diante de *tudo o que está escrito*, que é matéria para remexer(...)"
>
> *Paul Valéry*

Fruto de longa e intensa colaboração entre a França e o Brasil, em torno da crítica genética, este livro foi concebido e realizado como parte do trabalho desenvolvido pelo NAPCG-USP (Núcleo de Apoio à Pesquisa em Crítica Genética da Universidade de São Paulo), o qual é composto por integrantes do Laboratório do Manuscrito Literário da FFLCH/USP, da equipe Mário de Andrade do Instituto de Estudos Brasileiros dessa mesma universidade e por membros do Centro de Estudos de crítica genética da PUC/SP.

Essa quantidade de siglas e equipes, contudo, não pode ofuscar a feliz coincidência que sustenta o desenvolvimento dos estudos genéticos no Brasil: o pioneiro projeto de pesquisa da biblioteca de Mário de Andrade encabeçado por Antonio Candido e levado a cabo, no IEB, por Telê Ancona Lopez; o pioneirismo de Philippe Willemart no desenvolvimento da crítica genética entre nós; e o arrojado projeto de Cecília Salles estendendo, também de forma pioneira, a crítica genética a outras artes como pintura, cinema, etc. Na confluência entre a especificidade desses projetos e o desenvolvimento da crítica genética na França, já registrada em inúmeros congressos e encontros, situa-se o campo desta antologia, que procura "afiar seus instrumentos, experimentar seus conceitos e até criar novos".

A pluralidade de sua constituição — tanto do grupo quanto do livro — não poderia ser mais fiel ao núcleo de questões que o trouxeram a lume: O que é a crítica genética, trata-se de uma nova disciplina? Qual o papel dos rascunhos e da biblioteca de um artista na sua produção? É possível uma teoria da criação artística? E, ainda que possível, como não perder a especificidade dos documentos da criação, isto é, a possibilidade de uma "estética da criação"? O estudo desses documentos altera a recepção das obras? Como coadunar o tempo da escrita com o tempo da história e o tempo da leitura? Esse estudo é viável, mesmo com o crescente uso de meios digitais na criação? Pode-se então falar em períodos da história literária determinados pelos modos de produção dos textos?

Antes de tentar responder como os ensaios aqui reunidos se situam em relação a essas questões, faz-se necessário explicitar, de pronto, o que a crítica genética não pretende ser. Isto é, as preocupações teóricas que a ensejam não têm por objetivo reduzir a criação artística a determinados critérios e conceitos, nem estabelecer os critérios de produção que conduzem às grandes obras e muito menos os artifícios e juízos de valor que permitiriam novas criações.

Se nos aproximamos do texto, discutimos sua própria existência, vemos que é um intrincado jogo de camadas, uma ilimitada sucessão de escolhas e possibilidades. Se procuramos o método, encontramos a contínua desestabilização dos limites de sua própria constituição. Se vamos a fundo no processo, chegamos na biblioteca, na correspondência e nos contornos histórico-sociais do fazer artístico.

No intuito de facilitar o caminho do leitor nessa pluralidade, dividimos esta antologia em três partes, que procuram reconstituir o percurso de formação da disciplina e seus desenvolvimentos: 1) *No limiar do texto* trata da discussão sobre o próprio conceito de texto, passando pela constituição da escritura e uma incrível "visita" à biblioteca de Mário de Andrade; 2) *No limiar da disciplina*; neste capítulo são apresentados dois textos cruciais para a configuração teórica da crítica genética, ambos publicados no primeiro número da revista *Genesis*, do ITEM (Instituto de Textos e Manuscritos Modernos de Paris); e 3) *No limiar da interdisciplinaridade* discute, juntamente com novas abordagens teóricas, a extensão da crítica genética às outras artes.

Procurarei seguir essa divisão na presente introdução, embora meu intuito seja dar uma visão do conjunto dos ensaios aqui reunidos.

No limiar do texto

Pode-se situar o nascimento da crítica genética no final dos anos 60, no século passado, quando um grupo de lingüistas, a partir do contato com os manuscritos de Heine, vislumbraram a possibilidade de um estudo autônomo do processo de criação, com base nesses documentos. Essa nova perspectiva procurava aproximar-se de aspectos do fazer artístico, que foram durante séculos obscurecidos por noções vagas como as de "musa" ou "inspiração". No entanto, não poderíamos pensar esse "nascimento" sob uma ótica mais ampla, ligado a um crescente interesse pelos processos de criação, como ocorreu nos movimentos de vanguarda do século XX? Ou ainda, não teria nascido a crítica genética quando Victor Hugo doa, no século XIX, todos os seus manuscritos à Biblioteca Nacional da França? Ou quando Francis Ponge publica, em 1970, numa edição fac-similar, o conjunto dos rascunhos que levaram ao texto "Le Pré"?

Seja como for, é nítida a mudança de paradigma realçada pela crítica genética, atentando para movimentos e percursos que questionam a estabilidade atribuída à noção de texto.

Em seu artigo, "O texto não existe", Louis Hay trata historicamente dessa mudança de enfoque. Partindo da utilização do termo "texto" na Idade Média e de sua estabilização nos séculos XVIII e seguintes, o autor nos mostra como o sentido medieval de texto puro e formal, ligado à Santa Escritura, foi mantido quase sem transformação durante séculos, como podemos atestar ainda hoje pela leitura do nosso Aurélio: "Obra escrita considerada na sua redação original e autêntica (por oposição a sumário, tradução, notas, comentários, etc.)".

Segundo Hay, mesmo com as grandes tentativas de reconceituação levadas a cabo a partir dos anos 60, sobretudo pelo estruturalismo, restava quase intocada a noção de texto puro e acabado, "oposto a tudo que não é ele mesmo". Daí o papel fundamental desempenhado pela crítica genética ao enfatizar a passagem do escrito à escritura, do enunciado à enunciação escrita, do texto aos textos, desestabilizando por completo, como muitos romances modernos já haviam feito, a unicidade do texto. Tratava-se, pois, de desenvolver a possibilidade de situar o texto "no curso da história e fazer surgirem ao mesmo tempo as flutuações das normas culturais e as variações dos nossos critérios".

Ainda numa perspectiva histórica, Jean-Louis Lebrave procura estabelecer quatro grandes momentos da produção textual a partir da relação entre manuscritos e impressos e o âmbito público ou privado de sua utilização, que podemos resumir no seguinte quadro:

	PÚBLICOS	PRIVADOS
MANUSCRITOS	Manuscritos Medievais	Manuscritos Modernos
IMPRESSOS	Livros Jornais	Datilogramas Computadores

Assim, teríamos num primeiro momento os manuscritos elaborados pelos escribas medievais que, como é sabido, copiavam textos para torná-los públicos. Apesar da invenção da imprensa ter ocorrido no século XV, somente a partir do século XVIII o uso dos textos impressos se generalizou, configurando-se uma divisão clara entre os manuscritos e os impressos, pois os primeiros eram inicialmente utilizados no âmbito privado e se tornavam públicos quando assumiam a forma de livro ou jornal. Por fim, Lebrave salienta a diluição dessa divisão, primeiramente com o uso das máquinas de escrever, mas, sobretudo, com a generalização do uso de computadores (que possibilitam impressos privados) e da Internet (que indiferencia a materialidade do texto nas duas esferas).

Não deixa de ser curioso que a crítica genética tenha surgido simultaneamente à chamada era da informática. É que, ao contrário do que possa parecer, o uso dos manuscritos tem muito a ensinar sobre o alargamento das possibilidades de texto (hipertextualidade, uso de imagens, de diferentes fontes, etc.), bem como sobre os procedimentos, hoje já quase banalizados, de operação sobre o texto (cortar, colar, buscar, etc.).

Ainda que possa parecer uma "secreta despedida nostálgica" dos manuscritos, é preciso salientar a liberdade que a página em branco, a própria materialidade do papel e a escrita manual possibilitam. Sobretudo se consideramos todos redatores de texto dos nossos computadores, que tendem a padronizar modos de organização e de correção. Isto é, os manuscritos, além de estarem, de certa forma, protegidos pela sua esfera privada de utilização (o que nos obriga a entender todo uso desses documentos como um deslocamento), são documentos importantíssimos para que se possa entender as coerções e possibilidades perpetradas pelos meios digitais. Mais do que isso, um viés genético de análise deve tentar compreender a transformação, nesse novo meio, dos modos de escrita e recepção — principalmente a chamada escrita digital (programas destinados a auxiliar a criação de textos).

Mas não nos adiantemos. Mesmo em um mundo digitalizado, enquanto os livros sobreviverem e a leitura digital deixar rastros, poderemos ter o prazer de entrar na biblioteca dos escritores — como o faz Telê Ancona Lopes valendo-se do acervo de Mário de Andrade. Essa incursão a leva, curiosamente, ao cerne da noção de hipertexto: "No magma pulsante do processo, [se] entenderá, então, que as marcas do *scriptor* lhe facultam imaginar uma lógica onde a leitura do artista, os passos de sua impregnação, se desvelam. A marginália, exposta como memória da criação, com todos os percalços da não linearidade da memória, conforma graficamente, na conjunção e sobreposição de dois textos, o que hoje denominamos hipertexto". Esse passeio pela marginália, flagrada na sua ambigüidade de celeiro e seara da criação, possibilita conhecer melhor as fontes, duplicando a função dos livros (jornais ou revistas) lidos, que passam a fazer parte do processo de criação dos textos de Mário. O estudo da marginália permite entender os mecanismos de transformação da leitura em texto e revelar, por exemplo, como um verso de Baudelaire — "Voici le soir charmant, ami du criminel" transforma-se, na *Pauliceia Desvairada* de Mário, em "Luzes do Cambuci pelas noites de crime..."; ou, ainda, a confluência de Alfred de Musset e Gonçalves Dias, tão reveladora para a compreensão de uma poética como aquela exposta no famoso verso "sou um tupi tangendo um alaúde" (isto para não falarmos do "lendário indígena recolhido por Koch-Grünberg, *Macunaíma*").

Definindo a marginália como diálogo, Ancona Lopes ressalta três vertentes principais de sua utilização: 1) quando os elementos de uma obra advêm, implícita ou explicitamente, da marginália; 2) quando se trata de uma pesquisa com fito de alimentar projetos em andamento; e 3) quando se trata de comentários e análises que, por vezes, são verdadeiros "rascunhos de artigos".

Se passamos do texto aos seus contornos históricos e culturais, tocando, através da marginália, no diálogo infinito e na hipertextualidade, não será difícil para o leitor entender o passo dado por Philippe Willemart, inter-relacionando escrita e subjetividade. Sobretudo se tiver em mente o percurso do autor, cujo interesse pela crítica genética se deu a partir da confluência entre literatura e psicanálise.

Iniciando suas pesquisas por uma análise de viés estruturalista, embasada na teoria lacaniana, o autor encontrou nos manuscritos o campo fértil de contato entre psicanálise e literatura. Mais do que isso, a partir das marcas do processo de criação e da experiência advinda do contato com os manuscritos de Flaubert e Proust, Willemart projetou sua perspectiva teórica além da própria psicanálise, chegando aos modelos interdisciplinares e auto-organizacionais de Petitot e Prigogine. Em outras palavras, creio que o trajeto se perfez através das pontuações lacanianas da escritura e da revelação de linhas fantasmáticas, linhas estas que submergiram nos anagramas e *nalíngua*, passando pela arqueologia do texto e pelos manuscritos, para emergirem em um novo espaço de possibilidades: o texto móvel.

O artigo incluído nesta antologia pode nos ajudar a entender melhor essas esquemáticas linhas traçadas acima. Como consta no primeiro parágrafo, Willemart afirma que "a lingüística, a psicanálise e a filosofia não esgotam a constituição da escritura literária, não negando, porém, as intervenções do sujeito do inconsciente e do sujeito empírico.

Precisamos de outros conceitos para entender a constituição da escritura literária e tornar inteligíveis esses processos que estão na origem de qualquer criação".

O eixo do artigo, como disse, é o conceito de "texto móvel", criado para integrar as relações entre as várias camadas que constituem o fazer artístico e os pequenos pontos de contato entre o sujeito do inconsciente e o sujeito da escritura. Ainda que entendida como "exterioridade", ou seja, dependente da manipulação de códigos lingüísticos, a escritura, em alguma torção, é atravessada pela subjetividade. Os tempos filtrados pelo escritor e o tempo da escritura se fundem constituindo a historicidade. Como a define Meschonnic, "a historicidade é o aspecto social da especificidade". Daí porque falar em "ex-pressão", pressão daquilo que vem de fora, mas que o escritor "questionando quem o pressiona, remaneja a cultura e lhe dá outras dimensões".

Feitas essas considerações, atentemos para a definição do autor de texto móvel: "texto que se constrói e se descontrói a todo momento, segundo sua passagem pela re-presentação. Texto instável por sua mudança, mas estável por ser ligado ao grão de gozo — "texto móvel" portanto — o substantivo insistindo na sua identidade e o determinando no jogo permanente de construção-desconstrução".

Para entender o modo de funcionamento desse texto móvel, Willemart mobiliza outro conceito, qual seja, o de operador da escritura. Trata-se de um conceito forjado para explicar, na escritura, o movimento contínuo das instâncias: *escritor* (o sujeito empírico), *scriptor* (aquele que é "falado" pela escritura), *narrador* e *autor* (aquele que conclui, que aceita, potencialmente, os sentidos produzidos). É como se a escritura buscasse, por meio da produção de possibilidades e sucessivas escolhas, a forma que possibilita a autoria, como os seis personagens em busca de um autor na peça de Pirandello.

Em termos lacanianos, o autor afirma que o papel do crítico diante dessas instâncias seria levantar o saber do inconsciente e o saber da cultura e dos terceiros; saberes que circulam as personagens no texto. Não se trata do inconsciente inexistente nas personagens de papel, mas do saber do inconsciente, isto é, das estruturas nas quais vivem os personagens (o Simbólico) e do sentido que delas se depreende (o Imaginário); sendo que o saber da cultura "insiste mais na história e na tradição literária".

Esses conceitos, com suas bifurcações e entroncamentos, são uma forma de descrever a complexidade do jogo de tempos que permeiam o fazer literário: o cruzamento entre instâncias topológicas e a irreversibilidade da escritura — a roda e os caminhos sem retorno.

No limiar da disciplina

Embora a crítica genética, como mencionei, tenha nascido no final dos anos 60, creio que dois textos dos anos 90 podem ser tomados como as tentativas mais acabadas de circunscrever seu objeto e definir sua especificidade, principalmente em face da consolidação do ITEM (Instituto de Textos e Manuscritos Modernos, ligado ao Centro Nacional de Pesquisa Científica da França) e das várias críticas que a nova disciplina recebia. Trata-se do já citado artigo de Jean-Louis Lebrave, "A crítica genética: uma nova disciplina ou um avatar da filologia" e do artigo de Almuth Gresillon sugestivamente intitulado "Devagar: Obras".

Dada a extensão do artigo de Lebrave, gostaria de enfocar dois pontos. O primeiro diz respeito à sua tentativa de definir, a partir da análise de estudos filológicos assemelhados à crítica genética, o que esta não quer ser. Em outras palavras, a crítica genética não se pretende uma disciplina que procura estabelecer normas e apresentar um catálogo dos métodos que possibilitam chegar a uma "grande obra", tampouco procura estabelecer versões finais de textos. Para Lebrave, o fato de haver complementaridade entre o texto final e os manuscritos não deve obscurecer a "incompatibilidade e [a] exclusão recíprocas" compreendidas nessa complementaridade. É preciso tomar a forma "final" como ponto de chegada e não de partida dos estudos genéticos, sendo que a análise do processo permite entender exatamente as transformações — e a inegável arte de recusas — que possibilitam chegar à forma. Em termos lingüísticos, trata-se de atentar para a enunciação (o "impulsionamento da língua por um ato individual de utilização") e entender a transformação de perspectiva que essa rearticulação da realidade possibilita. E, sobretudo, o processo que possibilita essa rearticulação.

O segundo ponto trata da aposta do autor na formulação de uma poética da escritura, ou seja, uma teoria que possa abranger os processos de criação. Para tanto, o autor nos deixa algumas pistas preciosas. Primeiramente, a ambigüidade decorrente da natureza de traço sobre um suporte, que caracteriza os manuscritos. Dessa ambigüidade o autor retira três aspectos fundamentais, quais sejam: 1) o de ser uma extensão externa da memória; 2) o fato do traço ser ao mesmo tempo inscrição de um produto (o próprio manuscrito) e traço de um processo, marca de um processo de enunciação; e 3) a produção de um objeto singular que exige, para ser recuperado, um novo ato de enunciação. Além disso, o autor enfatiza, na sua própria análise, as relações entre os objetos, os processo tecnológicos que os produzem e, por fim, os conceitos que os representam.

Quanto ao artigo de Grésillon, além da elucidativa apresentação do histórico da disciplina, chama a atenção a fineza com que desenvolve a perspectiva da crítica genética ao enfocar a "literatura como um fazer, como atividade, como movimento", bem como a maneira pela qual apresenta as várias metáforas que, de alguma forma, revelam o viés de aproximação dos processos de criação. Essas metáforas se dividem, basicamente, em três grupos. O primeiro deles trata da metáfora orgânica, da criação como "arborescência — a árvore genealógica do estema, que retraça nas edições críticas os *entroncamentos*, os *parentescos* e as *filiações* da história textual — com suas *ramificações*, suas *germinações* e seus *enxertos*". A segunda série metafórica se opõe à primeira como "o artificial se opõe ao natural, o cálculo à pulsão, a coerção ao desejo"; nesse grupo a literatura é vista como construção, com seu *"modus operandi* e seu *labor*, com as *engrenagens e as cadeias*". Por fim, Grésillon refere-se à metáfora relacionada à noção de caminho, de percurso que, procurando envolver as duas anteriores, é a que mais se aproxima

21

do viés da crítica genética fazendo, irresistivelmente, "pensar na pena que se bifurca". E enfatiza o campo semântico relacionado à "*circulação, percurso, via, marcha, trajetos, traçados, pistas, cruzamentos, caminhadas, deslocamento*s".

Outro aspecto importante do artigo de Grésillon é o fato de tratar-se de um estudo que abrange vários autores. Aproveitando os trabalhos realizados pelo ITEM, a autora encara, de modo esquemático, um dos maiores desafios atuais da crítica genética, relacionado às condições de possibilidade de elaboração de uma teoria: entender os processos de criação o mais distante possível da especificidade dos autores estudados. Não posso aqui sequer me aproximar de uma resposta a esse problema, razão pela qual aumento o rol de perguntas: como abordar a criação de vários autores em um momento histórico? Em que medida a divisão apontada acima, entre manuscritos medievais e modernos, é determinante na realização das obras artísticas? Creio que esses questionamentos podem incitar o leitor a entrar nas questões mais difíceis e promissoras da crítica genética, ou seja: como articular conhecimento e singularidade?

Antes de terminar este tópico referente ao limiar da disciplina, gostaria de discutir, brevemente, a partir dos ensaios aqui tratados, algumas das críticas que vêm sendo feitas à crítica genética. Salvo engano, o pano de fundo comum a essas críticas é o rompimento com a idéia de democracia gerada pela fixidez do texto impresso, que deixa todos os leitores em pé de igualdade diante dele. Ou seja, diante de um texto sempre igual, leitores e críticos usam suas armas interpretativas. Essa "igualdade" seria quebrada pelo geneticista, que disporia de material diverso e, por conseqüência, estaria mais "autorizado" a manifestar-se sobre as produções literárias.

Para não incorrer nessa ideologia e nas tentações do fetiche, faz-se necessário desconfiar de certo afã de cientificidade que defendem alguns geneticistas, bem como de certa legitimidade e autoridade advinda da mera "posse" dos manuscritos. Mais do que isso, é imprescindível uma política de publicação desses documentos (extremamente facilitada pelos meios digitais) e estar atento à parcialidade dos mesmos (que são somente indícios de um processo, deixados pelo autor, e não o próprio processo), cujo estudo só terá valor, nas palavras de Claudia Amigo Pino, pelo "poder interpretrativo, pela consistência de sua argumentação e pelas novas idéias que introduzirá".[1]

Seria um grande salto nos estudos genéticos se a ênfase dos mesmos recaísse sobre a interpretação e não sobre a cronologia ou, em outra chave, se preponderasse a ficção e não o documento. Nessa linha, estaríamos a apenas um passo da formulação de uma estética da criação, também denominada estética da produção ou estetização do rascunho, tratada por vários autores desta antologia.

É ainda Claudia Pino quem salienta a importância de "desespecialização" da crítica genética, não só abarcando, comparativamente, vários autores ou períodos literários, mas fazendo-a dialogar com o conjunto da crítica literária, como ela mesma faz, com mestria, mostrando a íntima correlação entre a estética da produção e o papel ativo e crescente atribuído ao leitor no processo de constituição do sentido.

Além da perspectiva teórica, histórica e comparativa, ainda embrionária nos estudos genéticos, é preciso não perder de vista a necessidade de estudar autores marginais ou ainda não consagrados e saber em que medida a crítica genética pode ajudar na sua compreensão ou na aquilatação de sua importância.

Por fim, retomando as propostas de Lebrave a respeito da ambigüidade do traço que caraceriza o manuscrito e a relação entre objeto, processo e conceito, creio ser imprescindível pensá-las, bem como a própria crítica genética, a partir das dimensões da literatura — e das artes — sempre enfatizadas por Antonio Candido: o material concreto e os procedimentos, as formas de expressão e a visão de mundo que as sustentam, o aspecto social dos modos de produção e leitura, a formação subjetiva e o conhecimento de realidades e possibilidades que, sem a literatura, nos escapariam.

---

1) PINO, Cláudia Consuelo Amigo. *A escritura da ficção e a ficção da escritura — Análise de "53 jours" de Georges Perel*. Tese de doutorado defendida em 2001 no Departamento de Letras Modernas da Universidade de São Paulo.

No limiar da interdisciplinaridade

A riqueza semiótica do manuscrito — o papel central desempenhado pelo traço e suas múltiplas funções, desde a materialidade de sua inscrição, os desenhos, a forma da letra, as cores, as indicações (setas, rasuras, etc.) — foi uma das causas incentivadoras da expansão da crítica genética às outras artes. Especialmente a pintura da qual a "genética literária inicialmente tomou emprestados, para suas próprias necessidades, vários elementos de sua concepção do trabalho criativo, destacadamente algumas metáforas técnicas como 'rascunho', 'esboço', 'desbastamento', 'modelo', 'trabalho sobre motivo'".

Essa passagem da literatura à pintura é um aspecto marcante do percurso de Cecília Salles que, amparada pela semiótica, procura criar elementos teóricos para entender não só essa passagem, como também a extensão da crítica genética a outras áreas, artísticas ou científicas. No artigo aqui apresentado, partindo de uma visada genérica — a semiose ou ação do signo — a autora procura uma aproximação dos processos criativos, enfatizando sua tendencialidade. Nas suas próprias palavras, "a semiose, ou ação do signo, é descrita como um movimento falível com tendência, sustentado pela lógica da incerteza, englobando a intervenção do acaso e abrindo espaço para o mecanismo de raciocínio responsável pela introdução de idéias novas. Um processo onde a regressão e a progressão são infinitas".

De maneira muito semelhante ao conceito de texto móvel em Willemart (até pela ênfase no papel do artista receptor como um primeiro leitor), Cecília Salles, ao sustentar o processo de criação na noção de tendência, enfatiza-o como um movimento dialético entre rumo e incerteza. Esse movimento atravessa o ato criador em busca de algo que, paradoxalmente, está por ser descoberto. Em última análise, a tendencialidade implica admitir o papel do imprevisto e, por conseqüência, a obra como apenas uma das possibilidades entre tantas que seriam possíveis. Isto é, mesmo o "objeto 'acabado' pertence a um processo inacabado". A partir daí, a autora estabelece inúmeras perspectivas que compõem a complexidade do processo de criação desde a materialidade e o percurso de experimentação até os processos de conhecimento nele implicados.

Em um viés menos teórico, mas partidário da inclusão do conceito de manuscritos ao que Salles denomina "documentos de processo", Daniel Ferrer nos brinda com um tema — a relação entre programa e realização, caráter programático e performático da linguagem — que estuda nos manuscritos do fragmento de "Circe" do *Fineganns Wake* de Joyce, no quadro *Muley-Abd-Rhahmann, sultão do Marrocos, saindo de seu palácio de Mequinez, rodeado por sua guarda e seus principais oficiais* de Delacroix e, ainda, em uma gravura de Picasso.

Nesses três exemplos, Ferrer procura mostrar a ambivalência dos documentos de processo e das formas de sua integração na obra publicada. No caso de Joyce, ele salienta como o caráter inicialmente programático da escritura do texto (uma série de determinações de posição, como didascálias), transforma-se em pragmático no texto publicado por meio de sua apresentação como um texto dramático, fazendo uma reviravolta, tão ao gosto joyceano, nas características que historicamente determinaram a forma do romance. Algo parecido se dá no caso de Picasso, que cria rastros de um processo, isto é, uma "gravura diferente das outras, já que é também um rascunho, o rascunho de dois poemas. Na realidade, todas as características de um rascunho estão presentes, escrita rápida, dificilmente legível, inserções interlineares, rasuras pesadas, manchas, testes de pena, rabiscos marginais, talvez um tanto quanto hipertrofiados em comparação com a média dos escritores". Aqui também as artes se tocam, intercambiam-se, interpenetram-se, como no exemplo de Delacroix, que escreve um pomposo texto e um prolixo título para dar ares de realismo a uma pintura.

Por fim, chegamos ao artigo de Pierre-Marc de Biasi que procura tratar de cada uma das áreas em que a crítica genética pode atuar, começando pelas ciências exatas. Nessa área, pode-se pensar em dois modos de aproximação. O primeiro, aquele em que se procura entender o processo de pesquisa que conduz a um resultado, ou seja, as hipóteses, os caminhos intelectuais, os tipos de experiências ou erros felizes que perfazem o percurso em direção ao que usualmente denominamos descoberta. O segundo modo de aproximação ao processo de criação nas ciências exatas seria o estudo da maneira pela qual o cientista apresenta, relata, escreve a sua descoberta, ou seja, a fase propriamente redacional, momento de apreender o percurso e expor os resultados.

Biasi apresenta também os estudos do processo de criação na música, salientando que este tipo de abordagem já é conhecido há muito pelos compositores, regentes, críticos musicais e musicólogos. No âmbito da arquitetura, o autor enfoca a complexa relação entre geografia, projetos, finalidades e a parte da construção propriamente dita, que envolve outros inúmeros fatores.

No seu artigo, o leitor poderá acompanhar também incursões no campo das artes plásticas e na análise dos processos de criação em jogo nas obras cinematográficas. Neste último campo, ainda pouco explorado pela crítica genética, Biasi enfatiza as múltiplas possibilidades advindas da natureza complexa e diversificada da criação de filmes, chegando a apresentá-la como objeto ideal do estudo genético transdisciplinar. Isso porque temos aí desde constituintes textuais (literários ou didascálias) e dramatúrgicos até elementos de concepção gráfica, além da música, da técnica cinematográfica propriamente dita, da edição, e mesmo exigências financeiras e comerciais.

Retomando a possibilidade de uma estética da produção que, sensível às especificidades, possibilitasse pensar amplamente os processos artísticos e científicos, creio que não poderia haver um modo melhor de terminar esta introdução, senão mencionando a belíssima citação de Paul Klee apresentada por Biasi. Ela mostra bem, apesar de um aparente idealismo, a importância da compreensão crítica do processo de criação, até mesmo para a leitura das obras, não importando de que área do conhecimento elas venham: "É essa revolução do olhar — o olho do criador e também o olho do historiador da arte — que Paul Klee chamou em 1920 de *credo do criador*: 'a obra de arte é essencialmente gênese; nunca a apreendemos como produto. Um certo fogo jorra, transmite-se à mão, descarrega-se sobre a folha, onde se espalha em feixe sob forma de centelha e fecha o círculo retornando ao seu ponto de origem: ao olho e ainda mais longe, a um centro do movimento (...)'".

Como não poderia deixar de ser, aproveitamos para agradecer a colaboração e disposição dos colegas franceses e o apoio da Capes via Programa de Língua e Literatura Francesa da FFLCH-USP e da Fapesp, que subsidiaram este livro.

NO LIMIAR DO TEXTO

"O TEXTO NÃO EXISTE"
REFLEXÕES SOBRE A CRÍTICA GENÉTICA[*]

Louis Hay[**]

Foi com essa constatação que Jacques Petit concluiu, há dez anos, um primeiro debate dedicado à produção do texto e aos manuscritos literários.[1] Tendo em vista a distância do tempo, não é mais a provocação (ou seria a resignação?) da assertiva que impressiona, mas sua data. Ela assinala de modo preciso o momento em que o texto começa a suscitar um novo questionamento e um certo deslocamento do olhar. Sendo também a transformação de uma crítica qualificada desde então como "genética", podemos nos interrogar sobre a relação entre essas duas ordens de fatos. Faz-se necessário, para falar de gênese e de texto, dar às palavras o seu sentido ou, mais especificamente, restituir-lhes o sentido. Nesse caso, é preciso retornar no tempo, para bem antes da última década.

A noção é, com efeito, o resultado de uma evolução muito singular por sua dimensão histórica. Compreende um período de grande estabilidade que se inscreve numa longa duração e um período breve e recente de grandes mutações. O primeiro nos remete à Idade Média

---

[*] *Tradução de Carlos Eduardo Galvão Braga, Jacira do Nascimento Silva, Wylka Carlos Lima Vidal (Projeto "Ateliê de José Lins do Rego")*. Esta tradução foi originalmente publicada no *Caderno de textos*: crítica genética, João Pessoa, Curso de Pós-Graduação em Letras, Universidade Federal da Paraíba, série 2, n. 5, 1991, pp. 15-31.
[**] Diretor de Pesquisa do CNRS (Institut des textes et manuscrits modernes). Texto originalmente publicado em *Poétique*, Paris: Seuil, n. 62, avr. 1985, pp. 147-158.
[1] Les manuscrits: transcription, édition, signification, Colloque CNRS-ENS, Paris, 1975 (Actes publiés aux PENS en 1976).

monástica, uma vez que a transformação de *textus*, com a acepção de tecido, em *texto*, com o sentido atual do termo, é confirmada nas diversas línguas nacionais da Europa desde o século XIII, no máximo. No início dos Tempos Modernos, sua significação é codificada dentro da pura tradição medieval; a Academia Francesa o define, no seu dicionário de 1786, como "as próprias palavras de um autor, consideradas em relação às notas, aos comentários, às glosas", e oferece como exemplo "o texto da Sagrada Escritura. É o texto puro e formal. Restabelecer um texto".[2] Trata-se, portanto, de um sistema fortemente estruturado pela definição contrastiva de dois campos: o do texto ("as próprias palavras") em oposição ao da glosa ("notas", "comentários"). No interior de cada um dos campos, as funções são nitidamente demarcadas: o texto é "puro e formal", entenda-se que a literalidade da forma é garantia da pureza do sentido; as condições da transmissão social asseguram a legitimidade da tradição espiritual. Da mesma forma são determinadas as funções da glosa: a filologia se ocupa da letra (a ela compete "restabelecer um texto"), do comentário sobre a significação. Oportuna, a referência à "Sagrada Escritura" vem evocar o caráter sagrado e profano desse dispositivo. A edição crítica, mesmo secularizada, guardará durante muito tempo a marca de sua vocação original; ela buscará até nossos dias determinar a autoridade, estatuir a legitimidade do texto.

A marca se fará mais profunda à medida que a tradição se estende a todas as áreas culturais e se perpetua através dos séculos. Na Alemanha, o dicionário de Adelung reproduz o da Academia, do qual ele é mais ou menos contemporâneo; nele, o texto é definido como:

> As palavras de um escritor isoladas da interpretação que delas se faz /.../ é neste sentido que são mais particularmente qualificadas como textos as passagens bíblicas, às quais se refere o sermão.[3]

Na Grã-Bretanha, o grande dicionário de Richardson é mais tardio; o paradigma, no entanto, aparece ali sem modificação notável: "Um

---

2) *Dictionnaire de l'Academie française*, nouvelle édition, Nismes, t. 2, 1786.
3) Johann Christoph, Adelung, *Versuch eines vollständigen grammatisch — kritischen Wörterbuchs der hochdeutschen Mundart*, Leipzig, t. 5, 1786.

escrito ordenado, em oposição às notas ou aos comentários"; um exemplo é tomado de empréstimo a Chaucer: "O verdadeiro texto, sem necessidade de glosa", e os autores especificam: "Em sentido próprio, texto aplica-se a toda passagem que constitui empréstimo da Escritura para ser objeto de uma pregação ou de um sermão".[4]

O cânone persiste, efetivamente, com uma notável invariabilidade por intermédio de uma longa evolução cultural. Mas de um século após o dicionário da Academia, a obra de Pierre Larousse — bastante diferente, contudo, em inspiração e método —, retoma quase literalmente: "Próprias palavras do autor, em oposição aos comentários /.../. O texto da Sagrada Escritura /.../. Restabelecer um texto".[5] Únicos sinais dos tempos, se assim podemos dizer, são "o texto de Platão", citado como exemplo ao lado da Bíblia, bem como as "traduções" mencionadas em oposição ao texto. Na mesma época, lemos no monumental *Wörterbuch*, fundado pelos irmãos Grimm:

> O texto original, fundamental, primitivo, oposto à tradução /.../, os termos essenciais de um escrito em oposição aos comentários e às interpretações: em sentido estrito, os versículos de referência (texto bíblico) de um sermão ou discurso.[6]

Se nos adiantarmos um século para chegar ao nosso tempo, o mesmo quadro de significações surge, imóvel, até a última década: "Termos próprios de um autor, de uma lei (em oposição aos comentários)". Essa é a definição do *Grand Larousse* em 1964;[7] "formulação literal de um escrito, de um discurso; passagem bíblica de que trata um sermão" — define o *Brockhaus*, já em 1973.[8]

Que eu saiba, o primeiro a registrar uma mudança é o *Robert*, que indica desde 1966 a acepção de "obra literária" e propõe como exemplo "texto bem escrito".[9] Ele tem o cuidado, entretanto, de os assinalar como neologismos, ou seja, pode-se mensurar a rapidez da

---

4) Charles Richardson, *New Dictionary of the English Language...*, Londres, t. 2, 1837.
5) Pierre Larousse, *Grand Dictionnaire universel du XIXe siècle*, Paris, t. 15, 1876.
6) Jacob e Wilhelm Grimm, *Deutsches Wörterbuch*, Berlin, t. 11, 1-1, 1891 (1937).
7) *Grand Larousse encyclopédique*, Paris, t. 10, 1964.
8) *Brockhaus-Enzyklopädie*, 17, Auflage, Wiesbaden, t. 19, 1973.
9) Paul Robert, *Dictionnaire alphabétique et analogique de la langue française*, Paris, t. 6, 1966.

evolução comparando a timidez deste primeiro testemunho à fórmula imperiosa de Julia Kristeva, apenas seis anos mais tarde: "não se poderá mais falar de 'literatura' em geral, mas de *texto*".[10] A referência do *Robert* é interessante por sua data: não podemos esquecer a publicação simultânea, nesse mesmo ano de 1966, da *Semântica estrutural*, de A.J. Greimas, dos *Três ensaios*, de Georges Poulet e de *Figuras I*, de Gérard Genette. Interessante também por sua origem, uma vez que esse dicionário é animado por uma equipe de jovens lingüistas e semióticos, e que a influência de suas disciplinas será a mola propulsora da mudança que se efetua então. Como notará, em seguida, Roland Barthes: "Foi no apogeu da lingüística estrutural (por volta de 1960) que novos pesquisadores, quase sempre oriundos da própria lingüística, começaram a formular uma crítica do signo e uma nova teoria do texto".[11] É também esse o momento em que os caminhos da pesquisa vão bifurcar-se em diferentes países, e em que o sentido do termo vai fragmentar-se a tal ponto que ninguém mais poderá falar de texto num encontro internacional sem estabelecer previamente sua própria definição do termo.

Na Alemanha e, em menor escala, nos Estados Unidos, uma nova reflexão se desenvolve antes de tudo em torno das iniciativas editoriais. A atenção se desvia da glosa para o texto e se encontra assim confrontada com os problemas da gênese por meio do "aparato de variantes". É sob este aspecto que críticos como Beda Alleman e sobretudo Peter Szondi na Alemanha, Victor Tearing nos Estados Unidos ou Philip Goskell na Grã-Bretanha vão-se interessar pela problemática da produção textual. Naquela época, tal interesse não se afina entretanto com os demais procedimentos teóricos; não haverá coincidência com o "*new criticism*" anglo-saxão, nem relação com a *Textlinguistik* alemã. Algo bem diferente terá lugar na França, onde uma nova corrente da crítica se inspira amplamente nos modelos lingüísticos, a tal ponto que, retomando a análise de Roland Barthes, "uma grande parcela da literatura aderiu à lingüística com o nome de

---

10) Julia Kristeva, Sémanalyse et production du sens, in *Essais de sémiotique poétique*, publiés par J.A. Greimas, Paris, 1972, p. 207.
11) Roland Barthes, Théorie du texte, in *Encyclopoedia Universalis*, Paris, t. 15, 1973, p. 1.014.

poética (translação cuja necessidade Valéry havia compreendido)".[12] Nesse movimento, o enfoque privilegia o texto, situado entre "as palavras do autor" e o olhar do leitor, mas tratado acima de tudo como objeto autônomo que a crítica ambiciona erigir em objeto científico, para poder analisar com precisão o sistema de formas, de significações e de funções que o constituem. Este novo procedimento, que se afirma num tempo muito breve — essencialmente entre o final dos anos cinqüenta e o início dos setenta —, terá conseqüências duradouras. Se as analogias com os modelos da lingüística formal não permitem a realização de uma sintaxe ou de uma semântica generalizadas ao nível do discurso, um certo número de conceitos — signo, estrutura, função — vão progressivamente se articular em trabalhos teóricos de que resultará uma renovação irreversível da crítica.

Não obstante, um vínculo, uma espécie de cordão umbilical, prende este amplo movimento às origens primeiras. Para a nova crítica, é ainda o texto clássico que continua em questão, "o texto puro e formal", incomensurável e oposto a tudo o que não é ele mesmo — muito embora a oposição não se fundamente mais numa tradição religiosa, mas numa exigência epistemológica, a do princípio de clausura. Como observa (em 1978, portanto com um certo recuo) Michel Arrivé:

> Na teoria estruturalista, o texto é concebido como um produto acabado..., rigorosamente distinto do prototexto e do pós-texto que lhe são exteriores (ainda que sejam interiores à obra, que parece assim integrar texto, prototexto e pós-texto)

assinalando, em meio às incertezas resultantes de tal postulado, a "questão confusa das relações entre os termos discurso, texto, narrativa".[13] Hoje é fácil identificar, nessa ambigüidade terminológica, o indício de uma dificuldade fundamental: a que consiste em aplicar uma teoria nova a um objeto antigo. É ainda Roland Barthes o primeiro a perceber a necessidade de uma segunda etapa teórica dedicada à construção de um novo objeto. Será, no início dos anos setenta, a

---

12) Ibid.
13) Michel Arrivé, Grammaire et linguistique/Le Texte, in *Grand Larousse de la langue française*, Paris, t. 7, p. 6043.

finalidade da *teoria do texto*, que visa à articulação deste último com a socialidade — o *epistema do materialismo histórico* — e com a personalidade — o *epistema da psicanálise*. A intercomunicação desses dois epistemas vai tecer uma vasta trama teórica cuja complexidade não cabe aqui investigar. Será suficiente registrar a existência do par fenotexto/ genotexto, que os semióticos franceses tomaram emprestado aos lingüistas soviéticos. De acordo com uma primeira apresentação feita em 1972 por Julia Kristeva, o fenotexto é "um produto acabado: um enunciado que possui sentido" e que manifesta *hic et nunc* a presença do genotexto, definido como uma "produção inacabada, sintática e/ ou semântica /.../ irredutível à estrutura gerada".[14] Numa construção como essa, a realidade mais profunda do texto se encontra na produtividade — "a infinidade de operações possíveis" — e não do produto; a curiosa fórmula de Barthes: "A obra existe na mão, o texto, na linguagem", consuma a inversão dos termos do cânone original. Desaparecem não somente as fronteiras entre prototexto, texto e pós-texto, mas também entre escritura e crítica: ambas estão no moto continuo das significações infinitas. Talvez seja por essa circularidade que a *teoria do texto* produziu uma problemática nova em vez de aplicações concretas, pois não atribui mais à crítica uma função realmente específica.

Esta situação oferece mais de um contraste com a de uma corrente de pesquisa que se desenvolve simultaneamente ao início dos anos setenta sob a designação de "crítica genética". Ela cruza no tempo com a teoria do texto e a prolonga, ocupando-se por sua vez com a relação entre texto e gênese, com os mecanismos da produção textual, com a atividade do sujeito da escritura. Entretanto, distingue-se dela tanto por seu método quanto por seu objeto. O método da crítica genética procede de uma gama de trabalhos empíricos dedicados aos manuscritos autógrafos, que revelaram progressivamente a aptidão desses documentos para reconstituir, sob certas condições, a gênese dos escritos. Destas origens, ela guarda um procedimento indutivo cujos modelos se elaboram por generalização, a partir de um conjunto

---

14) Julia Kristeva, art. cit., p. 216.

de observações concretas. Quanto a seu objeto, ele pode ser caracterizado pela dualidade de sua natureza: dado material enquanto documento observado, e construção intelectual enquanto prototexto. É efetivamente por uma seqüência ordenada de operações analíticas — decifração, reconstituição da cronologia, reconstrução dos percursos da escritura — que, a partir do grafismo imóvel e da expansão do traço, podemos remontar ao processo atuante de uma gênese e de um pensamento.[15] Para seguir o caminho da crítica genética, é necessário passar primeiramente pelo manuscrito, em seguida pela escritura, antes de reencontrar o texto ao final de uma abordagem nova.

A virtude primeira do manuscrito consiste em definir rapidamente os limites e os poderes do estudo da gênese. Limites materiais, inicialmente, uma vez que não se pode estudar senão um documento existente. Neste sentido, M. de La Palice nos chama a atenção para a fragilidade da transmissão dos textos, que hoje tendemos a esquecer. E no entanto, a idéia que temos das letras européias seria bem diferente sem as obras cuja sobrevivência deve-se à fortuna de um único manuscrito — dos *Pensamentos* de Pascal ao *Fausto* de Goethe, de *Lucien Leuwen* aos grandes romances de Kafka —, como também seria diferente se hoje tivéssemos acesso às grandes obras desaparecidas, das quais podemos apenas levantar um repertório fantasmal. A estas eventualidades da história se juntam as incógnitas do espírito: a documentação mais completa e mais bem conservada não revela mais que uma fração das operações mentais cujos vestígios ela conserva; o traço da escritura não é a escritura mesma. O simples diálogo com um escritor contemporâneo cujos manuscritos podemos estudar, adverte contra os riscos de toda presunção a este respeito.

Mas os manuscritos dão também à crítica novos poderes: eles lhe permitem observar o trabalho do autor em sua manifestação irrecusável, em sua verdade material. Neste sentido, eles possuem uma realidade refratária a qualquer interpretação especulativa e uma riqueza que nenhuma tentativa de análise pode esgotar. Essa característica dos

---

15) Estas operações não podem ser analisadas aqui. Vide: *Techniques de laboratoire dans l' étude des manuscrits*, Éd. du CNRS, Akadémiai Kiado, Paris-Budapest, 1982; Jean-Louis Lebrave, *Traitement automatique des brouillons*, PSH, Paris, 1984.

manuscritos se afirma com maior nitidez na medida que, por suas propriedades singulares, eles nos constrangem a mudar nossos hábitos de pensamento. Eles nos obrigam a levar em conta o aleatório, uma vez que nosso saber se modifica com toda descoberta de um grande documento, com toda inovação técnica que permite o acesso a uma informação inédita. Eles nos impõem uma reflexão sobre o heterogêneo, porque são, por natureza, diversos: ora marca dos impulsos iniciais, depósitos da memória distante, como as notas, os cadernos, os diários; ora documentos das operações preliminares, como os projetos, os planos, os roteiros; ou ainda instrumentos do trabalho redacional, como os esboços, as primeiras redações e mais genericamente os rascunhos. Eles também nos levam a defrontar o polimorfo, porquanto a escritura excede os limites da linearidade do código e se projeta em espaços múltiplos. A organização do texto na folha, anotações marginais, acréscimos, remissões, intertextos, grafismos diversos, desenhos e símbolos entrelaçam os discursos, desdobram os sistemas de significação e multiplicam as possibilidades de leitura. Por fim, uma única palavra isolada pela escritura (aquilo que, nos manuscritos de Paul Valéry, Jean Levaillant denomina "as pedras angulares": *olhar — luzir — incesto*) é suficiente para imantar o sentido de uma página inteira.[16] Ou ainda um grafismo icônico, como nos cadernos de *Finnegans Wake*, para definir o tema, a personagem, a entidade mítica que vai determinar a função deste ou daquele grupo de palavras.[17] Percebemos assim quantos de nossos hábitos metodológicos são transtornados desde o primeiro contato com os materiais da crítica genética.

Isso fica ainda mais evidente quando se trata de passar dos materiais brutos a uma construção intelectual. A constituição em prototexto de um grafismo ao mesmo tempo fixo e profuso implica uma nova leitura. Esta deve abranger o conjunto das significações semânticas e semióticas contidas numa página de escritura para revelar o seu sistema. Desse modo, a leitura estabelece entre o documento e o prototexto uma relação propriamente dialética: toda transcrição de manuscrito é

---

16) Jean Levaillant, Écriture et génétique textuelle, in *Valéry à l'œuvre*, Lille, 1982, p. 19.
17) Consultamos o volume *Genèse de Babel*, da coleção Textes et manuscrits, 1985.

modelada por um olhar, o qual, por sua vez, deve ser modelado também pela realidade do seu objeto, se deseja produzir dele uma representação adequada. Percebe-se bem esta relação e esta polaridade através da diversidade de procedimentos que pretendem tornar legível uma gênese. Para os manuscritos de Proust, Henri Bonnet e Bernard Brun tentam abrir caminho para uma leitura contínua e oferecem uma gama de prototextos dispostos contiguamente.[18] Para os de Hölderlin, em contrapartida, Dietrich Sattler se empenha em reconstituir a profundidade de campo de uma gênese e apresenta os testemunhos da redação numa seqüência cronológica.[19] Para Joyce ou Kafka, Hans Walter Gabler ou Gerhard Neumann ambicionam apreender simultaneamente esses dois aspectos e publicam, frente a frente ou de modo alternado, o devir de uma gênese e o estágio de um texto.[20] Cada uma dessas alternativas resulta da diversidade na natureza dos manuscritos, bem como nas opções teóricas do editor. Todas, porém, se libertam igualmente do tradicional "aparato de variantes", trocando a erudição pura por uma problemática do prototexto.

Esta problemática é evidentemente plural. Definir o prototexto como um objeto construído é admitir uma pluralidade de construções possíveis. A constatação vale tanto para as teorias da escritura quanto para as práticas da edição. Discutir o conjunto dessas possibilidades teóricas implicaria traçar um panorama geral dos estudos de gênese que excederia o meu propósito. Para elucidar o estatuto do texto, objeto único desta discussão, é bastante, sem dúvida, considerar os dois grandes modelos de análise que correspondem aos dois aspectos da escritura: produção e produto.

A *produção* mobiliza dois tipos de novas abordagens: o primeiro, de ordem propriamente analítica, visa identificar e descrever a combinatória de deslocamentos, substituições, expansões e retrações que o manuscrito manifesta, a fim de assinalar e sistematizar o conjunto das operações genéticas: programação, textualização, transformação.

---

18) Marcel Proust, *Matinée chez la princesse de Guermantes/Cahiers du "Temps retrouvé"*, Paris, 1982.
19) Friedrich Hölderlin, *Sämtliche Werke (Frankfurter Ausgabe)*, Frankfurt, a partir de 1976 (em curso).
20) Franz Kafka, *Schriften, Tagebücher, Briefe*, Francfort, a partir de 1982 (em curso); e James Joyce, *Ulysses*, New York, 1984.

O segundo, de ordem indutiva, procura remontar destas operações até a dinâmica que as movimenta: pulsões do afetivo, representações do imaginário, efeitos da linguagem e do ritmo... Os caminhos ficam então melhor demarcados para o estudo dos *produtos*, no qual os trabalhos do *new criticism*, da *werkimmanente Interpretation* e da crítica estruturalista francesa abriram alternadamente as perspectivas para o estudo das formas, das significações e dos efeitos do texto. Mas o problema novo, cujas implicações ainda resta conhecer, é o da relação entre a abordagem genética e a abordagem textual. Vamos tratá-lo da maneira mais modesta possível: retornando ao léxico.

O termo "prototexto", proposto em 1972 por Jean-Bellemin Noël,[21] notabilizou-se e com razão: ele permitiu que se atribuísse um estatuto coerente a todo um conjunto de documentos até então mal e confusamente qualificados, e se revelou conforme com o espírito da língua, a ponto de engendrar por simetria outros termos, dentre os quais "pós-texto", pelo menos, permaneceu. Entretanto, criando, por contraste, o par "texto"/"prototexto", o termo fez ressurgir a velha oposição binária do texto ao não-texto e por isso acabou suscitando uma dificuldade teórica. Jean-Bellemin Noël tentará determinar suas coordenadas em 1979: "A diferença entre o *Texto* (acabado, ou seja, publicado) e o prototexto reside no fato de que o primeiro nos é oferecido como um todo fixado em seu destino, enquanto que o segundo traz consigo e proclama a sua própria história", escreve ele nos *Essais de critique génétique*.[22] Vemos que esta definição, ao mesmo tempo densa e capaz de nuanças, privilegia as determinações objetivas: o acabamento do texto se dá com sua publicação, e sua fixidez (no duplo sentido de integridade e perenidade) procede de seu destino social. Outras determinações são perceptíveis em segundo plano: a vontade do autor, manifestada no ato da publicação, a coerência interna da obra — "um todo". É suficiente acrescentar o ato da leitura, que dá realidade constante ao texto, e teremos reencontrado o conjunto dos critérios máximos — autor, obra, leitor, sociedade — mediante

---

21) Jean-Bellemin Noël, *Le Texte et l' Avant-Texte*, Paris, 1972.
22) Jean-Bellemin Noël, Lecture psychanalytique d' un brouillon de poème, in *Essais de critique génétique*, Paris, 1979, p. 116.

os quais costumamos definir o texto. Cada um deles é objeto de amplos debates cujo fio seria ingênuo retomar. Basta lembrar algumas evidências para mostrar o quanto é difícil atribuir a qualquer um deles um valor geral.

Invocar a socialidade do texto é situá-lo no curso da história e fazer surgirem ao mesmo tempo as flutuações das normas culturais e as variações dos nossos critérios. Em nossa época, há inúmeros exemplos de textos que aceitamos como tais, enquanto que no século passado ou até o início do atual[23] eles seriam considerados fichários (como a obra de Arno Schmidt), rascunhos (como os escritos de Francis Ponge), colagens de citações (como as primeiras produções de Philippe Sollers) — sem mesmo remontar ao arquétipo de *Finnegans Wake*, tratado por seus contemporâneos como "bíblia do fanático por palavras cruzadas", antes de atingir a condição de protótipo da criação moderna. E fica bem claro que tal demonstração, conduzida através de outras épocas, poderia nos levar a constatações análogas.

Mais demonstrativo ainda é o critério de leitura, pois ele não remete apenas ao circunstancial da história: é por sua natureza que o ato de leitura dá forma de texto a seu objeto. Sabe-se que esta faculdade encontra expressão absoluta na poética de Mallarmé, que considera texto tudo o que é modelado pelo olhar, mesmo quando este se desvia do livro e considera a paisagem. Mas basta-nos permanecer no interior do escrito para constatar que é a leitura que nos permite passar do manuscrito ao prototexto e que às vezes dilui a fronteira entre ele e o texto. É o que acontece particularmente quando os rascunhos são submetidos à leitura: este campo de leitura específica estende-se hoje ao grande público, a quem se destinam algumas das recentes edições de manuscritos literários.

As transformações da história e da leitura, por sua vez, põem em questão o critério da coerência estrutural do texto. Trata-se de um critério objetivo, uma vez que ele se fundamenta nas leis que regem a língua. Não obstante, essas leis encontram-se mais bem respeitadas e

---

23) Quando o autor se refere ao "século passado (...) início do atual", remete ao século XIX e ao século XX, respectivamente. (N.T.)

compreendidas, inclusive quanto à gramaticalidade, nos rascunhos de Flaubert ou de Proust do que nos textos de Céline ou de Joyce. A reflexão sobre esses casos não invalida o critério de coerência, mas induz a que se procure situá-lo num conjunto de determinações variáveis. Resta, para descrever este conjunto, definir a participação da instância de escritura: o autor, cuja decisão corta o cordão umbilical da gênese e converte o prototexto em texto.

Trata-se, certamente, do critério de textualidade mais explícito e talvez o mais seguro, visto que ele conjuga uma determinação individual e uma realidade social: o mais simples de manejar, em todo caso. Mas não é um critério absoluto. Seus dois componentes nem sempre se associam, seja porque a vontade do autor cede a um obstáculo econômico ou político ("Na minha cabeça gorjeia uma ninhada/ De livros que seria bom confiscar", escreve, em nome de muitos de seus contemporâneos, Henri Heine, no seu *Allemagne. Un conte d'hiver*), seja, pelo contrário, porque a publicação se faz à sua revelia, contrariando disposição testamental, como no caso de Kafka. Mas mesmo quando isso não acontece, a relação do não publicado com o publicado permanece tão variável quanto as práticas de escritura: Claude Simon publica o texto e destrói o manuscrito; Julien Gracq conserva o texto sem o revelar; Aragon o entrega aos pesquisadores; Francis Ponge publica seus rascunhos, criando texto com o prototexto.

Finalmente, se nenhum dos critérios de textualidade oferece por si só qualquer certeza retilínea e constante, a reunião deles tampouco fornece maiores garantias: a história do texto, sua coerência interna, a leitura, a intenção do autor, não formam sistema; não dispondo de um prisma de quatro faces que permitiria identificar como texto um objeto literário, podemos até considerar que a busca de tal instrumento se arrisca a não ultrapassar o nível de insatisfação que resulta dos critérios unívocos de literariedade. Será preciso concluir, simplesmente, que o texto não existe? É suficiente, a meu ver, constatar que ele não pode ser definido de modo absoluto. Os critérios que acabo de evocar revelam-se operatórios, por menos que os consideremos como parâmetros de um campo variável no qual vêm se inscrever as realizações sempre diversas do ato de escrever. Não o *Texto*, mas textos. Prefiro então mudar de conceito e de vocabulário e reiniciar o exame, não mais da oposição do prototexto ao texto, mas da relação entre escritura e escrito.

Esta relação se mostra hoje profundamente contraditória: indício, sem dúvida, da dificuldade que ainda temos em compreendê-la. Não podemos, como foi visto, traçar entre a escritura e o escrito uma linha de separação absoluta; mas é igualmente impossível confundi-los. Entre os caminhos da gênese, que opera por recorrências, contiguidades, expansões e retrações, e o desdobramento do texto não se distingue nenhuma homologia. Pelo contrário: a experiência confirma que nenhum estudo do texto permite conjeturar as operações de escritura que, no entanto, o engendraram. O simples caminho inverso — do texto aos manuscritos — propicia seguramente um sentimento de descoberta e, freqüentemente, de grande surpresa: a expectativa é frustrada, a gênese é *outra coisa*, diferente do escrito.

Enquanto se tem em vista apenas a descrição de um processo genético, essa alteridade não é problemática. Tal abordagem está apta a tratar dados heterogêneos, uma vez que ela opera a partir de deslocamentos, substituições, transformações, e não se detém frente ao anteparo do texto, que para ela constitui unicamente uma etapa de gênese: neste caso, pouco importa que o texto esteja colocado em seqüência com uma sucessão de etapas anteriores ou em série com um leque de versões concorrentes. Mas as dificuldades aparecem quando se trata de integrar a dimensão genética à exploração do texto. Costuma-se dizer que a escritura permanece atuante no escrito, que "os fantasmas de livros sucessivos", invocados por Julien Gracq, prosseguem habitando o livro acabado, e que este se banha sempre "*na sua luz*".[24] Mas como a escritura o ilumina? O que é que ela pode nos dizer do escrito? Diante deste obstáculo, eu gostaria, mais uma vez, de tomar um desvio, adiantando duas observações.

A primeira diz respeito à nossa reflexão — ou seria nossa ausência de reflexão? — sobre a questão do autor. O sujeito da escritura foi praticamente posto de lado pela crítica contemporânea: desacreditado, num primeiro momento, pela banalidade das explicações biográficas,

---

24) Julien Gracq, *Lettrines*, Paris, 1967, p. 27 e ss.

ele foi, a seguir, excluído do texto pelo rigor teórico das análises formais. Entretanto, ele reaparece hoje no centro de interrogações novas. Ao abordar a escritura, a crítica depara inelutavelmente uma instância que é própria da escritura, situada entre o vivido e a folha em branco, e que executa nesse espaço de tensões os percursos cujos vestígios a pena vai fixando. Traço incompleto, imperfeito, mas que basta para nos revelar a complexidade do ato de escrever e para nos confrontar com suas contradições. Contraditório, em virtude de suas pulsões que tendem alternadamente (e às vezes simultaneamente) para a comunicação e para o recalcamento, ele o é também no seu próprio trabalho, onde os mecanismos do imaginário estão implicados do mesmo modo que os cálculos do pensamento. Essa dinâmica dos contrários desenha uma configuração polar que parece ser inerente à escritura, e que por isso afeta nossa visão do texto, como os conceitos de que nos servimos para abordá-lo.

A começar pelo conceito de obra. No caso de Kafka, por exemplo, dispomos de uma série de cadernos de "escrituras", através dos quais o autor procurou isolar e formar conjuntos — obras, em suma —, mas com dificuldades que são confirmadas pelas apresentações sucessivas de uma quinzena de narrativas, pelos elementos que ficaram inéditos, pelas hesitações sobre a própria natureza (narrativa? aforística?) de certos textos. Por sua vez os fichários a partir dos quais Leiris compõe seus escritos, os manuscritos que Aragon mistura para dar forma ao seu *Teatro/Romance*, testemunham, ainda que de modo diverso, o mesmo conflito entre o fluxo da escritura e a fixidez da obra. Em função disso, é sem dúvida possível avançar na reflexão sobre a coesão ou a fragmentação *de uma obra*, quer dizer: a produção de um autor. Por outro lado, os conceitos de intertextualidade ou de historicidade podem ser também submetidos à prova de seu trabalho, na medida que este último nos permite recuperar os documentos, as observações e as experiências de que o autor se nutriu.

Finalmente, a dialética dos contrários se encarna em cada escritor num outro sistema: os sujeitos da escritura são sempre sujeitos singulares, e esta singularidade atravessa e desorganiza o discurso unificador da ciência. É preciso que aprendamos a diversificar este discurso para melhor falar de nosso assunto. Isto é verdadeiro porque permite não apenas tratar o autor de modo diferente, mas também dizer algo novo sobre o escrito. Este será o propósito da minha segunda observação.

A análise dos sentidos, das formas e dos efeitos leva a tratar o texto como um sistema dependente de uma lei única, de modo que nenhuma de suas partes poderia ser modificada sem comprometer a totalidade. Se examinarmos nesta perspectiva o poema célebre de Paul Éluard:

> "Nos meus cadernos de escola
> Na minha carteira e nas árvores
> Na areia e sobre a neve
> Eu escrevo teu nome",

será fácil demonstrar que o texto é desencadeado, mantido em movimento e como que magnetizado pelo emprego de uma única palavra que só aparece como *incipt* e *excipit* de uma longa seqüência de 21 estrofes:

> "E pelo poder de uma palavra
> Eu recomeço minha vida
> Nasci para te conhecer
> Para te nomear
>
> Liberdade."

O que acontece então quando o manuscrito nos ensina que esta palavra nasceu de uma correção tardia (e que o autor nos confia o nome da mulher amada que deveria aparecer em seu lugar)? Mais uma vez a resposta varia com o olhar que lançamos sobre o texto. Para o historiador, nada mudou: foi o tema da liberdade que deu ao poema sua ressonância nacional na época da *Libération*, e nenhum manuscrito poderia modificar um fenômeno de recepção coletiva que pertence doravante à história literária. Para o especialista de Éluard, a interpretação da obra ganha contornos mais precisos e comprovação: a comutação dos termos demonstra a relação dos temas: a relação do amor com o engajamento comanda o destino da criação poética desse escritor. As coisas ficam mais complexas para quem reflete sobre o texto. Nele a estrutura confirma certamente as suas leis: a substituição de uma única palavra mudou a obra no seu conjunto: "Liberdade" não é nenhuma variante, nem mesmo uma outra visão do poema concebido para Nusch — é um outro poema. Mas a gênese nos revela ao mesmo tempo que esta obra primeira e diferente era um dos *possíveis* do texto, que apesar disso não se acha incluso ou subsumido na obra Segunda. Em outras palavras: a escritura não vem se consumar no escrito. Talvez seja preciso tentar pensar o texto como *um possível necessário*, como uma das realizações de um processo que permanece sempre virtualmente presente em segundo plano e constitui uma terceira dimensão do escrito. Nesse espaço aberto (ou entreaberto) , o destino da obra é decidido entre ímpetos e esgotamentos, tartamudez e vazios, rupturas e inacabamentos que nos confundem. O texto não é abolido nessa profundidade de campo – ele aparece simplesmente como um objeto bem mais complexo que nossos modelos antigos, bem mais aleatório que nossos modelos atuais. O abalo produzido pela crítica genética ainda não cessou de produzir seus efeitos. Será, seguramente, um desafio para a pesquisa ao longo dos próximos anos.

CNRS (Institut des textes et manuscrits modernes)

A BIBLIOTECA DE MÁRIO DE ANDRADE: SEARA E CELEIRO DA CRIAÇÃO

Telê Ancona Lopez

Pretendemos, por meio de uma série de três trabalhos, analisar determinadas relações da criação de Mário [Raul de Morais] de Andrade (1893-1945) com a biblioteca por ele constituída, examinando sua marginália e o alcance criativo de algumas leituras suas. Neste primeiro estudo, após considerações teóricas de átrio a respeito de bibliotecas e marginália de escritores, vamos nos limitar ao período 1910-22 e, nele, à interlocução da obra de Mário com Baudelaire e Gonçalves Dias. No segundo, queremos expor especialmente os laços com o expressionismo, de 1919 a 1923/26 e no último, os débitos de *Macunaíma* entre 1924-1936, seguidos das formas da marginália de 1929 a 1945.

Polígrafo — poeta, ficcionista, crítico literário, das exposições, dos concertos e recitais, do cinema, no ofício de jornalista que também escrevia crônicas (um número prodigioso), musicólogo, historiador das artes plásticas e da arquitetura incursionando na esfera da estética, correspondente fecundo em contato com os nomes mais significativos do campo cultural de sua época, pesquisador do folclore do Brasil capaz de reflexões teóricas a propósito do que registrava — professor no Conservatório e na Universidade do Distrito Federal, fotógrafo, intelectual voltado para projetos culturais democráticos e renovadores, principalmente quando dirigiu o Departamento de Cultura da cidade de São Paulo, criador do Serviço do Patrimônio Histórico e Artístico Nacional, Mário de Andrade é considerado o pai da moderna cultura brasileira. Figura de proa no modernismo dos anos 20, moderno, logrou transcender a estratégia de um programa, de um grupo.

Todas essas dimensões assinaladas podem ter suas raízes descobertas na biblioteca de Mário, onde o processo de formação de um pensamento moderno e o exercício incansável da escritura deixaram marcas explícitas.[1] Em tempos de RPG ganham força especial as leituras como berço da criação. Dentro da intertextualidade inerente à escritura moderna, em qualquer área do conhecimento, a análise de cunho genético das obras pode ultrapassar a crítica das influências, a constatação das fontes, ao se empenhar na recuperação de sinais da eclosão ou na verificação de amálgamas operados pelo ato criador, tangíveis na biblioteca, isto é, nas leituras de um escritor, de um filósofo, de um cientista, de um artista plástico ou de um cineasta. É hora, portanto, de focalizar as bibliotecas na complexa teia de obras (e de autores) "qui entoure et suscite l'acte de la création", que se estende em muitas direções.[2]

A biblioteca Mário de Andrade alimenta à saciedade esse tipo de reflexão, porque:

— a maioria dos documentos que a compõem (livros, revistas e jornais) carrega, nas margens ou em folhas apensas, notas de leitura exibindo ou sugerindo vários propósitos, funcionando, na verdade, como notas prévias no processo criativo;

— entre os manuscritos do escritor, há notas preliminares e bibliografias levando-nos até lá e

— cartas, crônicas, entrevistas, assim como depoimentos dele aludem ou se demoram no comentário de leituras realizadas, datando a criação.

Um projeto de pesquisa pioneiro coordenado pelo Prof. Dr. Antonio Candido de Mello e Souza, da FFLCH da Universidade de São Paulo, ocupou-se, de 1963 a 1968, do tombamento dos títulos, do registro e de uma primeira classificação da marginália da biblioteca de Mário. Deu origem a três dissertações de mestrado das estagiárias

---

1) As dimensões mostram-se também nos documentos do arquivo e da coleção de artes do escritor (IEB-USP).
2) Ferrer, Daniel. "Projet: Intertexte, avant-texte et hypertexte". Paris, ITEM, 1998, p. 3; traduzida a citação: "que cerca e suscita o ato da criação".

participantes, envolvendo leituras teóricas em francês do escritor, suas anotações nas margem de textos na revista *L'Esprit Nouveau* e a reconstituição de idéias de um ensaio dele sobre uma questão do lirismo amoroso na poesia oral.[3] Levado avante com o apoio do Instituto de Estudos Brasileiros da mesma universidade, na própria casa do escritor, o projeto acatou a disposição original, presa à ordem de entrada dos volumes na grande maioria das estantes. Essa organização, malgrado o desinteresse em delimitar com rigor as áreas, criara um padrão: cada livro, revista ou jornal recebia, na página de ante-rosto ou na de rosto, uma etiqueta impressa, onde o cabeçalho "Mário de Andrade", seguido de uma cruz, dava espaço a letras combinadas com algarismos romanos e arábicos cuidadosamente traçados a tinta. A etiqueta oferecia a localização nos cômodos da casa, nas estantes, nas prateleiras e o número de cada exemplar. Talvez tenha principiado em 1921, após a mudança da família para a rua Lopes Chaves e a confecção dos móveis mediante desenho de Mário.[4] Restrito à seqüência das unidades em cada prateleira, o tombamento não contabilizava o total de títulos por estante. A pesquisa, ao preservar esses dados de cunho histórico, guardou interesses de leitura do autor de *Macunaíma* que podem ser rastreados em determinados anos ou períodos, vinculados ou não a notas marginais, levando em conta datas de edições, testemunhos em cartas ou crônicas e mesmo cartões postais ou faturas de livrarias postos no interior de alguns volumes. Após a transferência do acervo de Mário de Andrade para o IEB-USP no segundo semestre de 1968, o processamento da biblioteca de

---

[3] Maria Helena Grenbecki: *Mário de Andrade e L'Esprit Nouveau* (1968); Nites Feres: *Leituras em francês de Mário de Andrade* (1967) e Telê Ancona Lopez: *O se-seqüestro da dona ausente* (1967), dissertações de mestrado na área de Teoria Literária e Literatura Comparada da FFLCH-USP.

[4] Os móveis que o escritor projetou para seu escritório advém de diálogo seu com mobiliário apresentado na *Deutsche Kunst und Dekoration* e em *Die Kunst*, revistas da vanguarda alemã, números de 1919 a 1923 em sua biblioteca. Algumas peças podem ser vistas em Camara, Cristiane Yamada, *Mário de Andrade na Lopes Chaves* (São Paulo, Memorial da América Latina, 1997), pesquisa realizada no IEB. Rosângela Asche de Paula ocupou-se especialmente do mobiliário no artigo "Mário de Andrade 'desiner' aprendiz: os móveis batutas da rua Lopes Chaves", publicado no *D.O. Leitura*, a. 19, n. 3, mar. 2001, pp. 14-21. A pesquisadora analisa a interlocução em que desponta mais uma faceta desse homem de mais de sete instrumentos.

acordo com as normas atuais apurou um total de 17.624 volumes, entre livros e periódicos.

No presente estudo, retomo posições expressas em "Matrizes, marginália, manuscritos", texto por mim apresentado no II Congresso da Associação Brasileira de Literatura Comparada, em 1990; revejo certas análises minhas da marginália do poeta e do prosador e trabalho matéria nova, ligada à exploração da biblioteca do autor de *Macunaíma*.[5]

Seara e celeiro

Nas influências reconhecidas, nas leituras declaradas, na presença de determinadas obras na biblioteca de um escritor, nas notas autógrafas à margem de suas leituras ou em folhas anexadas a volumes, em todas as formas e feições do recriar, insinuam-se matrizes, instaurando o diálogo que traz a interdisciplinaridade da criação. As matrizes mostram-se de forma principal quando se ligam ao modo de formar; quando textos ou elementos de um texto — temas, motivos, seqüências, cenas, personagens, marcas do espaço, do estilo etc. — enraizam a (re)criação que se afirma com originalidade e autonomia ao integrar outro contexto. Desse ponto de vista, as matrizes, consolidadas ou não pela marginália de um escritor, descobertas no circuito de um diálogo intertextual, interessam à literatura comparada. Matrizes e marginalia nos conduzem, por força da intertextualidade e da dimensão documentária, à tentativa de reconstituir, no diálogo, certas instâncias do ato criador enquanto conjunção de leitura e escritura, convergência na esfera intelectual; enquanto sutil passagem da recepção à criação ou alcance maior da recepção que se transforma em produção e se extrema na bricolagem.

---

5) Coordeno, atualmente, no IEB-USP, um projeto amplo que visa ao estudo da biblioteca de Mário de Andrade nos caminhos de sua criação. Ele compreende a minha investigação sobre as leituras vinculadas a *Paulicéia desvairada* e *Macunaíma*, ao lado de projetos de Iniciação Científica (CNPq). Concluída por Rosana F. Tokimatsu e Beatriz Protti Christino a organização da marginália apensa, Rosângela Asche de Paula está agora recuperando a leitura de Mário, anotada ou não, de obras do expressionismo alemão e austríaco.

Diálogo, enquanto leitura anotada, implica movimento na pesquisa do artista que se desenrola em consonância com suas obsessões, reconhecíveis na obra; subentende crítica, seleção e assimilação. A marginália é, pois, seara e celeiro convivendo paralelos ou fundidos nos arquivos da criação. Ao perseguir a gênese de textos e interpretar as pegadas da criação, o crítico deve saber que lida com a realidade visível de um trabalho em processo, com sinais retratando certos movimentos do desejo do artista; saber que não abarca a complexidade da vida mental de um indivíduo. No magma pulsante do processo, entenderá, então, que as marcas do *scriptor* lhe facultam imaginar uma lógica onde a leitura do artista, os passos de sua impregnação, se desvelam. A marginália, exposta como memória da criação, com todos os percalços da não linearidade da memória, conforma graficamente, na conjunção e sobreposição de dois textos, o que hoje denominamos hipertexto.

As notas marginais autógrafas fazem parte do universo da criação de outros textos e, na medida em que se enquadram no percurso da escritura, duplicam a natureza documental do objeto livro (ou jornal/revista); ao texto impresso existente em uma biblioteca soma-se o manuscrito. Transformando ou selecionando, nas margens, a matéria do autor, tecendo comentários em uma leitura crítica lateral, o escritor promove uma coexistência de discursos. Na verdade, ao tratar o texto impresso como criação de outro, contracena com um segundo escritor. A marginalia se define como a justaposição do autógrafo espontâneo, a tinta ou a lápis, às linhas impressas, configurando o diálogo que ali toma corpo. Esse diálogo exibe o texto nascente que se defronta com uma criação no estágio final, isto é, o livro alheio oferecido ao público (em uma edição onde se imiscuem marcas de outros eus, durante o processo de produção industrial, incluída a infidelidade à criação quando a composição ou revisão impõem desvios ao texto da última versão manuscrita). No diálogo, o escritor/leitor supera o passado: a obra e o autor sobre o quais se debruça habitam seu presente, no encontro que ali se cristaliza a cada incursão do lápis ou da caneta. O diálogo anula uma hierarquia tácita ao refutar o domínio do que aparecia como acabado, ao desdenhar os limites do espaço do outro e ao fazer com que o alheio se transmute em matéria adstrita a um novo dossiê de criação, isto é, em manuscrito; o outro se torna paradoxalmente determinante e subsidiário. Entendendo, com Octavio Paz, que a criação vale sempre como elevada expressão da liberdade do homem, neste caso específico, o homem renega a distância e o silêncio perante o objeto livro. Ou melhor, o leitor/escritor materializa, ao anotar, o diálogo inerente a toda e qualquer leitura, no domínio da palavra escrita. Compreende que, na esfera da criação, não existem tabus e que é riqueza lícita zarpar na bricolagem, na glosa; fazer citações, colagens, paródias, centões. Responde, interpela, redimensiona, transcria na página graficamente dialogizada, hipertexto. Suas notas marginais, vistas como notas prévias, postas em contato com a obra publicada do artista, reabrem o confronto com o texto inacabado subjacente e interrogam a tradição. Sobrepostas ao texto impresso, ampliam a área do hipertexto, enriquecendo edições genéticas e críticas. A marginália do escritor converte sua biblioteca em seara e celeiro onde a criação se supre e viceja, dona de sua própria dinâmica.

MARGEANDO A MARGINALIA

Nas relações da criação de Mário de Andrade com sua biblioteca destacam-se três vertentes ou três medidas de diálogo.

A primeira é a dos elementos constitutivos fundamentais de uma obra literária que se mostram implícita ou explicitamente em matrizes marcadas ou não por notas de margem, paralelamente ou não a manuscritos formados por fólios com notas prévias, esboços e versões autógrafas ou datilografadas. O ato criador explícito ou escondido em uma anotação autógrafa no exemplar de um livro, de uma revista ou de um jornal — algumas vezes um simples traço —, concretiza-se ali como nota prévia, esboço e mesmo rascunho em fragmentos de versões ou versão inteira, quando se trata de poemas. A anotação passa portanto a pertencer ao dossiê genético de obras do poeta, do ficcionista, do crítico e do pensador do modernismo brasileiro. No caso de Mário de Andrade que destruiu ou abandonou nas gráficas os manuscritos da maior parte de suas edições de vida, a marginália compensa, em maior ou menor grau, a perda dos documentos do processo criativo; reveste-se, assim, de especial valor ao firmar insuspeitados paratextos ou ao calçar declarações do escritor sobre suas leituras. Temas, motivos, personagens alheios, recursos estilísticos etc. podem ser vistos nas cabeceiras da escritura mariodeandradina como ressonâncias fortuitas e paradoxalmente inaugurais, desencadeando a criação. Dentre os inúmeros exemplos, lembramos Baudelaire fecundando *Paulicéia desvairada* e o lendário indígena recolhido por Koch-Grünberg, *Macunaíma*.

A segunda vertente nas relações da criação de Mário de Andrade com sua biblioteca coloca-se como a pesquisa com o fito de alimentar projetos em andamento, cujos rastros se espalham nas anotações em obras restritas às áreas em questão ou fora delas. São rastros do polígrafo — poeta, ficcionista, crítico literário, musicólogo, historiador, pesquisador do folclore, de "eus em farrancho" do dizer do poeta. Essa pesquisa atende a necessidade pré-determinada de elementos, atando a leitura a uma finalidade específica, mas se mostra também como o encontro acidental, quando os trabalhos em curso se intrometem e solicitam ao lápis o registro deste ou daquele dado. A pesquisa consigna, na marginália, ítens de fichamentos destinados a obras e se prolonga em notas prévias rabiscadas em papéis postos pelo escritor no conjunto de manuscritos que armou para este ou aquele título, obras inacabadas, inéditos, em geral. Notas marginais visando ao *Dicionário musical brasileiro* ou aos ensaios sobre as *Danças dramáticas do Brasil* bem exemplificam a busca em obras no domínio da música, do folclore, da etnografia e em outros.

A terceira vertente cobre o trabalho/criação imediato do crítico nas anotações que aplaudem acertos, acusam incoerências, deslizes e muitas vezes se encompridam em comentários ou análises, verdadeiros rascunhos de artigos. A poesia de Cecília Meireles, *Viagem*, volume sobejamente anotado, serve de exemplo. É interessante perceber que as folhas dobradas de um artigo pronto, datilografado, inédito, "Oswald de Andrade — Pau Brasil", e de um estudo sobre *Mundos mortos*, em cópia de carta escrita à máquina a Otávio de Faria, voltam, pela mão de Mário, para o interior dos volumes que os suscitaram, sublinhando na biblioteca o sentido de arquivo da criação.[6]

As três vertentes tanto se manifestam isoladas como se misturam; tanto coexistem como se sucedem. Para classificá-las e compreender sua natureza e sua temporalidade é necessário captar as dimensões do processo criador materializadas no volume (*locus genesis*), provindo de uma ou de várias leituras, em diferentes momentos. Mário leitor/ escritor edifica seu celeiro; monta, através de suas anotações na margem, em sua biblioteca, um estoque de possibilidades ou embriões de possibilidades (nem sempre com endereço ou data exata de entrega) acoplado a muitos autores, a uma extensão incalculável de páginas. No celeiro estão documentos aguardando a descoberta de vínculos com obras de Mário e, consequentemente, o momento de entrar em dossiês genéticos. A leitura que ficha, recolhe, armazena pode coexistir com aquela do lampejo, produtora de notas que se fundem, como acréscimos imediatos, na mobilidade da criação, a um poema, um conto ou um romance já definidos em suas linhas principais. Seara e celeiro se avizinham, mostrando a marginalia, *in totum*, como uma profusa acumulação intelectual.

Na marginália de Mário de Andrade, 99% a lápis preto, as notas extensas ou breves, os esboços sucintos nas margens laterais, superiores e inferiores, demorados em espaços e páginas em branco de livros e revistas, os sinais mais simples como grifos, traços, cruzetas, pequenos círculos traduzem o gesto do instante. Exibem o desejo de comungar, aderir, reter ou excluir, desvelando ou não um paradeiro; permitem que se acompanhe várias visitas a mesmo volume ou que se vislumbre situações genéticas mais sutis, como um possível primeiro momento de um novo texto em um esboço, a centelha do *insight*, a hibernação de determinados temas que encorpam linhas de força, ou ainda, planos e até rascunhos de certos trechos que mais tarde viverão versões independentes das páginas da obra de outro. Quando o volume não basta, enquanto suporte, à escritura, ou quando é preciso dar mais

---

6) Ambos se acham publicados: Andrade, Mário de "Pau Brasil"; in: Batista, Marta Rossetti et allii (org.), *Brasil: Primeiro tempo modernista: 1917-29*. São Paulo, IEB, 1973, pp. 129-32 e MORAES, Marcos Antonio de (org.) Nos meandros de *Mundos mortos*: carta a Octavio de Faria. *Revista do IEB*, n. 36. São Paulo, IEB, 1994, pp. 184-89.

mobilidade a documentos participantes da criação, Mário de Andrade mune-se de folhas avulsas e as anexa ao exemplar. Então, a marginália apensa tanto se encarrega da nota prévia curta, ligada à coleta de informações destinadas a compor o espaço de uma narrativa ou a prender um tópico de pesquisa e, portanto, indicativa já de um dossiê genético fora do volume, como de versões extensas de certas análises do crítico da literatura, desvinculadas de outros manuscritos.

Como o processo de criação de Mário (e o dos escritores, em geral) se avigora, ao longo dos anos, de textos alheios, o volume anotado se torna um tecido onde se distribuem interesses diversos e se escondem momentos também diversos, instigando a crítica genética a datar as diferentes instâncias/os diferentes diálogos travados; a avaliar a medida da transcrição e a acompanhar os processos de trabalho do polígrafo. Os volumes da biblioteca, dentro ou fora da marginália são objeto de nossa análise enquanto documentos que freqüentam nosso presente; são alvo de nossas conjecturas e... de nossos enganos. Não podem, como qualquer manuscrito aliás, ser trabalhados sem o conhecimento da obra publicada ou não de Mário e de seus projetos de escritor.

Tempos da marginália: do leitor católico ao poeta pacifista

A vasta interlocução com autores em inúmeras áreas e a multiplicidade do olhar que caracterizam esta marginália entremostram o gradativo crescimento dela na biblioteca e períodos a serem decifrados no modo de anotar. Presume-se que a marginália tenha principiado em 1910, quando Mário tem 16 anos, é congregado mariano e freqüenta, na capital paulista, o curso de Literatura Universal da Faculdade de Filosofia, ligado ao mosteiro de São Bento e à Universidade de Louvain. As anotações a tinta preta, algumas letras desgarradas no seio das palavras e o corte no t sem levantar a caneta demarcam, na folha de guarda do primeiro tomo de *La vie de Jeanne d'Arc* de Anatole France (Paris, Calmann-Lévy, s.d.),[7] em maio daquele

---

7) Ver reprodução do manuscrito na p. 247.

ano, o início do diálogo e de um primeiro período cujo término fica em torno de 1913. Vale recuperar aqui explicações tão singelas:

> "Si quis um dia, possuir este livro, foi/ unicamente porque desejava concluir um/ estudo sobre o seu auctor e não porque/ participava das mesmas ideas, inda / mais que sabia que um protestante/ inglês (1) provou que na Vie de Jeanne D'Arc, Anatole France mente 64 vezes/ MR Andrade/ São Paulo 28-5-10.
>
> Cahe-me agora nas mãos o livro de/ Andrew Lang e não posso deixar de/ rabiscar este livro com annotações/ de verdade, ao menos terá algum valor./ MRAndrade Mr. Andrew Lang — "La Jeanne d'Ar (*sic*) de M. Anatole France" Libraria Perrin/ Quai des Augustins, 35 Paris".[8]

O período 1910-1913 restringe-se ao diálogo com poucos autores, leitura que parece ligada sobretudo ao desejo de firmar conhecimentos e reassegurar valores religiosos e morais, sem abrir mão, contudo, do que aceita como verdade apoiada em documentos ou testemunhos. Concretamente não se tem ainda um escritor. No livro de Anatole France, as notas são de alguém que havia desejado "concluir um estudo sobre o seu auctor", quando copia, com esmero, sobre diversas seqüências, nos dois volumes da biografia citada, trechos do estudo de Andrew Lang, *La jeanne d'Arc de M. Anatole France*, no intuito de polemizar. E notas de um católico que registra, em sua biblioteca, sua história de vida, ao justificar a leitura de uma obra no *Index*.[9] Um católico que se arrisca... E guarda, no livro, uma flor seca, amor-perfeito clarinho.

Esse leitor, no mesmo 1910, começa a incorporar, no contato com seus professores belgas e franceses, fronteiras cristãs um pouco mais dilatadas, sobretudo no que dizia respeito à construção do pensamento e da bagagem de leituras, definindo caminhos do futuro escritor. As notas marginais a tinta preta, no livro do filosofo belga Fierens-Gevaert, *A tristeza contemporânea*: Estudo sobre as grandes correntes moraes e intelectuaes, tradução de João Correa de Oliveira

---
8) Nota com rasura: correção não resolvida: "Libyraria".
9) No Arquivo de MA estão pedidos seus de leitura de obras proibidas pela igreja católica, dirigidos ao Arcebispado de São Paulo; pagavam taxa. V. Lopez, Telê Ancona et allii, *A Imagem de Mário*. Rio de Janeiro, Alumbramento, 1998, pp. 42-43.

(Porto, Magalhães & Moniz, s.d.),[10] que guarda mata-borrão de propaganda da Casa Graphica, assinatura e data — "Mario Raul de M. Andrade/ 3-10-910" —, indicam a evolução. Nessa síntese crítica da filosofia e da literatura do final do século XIX e do princípio do XX, os traços à margem destacam a valorização do ideal místico, o repúdio ao egoísmo e a perda do sentido da vida em uma civilização doente, materialista (pp. 16-17, 25). E este comentário, ao lado do texto impresso, fala, mais uma vez, da independência dirigindo a comparação no âmbito religioso, mas, defendendo Verlaine:

"Gevaert não fez justiça a Verlaine, que/ se converteu verdadeiramente/ ao cat"hol"i-/cismo. Leia-se o livro de Pacheu "De Dante a [sic] Verlaine",/ principal-/ mente quando da/ pag. 136 em diante,/ onde o autor/ diz o/ que ele foi na/ realidade."

As anotações mais antigas avalizam, pois, esforço de reunir um lastro. É assim, quando, em *Les fleurs du mal* de Baudelaire (édition définitive com prefácio de T. Gauthier de 1868, Paris, Calmann-Lévy, [s.d.], p. 201), o grifo em "Lethé", no verso 18 de "Spleen", ("(...) l'eau verte du *Lethé*."), seguido da chamada "(1)", remete ao significado posto na margem inferior, valendo, em uma data que não se consegue precisar, como sinal de interesse do jovem pela cultura clássica. Curiosamente os dois títulos, o de Anatole France e o de Baudelaire, de acordo com a possível organização da biblioteca em 1921, alojavam-se na mesma sala A — o "hol" do térreo da casa da rua Lopes Chaves —, o primeiro, na estante I, prateleira b, sob os número 9-10, e o segundo, na estante II, prateleira c, como o volume 26. A data considerada para o arranjo nas primeiras estantes dá sentido ao retorno de Mário a Baudelaire em 1921, como se verá daqui a pouco, neste nosso trabalho. No primeiro tipo de diálogo, além da possibilidade de novas leituras de A. France aventadas (pelo mesmo leitor ou alheias), desponta uma solução formal que irá ordenar comentários em toda a marginália. Mário grafa o expoente "(1)" ao lado do trecho impresso que seleciona e o retoma para expandir cogitações nas margens inferiores, superiores ou laterais, em livros e periódicos. Impõe sua marca.

---
10) Ver reprodução do manuscrito na p. 248.

Tempos da marginália: memória da criação de *Paulicéia Desvairada*

O segundo período da marginália pode ter nascido em 1914. Abole a caneta e adota o lápis preto, admitindo raras incursões do lápis vermelho, usado então pelos professores para corrigir deveres dos alunos. O lápis escolhe e grifa títulos, versos, destaca trechos, confere a versificação, denuncia gralhas, tece comentários, põe exclamações de aplauso e de ironia, semeia tópicos de pesquisa, até mais ou menos 1929. De início, emprega, no sublinhar e na seleção de trechos, tanto linhas retas como linhas onduladas, fixando-se depois nas retas. Adota também cruzetas (cruz de Sto. André) para selecionar. Este é, sem dúvida, o período de maior riqueza da marginália; explicita ou resguarda o encontro do escritor/leitor e crítico com sua criação, ao que se pode calcular. Não se satisfazendo em ressaltar pontos de sua admiração ou recusa na obra que ele próprio pusera em seu caminho, o leitor se faz escritor e age como tal ao se expor a novos estímulos, ao recolher sementes. Esses estímulos — temas, soluções de estilo, personagens etc. — casam-se com obsessões, preocupações, propostas estéticas, conscientes ou ainda não, mas passíveis de serem captadas na grande rede de documentos que alcança todos os tempos da produção do escritor.

A dedicatória de 1914 e as notas a lápis que se fazem ver no exemplar de um livro de sucesso no Brasil nessa época, o *Só*, poesia de Antonio Nobre (Paris/Lisboa, Aillaud e Bertrand, 1913) nos dão a pista/hipótese do início do segundo período por volta daquele ano.[11] Nos traços únicos ou paralelos que sublinham títulos e escolhem trechos, nos versos grifados assenta-se uma dimensão de cunho crítico, vinculada à descoberta e à valorização de uma poesia renovadora, diversa do parnasianismo vigente no Brasil, dimensão que condizia com certos avanços de nosso simbolismo, descoberta fecunda. O *Só* abre perspectivas: o vocabulário negando convenções cultas, a aceitação da material da criação popular, a onomatopéia, as imagens absorvendo o

---

11) A dedicatória é do amigo e companheiro da Congregação Mariana, Aloísio Álvares Cruz: "Ao meu/ sincero amigo Mario de / Andrade, / Cruz / 29-11-914."

cotidiano, as alegorias e metáforas inusitadas (sobretudo as que se apoiam em expressões musicais) realçam a religiosidade e as linhas de compaixão humana do poeta penumbrista português, grata por certo ao congregado mariano que escrevia versos parnasianos, além de contos. As anotações juntam crítica e criação; podem ser analisadas como vestígios do processo criador do livro de estréia, sob o pseudônimo Mário Sobral, em 1917, *Há uma gota de sangue em cada poema*, poesia pacifista ambientada na França e na Bélgica, movida pela I Guerra Mundial. Ao diálogo com a obra de Nobre e com determinados textos de Jules Romains, Verhaeren, Claudel ou Gustave Kahn, por volta de 1915-17, testemunhado pela biblioteca do jovem escritor, pode-se creditar o aparecimento de novos caminhos em sua criação, como a harmonia poética, postulada pelo último no prefácio sobre o verso livre, na terceira edição de *Premiers poèmes* e ali praticada. Trata-se de um passo significativo em termos de Brasil, embora distante das vanguardas que explodiam na Europa desde o futurismo de Marinetti. E é curioso perceber, nos diálogos que cercam *Há uma gota de sangue em cada poema*, uma possível primeira marca de interdisciplinaridade, quando o famoso *Les glaneuses*, tela no Louvre contemplada somente na pequena reprodução colorida (10,8 x 15 cm) do livro *Millet*, n. 19 na primeira série da coleção Les peintres illustres (Paris, Pierre Lafitte, s.d.), enseja (mas sem notas marginais) a visualização plástica da respiga do trigo no antigo campo de batalha e esgueira-se até a cristalização do cotidiano bucólico que o sarcasmo arrasa, no final do poema "Os carnívoros". Eis os versos que admitem o galicismo glosando o tema do pintor:

> Pelo campo ceifado, à Ave-Maria,
> na tarde enxuta
> e fria,
> enquanto o vento remurmura, meigo e brando,
> mulheres de Millet, robustas e curvadas,
> irão glanando, irão glanando... (v. 24-29)

A falta de data no volume impõe a consulta aos demais títulos que, para Mário, mostraram pranchas da pintura universal desde a Idade Média até o realismo, enfileirados na sala E, "hol" do segundo andar.

Na coleção, entre os poucos volumes datados, o n. 53, na segunda série, é *Géricault*, de 1913, colocando *Millet*, portanto em um mesmo momento de compra e leitura.

No segundo período, anotações autógrafas ou a simples presença de edições do final do século XIX, da primeira e da segunda década do século XX trazem à tona a ligação com os principais poetas brasileiros românticos, parnasianos e simbolistas, ao lado de autores de língua francesa, alemã e italiana, poetas sobretudo. Não se constata mais, em obras do porte de *Les fleurs du mal*, como no primeiro período, o leitor aplicando a páginas do livro apenas a explicação de teor enciclopédico. Os títulos existentes falam do alargamento do gosto de conhecer, freqüentar autores consagrados, permitidos ou não pelo *Index*, descobrir as vanguardas. As notas de Mário de Andrade testemunham a disseminação e o amadurecimento progressivos do diálogo, ao abandonar certas restrições ao verso livre ou certos julgamentos de católico dogmático, em proveito da interlocução realmente crítica, na qual o leitor/artista se permite aparecer. Mesmo quando simplifica o diálogo em traços, cruzetas ou grifos, não esconde uma leitura participativa, aberta, sem transmutar em pecado esse tipo de permanência da memória na escrita.

Essa liberação gradual não exclui, pelo menos até 1920, a conciliação com a Igreja. Um requerimento ao Arcebispado de São Paulo, sem despacho, visa, em 21 de fevereiro de 1916, a leitura de "livros interditos pelo Santo Ofício".[12] Ao arrolar *Madame Bovary*, *Salambô* (*sic*), *Œuvres* de Balzac, *Reisebilder* e *Neue Gedichte* de Heine, *Œuvres* de Meterlinck e o *Grand Dictionnaire Larousse*, traz à baila leituras estrangeiras no Brasil, abrangendo até mesmo um nome aqui pouco difundido como o belga Maeterlinck, e o início das ligações de Mário com a literatura de língua alemã. Dentre as obras relacionadas, duas de Flaubert, em edições de 1913, e *Oeuvres* de Balzac (1853?) permaneceram na biblioteca de Mário de Andrade e não trazem notas de leitura, da mesma forma que *L'intermezzo; La mer du nord* de Henri Heine, volume de preciosa coleção miniatura encadernada em tecido, com o corte das folhas em ouro, de Payot & Cie., Paris, s.d. O requerimento, ao introduzir um

---

12) Na série Documentação pessoal no Arquivo Mário de Andrade, IEB-USP.

escritor refinado como Maeterlinck, reforça, para nós, a existência de uma primeira leitura de *Les fleurs du mal*, norteada pelo desejo de entrar em contato, mormente se vista em confronto com uma dedicatória de 1919, dezembro, em outra obra de Baudelaire, *Le spleen de Paris*. Presente de Natal nesse ano, no volume miniatura da mesma coleção de Payot & Cie, as linhas do amigo louvam, na página rosto, o gosto raro de Mário e parecem aludir a um autor por ele já apreciado: "Ao mais bizarro/ e encantador espirito/ dos moços que eu conheço./ Natal de 1919./ Damy".[13] Nesse livrinho, que tanto marcará a poesia do modernista de *Paulicéia desvairada*, salvo números de telefone na folha de guarda, o presenteado nada anota.[14] A assinatura de Martim Damy, somada a carta por ele assinada em 26 de fevereiro do ano seguinte, transmitindo a Mário convite de Freitas Valle, põe o autor de *Há uma gota de sangue em cada poema*, no circuito da Vila Quirial, onde se reuniam artistas e escritores.[15] E onde, nos títulos das conferências nos ciclos organizados pelo mecenas Freitas Valle, se percebe a sorrateira chegada do modernismo.

No segundo período pouco a pouco se apaga a defasagem em relação à Europa e a marginália segue par e passo o que se descobre e se inventa fora do Brasil. Mário pode pensar criticamente um caminho brasileiro modernista e moderno, justamente porque se aprofunda no estudo dos nossos poetas românticos, neles destacando o nacionalismo, o uso da língua portuguesa falada no Brasil e certas linhas de força. E porque não se furta à uma leitura honesta de seus contemporâneos, neles acusando, severo, as falhas e deglutindo os acertos.

---

13) Martim Damy reaparecerá em 1922 na revista *Klaxon*. A bela edição miniatura foi, ao que se pode ver, presente de dois amigos; Damy e S [?]. Este deixou na página de guarda entusiasmadas palavras: "A chiméra / da grandeza!... / Só os pequenos / são grandes... / Tu és grande, / porque és pequeno / na vaidade. S." Vale lembrar que ambos os amigos compartilharam a mesma caneta, a pena molhada na tinta preta. Ali Mário anotou a lápis três números de telefone.
14) A coleção não recebeu etiqueta. Na casa da Lopes Chaves ficava na estante do quarto de Mário, a das edições de luxo.
15) Martim Damy, amigo de Freitas Vale, passa a MA convite de Freitas Valle (Jacques d"Avray) para reunião na Vila Kyrial, em carta datada de São Paulo, 26 fev. 1920, escrita no papel timbrado do Ginásio do Estado do qual o mecenas era diretor. No ano seguinte, Mário apresentará a conferência "Debussy e o impressionismo" , no segundo ciclo de conferências de Vila Kyrial. Participará de outros ciclos, falando em 1922 sobre o modernismo.

"O modernismo esboçado na marginália" seria de fato um bom título para um estudo exaustivo destinado a desenterrar as raízes de *Paulicéia desvairada*, livro de Mário de Andrade que, em 1922, crava um marco na literatura brasileira do século XX. Tal estudo esmiuçaria, por exemplo, a passagem do escritor pela *Esprit Nouveau*,[16] pela poesia de Verhaeren, de Whitman, dos futuristas, dadaistas, pelo expressionismo, sobretudo... Sem se esquecer da retomada, agora crítica, de Jules Romains. O que almejamos hoje, todavia, em relação a *Paulicéia desvairada*, é cercar nas leituras anotadas ou simplesmente confirmadas, dois diálogos nos quais se originam dois pontos fundamentais na criação moderna de Mário: a ruptura das barreiras da superioridade de classe do poeta e a definição de um crivo crítico de cunho estético-ideológico para nortear o nacionalismo modernista. Estes dois pontos elevam a obra acima dos traços de um programa de vanguarda, praticado por todos os modernistas (Mário inclusive) em 1921-22, tais como simultaneidade, a presença da máquina, o cotidiano na cidade veloz, a adoção do português falado no Brasil. Instauram, no amplo diálogo das leituras e da marginália, uma visada da modernidade condizente com o humanismo amplo do cristão/católico, no qual charitas, enquanto escolha de caminho, traça pontes até Epicuro e a filosofia dos Mestres do Chá, como bem nos contará carta de 1940, endereçada à discípula Oneida Alvarenga, em que desfilam leituras formadoras do pensamento e da ética do escritor, rompendo o dogmatismo eclesial.[17] Essa carta dá as chaves de uma espécie de base ideológica nos arquivos da criação. No caso especial de uma obra escrita em 1921-22, sem manuscritos conservados, como *Paulicéia desvairada*, pode crismar elos relevantes, como Verhaeren em *Les villes tentaculaires* e as contradições da cidade moderna. Nossa atenção, contudo, concentra-se agora na contribuição retirada de Beaudelaire e naquela vinda de Musset que alcança o nosso Gonçalves Dias, passando por outras leituras fecundantes.

Da marginália, no lápis preto calcado, emergem linhas horizontais retas ou inclinadas, curtas a maioria, únicas e as vezes duplas (na ênfase,

---

16) Grenbecki, Maria Helena. *Mário de Andrade e L'Esprit Nouveau*. São Paulo, IEB, 1968, representa uma primeira abordagem.
17) Andrade, Mário de e Alvarenga, Oneida, Cartas. Ed. organizada por Oneida Alvarenga. São Paulo, Duas Cidades, 1983, p. 271.

por exemplo a "La Beauté"), ou linhas onduladas, logo abaixo dos títulos, e grifos e traço à margem de versos, sem contar correções a falhas na impressão. Essas marcas consolidam o regresso de Mário de Andrade, já como escritor, possivelmente em 1921, às páginas de seu exemplar de *Les fleurs du mal*. Permitem que se divise o leitor despertando o poeta que abraça duas visões de Baudelaire, os dois poemas intitulados "Le crépuscule du soir": o que ali faz parte dos "Tableaux parisiens" (pp. 273-74, título assinalado com um breve e forte risco inclinado, a lápis preto), por ele conhecido antes do que encontra em 1919, na edição miniatura de *Spleen* (pp. 55-58, sem notas de leitura). As visões aparecem combinadas no poema "Noturno" de *Paulicéia desvairada*, obra cujo processo de criação, em 1921-22, não se confirma em notas ou versões remanescentes, em um manuscrito paralelo ao livro anotado, em suma. Combinam-se, mas, a assimilação separa crepúsculo e noite, dando a cada qual um sentido particular que percorrerá o conjunto da obra de Mário de Andrade.

Na prosa poética de *Spleen*, em "Le crépuscule du soir" eleva-se o ponto de observação e de isolamento do poeta — o balcão até onde chega, através das nuvens transparentes, a aflição daqueles que o fim do dia não acalma — os loucos do hospício na montanha. O crepúsculo absorve-lhes os lamentos e os transforma em "lúgubre harmonia"; o crepúsculo "excite les fous", cujas mentes a noite, sobrevindo, afunda nas trevas, ao mesmo tempo que aclara o espírito do poeta e lhe proporciona a luminosidade intensa da criação, força capaz de unir terra e céu, "fogo de artifício da deusa Liberdade!", paroxismo e transcendência. Para ele, a mistura das cores na transição — os tons róseos do dia que se esvai, o vermelho opaco dos candelabros que se acendem e o negror da noite que vem do oriente -, mimetizam "os sentimentos complexos que lutam no coração do homem nas horas solenes da vida".[18]

Nos "Tableaux parisiens" a criação de Mário se depara com o recorte do instante na cidade, seguido da meditação, e, no conjunto dos textos dessas duas obras de Baudelaire (ao lado de obras de outros

---

18) Em Baudelaire, "les sentiments compliqués qui luttent dans le coeur de l'homme aux heures solenelles de la vie" (op. cit., p. 58).

poetas), com a admissão das pulsões mais fundas da alma, com a constatação da presença do demônio no homem. Vamos nos deter em "Le crépuscule du soir" de *Les fleurs du mal* (pp. 273-74), cujo título, como se sabe, foi assinalado pelo leitor/escritor com um breve e firme risco inclinado, texto de capital importância na invenção do poema "Noturno". De "Le crépuscule du soir" e em "Noturno" nasce uma linha de força de toda a poesia de Mário de Andrade: a noite como a hora da libertação da libido, do assomar dos páramos calcados da alma. Em "Noturno", na poética de estreita ligação com a música e em conformidade com o verso harmônico, definido no "Prefácio interessantíssimo" de *Paulicéia desvairada* como "acorde harpejado", a repetição da primeiras estrofes, integral ou desenvolvendo variações, intercalados outros blocos de versos, constrói a retomada do tema, própria do gênero consagrado por Chopin, emprestando até ao bonde, signo da cidade veloz, uma fantasmagoria. Estruturado em torno do pregão de rua, posto em discurso direto como a voz da noite que se espessa e se estende nas vogais "ô" e "u" — "— Batat'assat'ô furnn!..." —, moderna quebra de fronteiras entre o popular e o culto (a inserção do popular bebida talvez em Nobre e mesmo em Alphonsus de Guimaraens), o poema, desde o início, transpõe Baudelaire. O confronto dos textos deixa ver a impregnação que toma, como uma espécie de mote, a comparação da noite com uma "grande alcova" para explorar o filão de uma sensualidade sem sanções.[19]

"Noturno" — *Paulicéia desvairada*	"Le crépuscule du soir" — *Les fleurs du mal* Nota MA: título assinalado com um breve e forte risco inclinado. I
"Luzes do Cambuci pelas noites de crime... Calor!... E as nuvens baixas muito grossas, feitas de corpos de mariposas, rumurejando na epiderme das árvores... (v.1-4) (...)	"Voici le soir charmant, ami du criminel Il vient comme un complice, à pas de loup; le ciel Se ferme lentement comme une grande alcôve, Et l'homme impatient se change en bête fauve. (v.1-4) (...) III
"Calor!... Os diabos andam no ar corpos de nuas carregando... (v. 27-30)	"Cependant les demons malsains dans l'atmosphère

---
19) Ver reprodução do manuscrito na p. 246.

"Num perfume de heliotrópios e de poças
gira uma flor-do mal... (...) (v. 8-9)

S'éveillent lourdement, comme des gens d'affaire,
Et cognent em volant des volets et l'auvent.
À travers les lueurs qui tourmente le vent
La Prostitution s'allume dans les rues,
Comme une formilière elle ouvre ses issues,
(...)". (v. 11-16)

"Noturno" — *Paulicéia desvairada*

"Le crépuscule du soir" — *Spleen*

"Gingam os bondes como um fogo
de artifício,
sapateando nos trilhos,
cuspindo um orifício na treva cor de cal..."
(v. 1-7)

"O nuit! (...) vous êtes le feu d'artifice de la déesse
Liberté!" (linha 7)

Os dois poemas de Baudelaire de idêntico título, lidos nas edições citadas, trabalham a polivalência da noite. No que está na edição miniatura de *Spleen*, a noite é simultaneamente o apaziguamento dos que vêm do trabalho braçal, a "precursora das volúpias profundas", a "libertação de uma angústia" no universo do poeta e tormento redobrado no mundo dos loucos. No que pertence aos "Tableaux parisiens" de *Les fleurs du mal*, a noite cresce como a hora da transgressão e do crime. Bricoleur, o poeta brasileiro processa então a sua recepção/ruptura, em um novo e inusitado olhar no qual enreda também seu contemporâneo Mário Pederneiras, carioca e flâneur baudeleriano.

O exemplar de *Outomno*, assinado a lápis "Mario de Andrade / Primavera — 921", n. 74, na prateleira d, a estante I, sala A, edição do mesmo ano, com única nota marginal corrigindo um erro, ficava no "hol" do sobrado para onde havia ido, já em dias de modernismo, o volume *Les fleurs du mal*.[20] O poema "Nocturno", no livro do simbolista/penumbrista, (já bastante moderno), apanha a música do povo na rua ("Chora o gemido musical das flautas / Na pachola canção das serenatas" (v. 70-711), na noite branca em que "Sob o

---

20) Pederneiras, Mário. *Outomno*: Versos 1914; Rio de janeiro, Editora Leite Ribeiro, 1921. No poema "Elogio da cidade", que valoriza a modernização da antiga capital do país, à p. 30 o lápis de Mário surpreende o possível erro da composição ou da revisão; "providencial" em lugar de "provincial". Pederneiras traz também seu "Crepusculo" que não interessou ao poeta leitor.

disfarce das emoções suaves / O Luar é lascivo" (v. 119-20), mas, o poeta renega formas da sexualidade avassaladora e se isola, após encastelar a "lascívia do Luar" (v. 121) no "romantismo de emoções mais finas" (v. 128), na "sugestão de volúpia secreta" (v. 133). Enseja, em suma, a presença dos sons povo, do pregão no "Noturno" de Mário, do violão e a "treva cor de cal" da neblina paulistana em que a luz é o instante no holofote do bonde, máquina moderna. Vê-se ultrapassado pelo reconhecimento do prazer da frustração perante a sexualidade manifesta.

Em *Pauliceia desvairada*, na noite transposta como um delírio, onde "gira uma flor-do-mal" (clara homenagem a Baudelaire!), crime é a sexualidade que vibra, intensa, quando o eu lírico, por artes da polifonia poética e na ausência completa do ponto final, (somente exclamações, reticências e vírgulas são empregadas), embebe-se de sensações e impressões. Crime alojado na transgressão do poeta-voyeur, na volúpia, no encantamento que o possui e no êxtase amoroso (também volúpia) por ele atribuído aos que vivem a noite na rua, no bairro da marginalidade paulistana, o Cambuci. Crime/libertação da sexualidade expresso nos cheiros, nas cores fortes que envolvem, em pinceladas expressionistas, as figuras dos marginais:

> Calor!... Os diabos andam no ar
> corpos de nuas carregando...
> As lassitudes dos sempres imprevistos!
> E as almas acordando às mãos dos enlaçados!
> Idílios sob os plátanos!...
> E o ciúme universal às fanfarras gloriosas
> de saias cor de rosa e gravatas cor de rosa!... (v.27-33).

O cor rosa do crepúsculo baudelairiano muda-se para saias e gravatas, vestindo e metonimicamente despindo homens e mulheres triunfantes no prazer. E hibernará até 1925, quando, somada à parte II de "Le crépuscule du soir", modula mais uma constante na poesia de Mário de Andrade — a tarde como o privilegiado instante da criação poética. Assim acontece em "Louvação da tarde", poema-meditação a que Antonio Candido atribui uma posição-chave na obra de Mário de Andrade, publicado em 1930 no volume *Remate de Males*.[21] Na noite da Paulicéia que absorve traços o crepúsculo parisiense, os balcões de uma separação de classes ("Balcões na cautela latejante, onde flores Iracemas/ para os encontros dos guerreiros brancos... Brancos?" v. 34-35) dissolvem-se, mas perduram para o poeta; só ele carrega grades, seu ciúme, sua distância inelutável de *voyeur*.

No quadro baudelairiano, "grave moment", no qual os marginais pululam na cidade e a dor avulta, o poeta se recolhe e se compadece daqueles que "n'ont jamais connu / La douceur du foyer et n' ont jamais vécu!". Em "Noturno", inexiste a superioridade implícita desse olhar. O poema plasma ainda a "deusa liberdade", de efêmero, mas cotidiano reinado, do "Le crépuscule du soir", prosa poética sem marcas do leitor. Inverte o sinal: o eu lírico não vive uma "festa interior", fugaz, apesar de intensamente luminosa; não se livra de uma angústia. O poeta voyeur da Paulicéia é quem se percebe marginal ante a riqueza do pobre, "os livres/ da liberdade dos lábios entreabertos!..." (v. 40), cujos arroubos, cuja sexualidade sem peias encontram correspondência no firmamento concebido à Baudelaire, vertiginoso como o de Van Gogh — "o estelário delira em carnagens de luz" (v. 46). Resta-lhe o metafórico "céu" solitário, "rojão de lágrimas", prazer e dor.

Advindo, nesse caso, de um tempo de hibernação curto e datado (1920-22), a captação e transmutação de Baudelaire, decorrentes de nova(s) visitas(s) a *Les fleurs du mal*, nos fazem lembrar uma lúcida análise de Mário da primeira poesia de Bandeira, em 1924, análise que pressupõe as relações do poeta de *Paulicéia desvairada* com suas leituras. No artigo "Manuel Bandeira", publicado na *Revista do Brasil* (a .9, n. 107), pode-se ler: "Manuel está se procurando nos livros dos outros", seguida de menção ao sistema de montagem automobilística, conhecido em uma exposição. Descreve-o para fundamentar uma alegoria bem século XX a respeito da criação: "Os poetas geralmente nascem como um Ford. Cada livro, outro

---

21) Antonio Candido, em "O poeta itinerante" (O discurso e a cidade. São Paulo, Duas Cidades, 1993, pp. 257-278), considera "Louvação da tarde" um marco da transição da poesia de Mário de Andrade do modernismo de programa para sua poesia interior, de maturidade.

poeta passado que lêem é um operário que lhes ajeita uma roda, carburador, molas. Afinal, mais um irmão bota a gasolina. Então o poeta sai andando, fom-fom! E escreve poemas seus."[22] Aliás, a consciência da intertextualidade — e da interdisciplinaridade — já havia se manifestado no escritor que acolhera, em sua poesia, o pregão entoado em São Paulo e que, no "Prefácio interessantíssimo", em 1921, contesta e desmistifica, irônico e moderno, a ilusão narcísica do romantismo de Musset: "(...) Sinto que o meu copo / é grande demais para mim, e inda bebo no copo/ dos outros".[23] A réplica velada ao verso 82, "Mon verre n'est pas grand, mais je bois dans mon verre." de "La coupe et les lèvres", descoberta por Diléa Zanotto Manfio, referenda a presença do poeta francês entre as leituras de Mário, o que para nós significa ver Musset na raiz do verso-chave para a definição de *Paulicéia desvairada*, graficamente destacado como conclusão:

Sou um tupi tangendo um alaúde!

A consciência dos débitos e dos dotes de bricoleur reflete-se na expressão "arlequinal", adjetivo e advérbio disseminados em *Paulicéia desvairada*, compondo o crivo da intertextualidade por onde passam posições estéticas e soluções técnicas das diferentes vanguardas européias, além de subsídios populares e eruditos de origem vária. "Arlequinal" serve para configurar a justaposição de fragmentos que alicerça a polifonia poética na obra, onde o eu lírico assume diferentes feições do arlequim.[24] Polifonia, aliás, se torna a marginália, na justaposição/coexistência de discursos, no hipertexto. Como se vê, o

---

22) Andrade, Mário de. "Manuel Bandeira". In: Lopez, Telê Porto Ancona, org. Manuel Bandeira: verso e reverso. São Paulo, T.A. Queiroz, 1987, p. 75 (artigo na Revista do Brasil, a . 9, n. 107. Rio de Janeiro, nov. 1924, pp. 215-24).

23) É Dilea Zanotto Manfio, no Apêndice de sua edição crítica de *Poesias completas* de Mário de Andrade que descobre, no verso citado, uma réplica a Musset (São Paulo/Belo Horizonte, EDUSP/Vila Rica, 1987). Na biblioteca do escritor modernista buscamos o verso 82 de "Le coupe et les lèvres"; está na "Dédicace» do poema dramático, no volume 1, "Premières poésies", da 2. ed. das *Œuvres completes* de Musset, Paris, Garnier Frères, (1852), p. 222.

24) O "Traje de losangos... Cinza e ouro..." que veste São Paulo e incorpora a geometria da bandeira brasileira, na invocação do primeiro poema da obra, "Inspiração".

arlequim da commedia dell'arte renascentista chega ao século XX; não pretendemos, contudo, esquadrinhar aqui as fusões e atitudes vanguardistas de que ele foi objeto.[25]

Paulicéia desvairada, 1922, alarga as fronteiras do programa vanguardista em que seu autor se engastara. Vale como nossa primeira expressão realmente moderna, onde Mário de Andrade firma uma visão crítica de seu tempo, promove a síntese e a transformação das principais linhas da vanguarda européia e ironiza a transitoriedade dos próprios caminhos; onde decalca o nacional, mas o torna também base para a busca do universal, além de seu tempo e de sua terra, na poesia que tem como tema a cidade e descobre São Paulo microcosmos, metrópole na qual pulsam as contradições do homem do século XX. Obra cujo processo de criação, em 1921-22, não se confirma em notas ou versões, em manuscritos rotulados, *Paulicéia desvairada* consigna uma valiosa profissão de fé no segundo poema do volume, "O trovador". Não cabe aqui a análise exaustiva do texto, mas o recorte seguindo o eu lírico que, à guisa de conclusão, proclama a identidade do vate mestiço consciente de suas "raisons de trouber" e realiza um crivo crítico unindo Europa e Brasil. O crivo, como a batéia do minerador, escoima as pedras de valor do cascalho profuso; escolhe, com liberdade; o material lhe parece pertinente na arte européia, na cultura do colonizador. Dispõe dos "ismos" da Europa ao sabor das necessidades que constata em nossa arte; abrangerá toda a obra do escritor. Opera sínteses e fusões; acolhe e transforma temas, figuras de linguagem, obsessões, elege textos. Quê textos deságuam nessa síntese? Como se move essa batéia no campo das leituras e da marginália? Quem escavar vestígios da criação do verso (e do poema inteiro) nas estantes de Mário de Andrade vai se defrontar com dois textos, dois poetas, dois livros precedendo a elaboração e a publicação de *Paulicéia desvairada*. Consolidam o diálogo com Alfred de Musset e com o nosso Gonçalves Dias. Diálogo

---

25) No ensaio "Arlequim e modernidade" focalizamos as diferentes camadas de significado, presas ás vanguardas do século XX, que revestem a arlequinalidade de *Paulicéia desvairada*. V. Lopez, Telê Ancona. *Mariodeandradiando*. São Paulo, HUCITEC, 1997, pp. 17-35.

complexo coexistente e combinado talvez ao entendimento da assimilação da poesia de Musset pelo indianista brasileiro, este último o possível mentor direto da postura nacionalista estética, ideológica e lingüística de Mário. Ou reforço iluminador. Considerando a tipologia das notas que municiam nossa análise, ambas as leituras teriam ocorrido por volta de 1920-22, o que não exclui contatos anteriores, pois ambos os poetas figuravam nos programas de Português e Francês do liceu, na década anterior.

Oeuvres completes de Alfred de Musset, nouvelle édition de Edmond Biré, Paris, Garnier Frères, (1852), com belas ilustrações de Maillard, brochura, dois volumes, trazendo ambos notas marginais a lápis preto e vermelho, mostram-se como os números 2 e 3 da prateleira b, na estante II da sala A. Nos dois repete-se a dedicatória — "Á minha prima Elisa / off / Gilberto / - 13/9/1911" — que explica talvez um presente de segunda mão, recebido da mulher do primo Candido de Moraes Rocha , filha de Elisa C. Gomes.[26] Nas anotações autógrafas, o lápis preto segue as formas de assinalar citadas, às quais se somam comentários críticos; o vermelho grifa e risca cruzetas de destaque. Mário leitor, em ambos os volumes, confere conhecimentos de versificação, avalia soluções do poeta, destaca versos e estrofes, mas, em "La coupe et les lèvres", não salienta especialmente aquele verso contestado no "Prefácio interessantíssimo". E deixa, sem qualquer marca, o verso que parece embasar a adoção do alaúde para compor a figura do poeta brasileiro moderno, consciente de sua mestiçagem, "primitivo de uma nova era". Do passado, "lição para se meditar", isto é, no reconhecimento da parcela européia da cultura do Brasil, processado por novos olhos, saem pois o trovador e o alaúde que, em "La nuit de mai" de "Poésies nouvelles", recebem um destino dentro do romantismo.[27] Ao longo desse poema, a musa romântica indica a tradição medieval como garantia da nacionalidade e exorta o poeta a perseguir sua identidade e sua definição, ao reiterar o apelo

---

26) Elisa Candido Gomes era mãe de Hilda Gomes Corrêa que se casou com Candido de Moraes Rocha, fazendeiro em Araraquara, filho de Isabel, tia materna de Mário de Andrade, por ele transformada na personagem tia Velha, do conto "Vestida de preto".

27) Musset, Alfred de. "La nuit de mai". In:"Poésies nouvelles". In: *Œuvres completes*, v. 2. nouvelle édition de Edmond Biré, Paris, Garnier Frères, (1852), pp. 42-53.

> Poéte, prends ton luth, (...),[28]

além marcar a dor como grande tema universal da poesia.

Na casa da Barra Funda paulistana, Gonçalves Dias, *Poesias* (nova edição de J. Norberto de Souza Silva), dois volumes fartamente anotados a lápis preto, tiragem da Garnier em Paris, (1919), ficava também na estante II da sala A, sob números 62 e 63, na prateleira d. As anotações escondem bem mais que um momento, que só um diálogo. O primeiro momento é o da leitura escola de poesia, ato de conhecer através da análise minuciosa que assinala temas, constantes do estilo, como a repetição próxima e enfática de palavras e segmentos de versos, refrãos; que confere a versificação, as rimas e lê ouvindo. Esse momento se casa com um tempo de trabalho do crítico, quando os comentários mais longos mostram um estudo em andamento da poesia dos românticos, comparando Gonçalves Dias a Varela, Castro Alves e Casimiro de Abreu. Evidencia-se nas linhas onduladas ou retas, sublinhando ou distinguindo verticalmente certos trechos, singelas ou paralelas, usando ou não os expoentes (1) e (2) ou fios para comentários mais longos; nos colchetes e cruzetas, nas exclamações de ironia (ex.: o pleonasmo "pobre mendiga" ou o cacófaton "bella Dona" — "A mendiga", v. 2, pp. 25, 27).[29] O lápis, entretanto, despreza os títulos de poemas; ou poupa testemunhos de apropriação mais incisivos... Leitura de estudo, repete, nas linhas onduladas, o diálogo de registros semelhante ao da passagem do autor de *Paulicéia desvairada* por Baudelaire à altura de 1921, quem sabe percebendo, no nacionalismo do poeta maranhense que eleva a figura do trovador com o alaúde, a filiação em Musset. Leitura também de impregnação, suas evidências materiais se dissolvem na presença de temas e versos cujas correspondências, na ausência de esboços, rascunhos ou versões, podem ser vislumbradas no livro de 1922, em "O trovador", o poema inteiro, e no verso que o conclui:

---

28) V. na edição citada, "La nuit de mai", pp. 46-53. Comprados mais tarde talvez, encadernados, postos na mesma estante II da sala com os números 11 e 12, os volumes III e IV da mesma edição, tomando o teatro de Musset, não trazem notas marginais de Mário de Andrade.

29) A edição e análise das notas de MA em Gonçalves Dias são objeto de trabalho meu em andamento.

"Sou um tupi tangendo um alaúde!". Arriscamo-nos, assim, a ligar Gonçalves Dias ao Musset de "La nuit de mai" e consequentemente ao nosso Mário, sem afirmações sobre a exata decorrência do processo. Autorizando-nos, porém, a entender, como um reflexo do grande romântico da França, a escolha da epígrafe de "O trovador" nas "Poesias diversas" que antecedem o grande salto do indianismo (v. 1, p. 69). A epígrafe, apesar de anônima, realça o destino maior do poeta e da poesia: "Elle cantava tudo o que merece ser cantado; o que há na terra de grande e de santo — o amor e a virtude".

Amálgama de difícil decomposição, ou melhor, de presumível composição, a criação de Mário de Andrade, em sintonia fina com a estética nacionalista de Gonçalves Dias, estética que ressuma uma ética amplamente humanista, parece ter nela se abeberado para definir o trovador brasileiro e paulistano. Tal aproximação evidencia ou reforça indiretamente Musset para o leitor/escritor que o tem ou teve nas mãos. Vale a pena, pois, seguir este possível trajeto. Gonçalves Dias, vivida em Coimbra a experiência do medievismo poético, marcada, evidentemente, pelo romantismo francês, transita por um passado europeu em poemas como "O trovador", "O soldado hespanhol", das "Poesias diversas", e nas "Sextilhas de frei Antão". Mas, em "Canção", já nas "Poesias diversas", parece dar um passo marcante no sentido de deslocar para o Brasil, a "pesquisa lírica e heróica do passado", europeu, conforme de Antonio Candido.[30] Em "Canção", o poeta se reparte em três caminhos, cada qual depositado em um instrumento musical. Então, à harpa confia a poesia religiosa; à lira, os suspiros pela amada, e ao alaúde, cujas cordas de ferro troca por cordas de prata, quando regressa ao Brasil, recusa as «trovas de amores» que caracterizavam os "antigos trovadores" (v. 1-16). Constitui-se em um novo trovador, fiel à lição da musa de "La nuit de mai", ao entregar ao alaúde uma missão solene, nacional, anunciada apenas nos versos finais reservados pela leitura do poeta modernista:

---

30) Candido, Antonio. *Formação da literatura brasileira: Momentos decisivos*, 2. ed. revista, v. 2. São Paulo, Martins, 1964, pp. 85-86.

> Votei assim ao meu Deus
> A minha harpa religiosa,
> A ti a lyra mimosa,
> O grave alaúde aos meus! (v. 29-32, v. 1, p. 85)

O diálogo intertextual confirma-se no colchete a lápis que os abraça à direita, traduzindo admiração. Pode-se ligar a estes versos a abertura da dimensão tupi para o alaúde do trovador de *Paulicéia desvairada*. Ou melhor, o surgimento de um novo trovador, coincidindo com aquele (mesmo sem marcas de leitura) que a musa de Musset preconiza e que a "Canção" levanta. O trovador brasileiro, nas pegadas de Gonçalves Dias, devota o alaúde aos "seus", isto é, a um projeto estético brasileiro e moderno, no qual a dama, Paulicéia, "mulher feita de asfalto e de lama de várzea", é a cidade multifacetada, a metrópole do século XX cheia de contradições, onde mora a ancestral dor humana e a loucura/lucidez que desmascara a hipocrisia, a acomodação do mundo burguês. Como Gonçalves Dias, não receia o uso do português falado no Brasil; "tange" esse alaúde à sua moda, com onomatopéias e tantas outras ousadas soluções. Na profissão de fé desse trovador tupi do modernismo de 22 pode-se buscar os ecos da leitura, na mesma edição, de versos que declinam, na "Introdução" de "Os Tymbiras", a postura nacionalista do romântico pautando, para para o Brasil, através do índio, um passado heróico e, como bem observa Antonio Candido, criando "uma convenção poética nova". À terceira estrofe (v. 33-49), o leitor distingue com dois traços à margem esquerda os versos 43-44, grifa segmento do 46 e instala o expoente (1) ao lado do 49. Recapturamos a estrofe, os sinais e os comentários do crítico que escondem o poeta:

> Como os sons do boré, sôa o meu canto
> Sagrado ao rudo povo americano:
> Quem quer que a natureza estima e preza *35*
> E gósta ouvir as empoladas vagas
> Bater gemendo as cavas penedias,
> E o negro bosque sussurrando ao longe —
> Escute-me. — Cantor modesto e humilde,

A fronte não cingi de mirto e louro, *40*
Antes de rama verde engrinaldei-a,
D´agrestes flores enfeitando a lira;
Não me assentei nos cimos do Parnaso.

Nota MA: 2 traços à margem recolhendo v. 43-4.

Nem vi correr a linfa da Castalia.
Cantor das selvas, entre bravas matas *45*
Aspero tronco de palmeira escolho.

Nota MA: segmento grifado, fio para o comentário ao final do poema, p.153; transcrito abaixo.[30]

«Unido a ele soltarei meu canto,

Enquanto o vento nos palmares zune
Rugindo longos encontrados leques.

Nota MA: expoente (1) para comentário na na margem inferior e na esquerda; transcrito abaixo.[31]

Caminhos que se fazem, vestígios que se enterram, débitos e transformações dão a esse modernista culto e lúcido a capacidade de ser crítico e livre, moderno.

---

30) Transcrição diplomática do comentário de Mário de Andrade: "Nacionalismo: É curioso de se notar que o naciona- / lismo naturalistico, quero dizer, em relação á natureza, dos nossos romanticos / se aquartelou na copa da palmeira qua- / si que só. A Varela coube ir um pouco / alem. Os outros desque que falam no Brasil / nacionalistamente, ou por saudade ou/ por exaltação patriotica lá vem palmeira."

31) Transcrição diplomática: "(1) Os tons descritivos de G. Dias embora / mais parcos que os de Varela são mais / incisivos e realista[s]. Alias tem sempre / em G. Dias, quasi sempre, uma tal ou qual / secura realista de pensamento. Se observe / por exemplo na Mãi Dagua como tudo o / que este canta, ou quasi, é tirado das possibilidades de encantação do proprio fundo do rio ou das / condições da Mãi-dágua mesmo. E inumeros traços realis- / tamente descritos a todo instante nestas Americanas. Na pg. / anterior, como é eficaz, por ex. As setas caindo uma depois / das outras e ficando no caminho como que a indica-lo."

COMO SE CONSTITUI A ESCRITURA LITERÁRIA?

Philippe Willemart
Laboratório do Manuscrito Literário[1]
Universidade de São Paulo

Prolongando as reflexões do Laboratório do Manuscrito Literário sobre o conceito de criação,[2] sustentarei que a lingüística, a psicanálise e a filosofia não esgotam a constituição da escritura literária, não negando, porém, as intervenções do sujeito do inconsciente e do sujeito empírico. Precisamos de outros conceitos para entender a constituição da escritura literária e tornar inteligíveis esses processos que estão na origem de qualquer criação.

Jacques Derrida comentando o *Bloco Mágico* de Freud chegou a dar uma tal autonomia à escritura que ele via nela um sujeito agindo: "O sujeito da escritura não existe se entende por isso qualquer solidão soberana do escritor. O sujeito da escritura é um sistema de relações entre as camadas: do bloco mágico, do psíquico, da sociedade, do mundo. Nesta cena, a simplicidade pontual do sujeito clássico não é encontrável".[3]

Diferenciar o sujeito "clássico" do sujeito da escritura é tentador já que marca bem a distância entre o sujeito que opera na escritura e os

---
1) Essa contribuição beneficiou-se dos debates ocorridos no Colóquio Franco-Brasileiro de outubro de 2000 no Carré des Sciences em Paris e das sugestões valiosas de Claudia Pino, Teresinha Meirelles e Cristiane Takeda do Laboratório do Manuscrito Literário.
2) Claudia Amigo Pino. O conceito de "criação", segundo o Laboratório do Manuscrito Literário. *Fronteiras da criação. VI Encontro Internacional de Pesquisadores do Manuscrito*. São Paulo, Annablume, (1999) 2000, p. 130
3) Derrida, Jacques. *L'écriture et la différence*. Paris, Seuil, 1967, p. 355.

efeitos da operação visíveis no manuscrito, mas não seguirei Derrida neste ponto já que o leitor por mais que ele conheça a obra do filósofo imagina dificilmente um sujeito da escritura disputando o campo do sujeito freudiano dividido. Usarei o conceito de "escritura literária" menos problemático que implica entretanto o uso das figuras de estilo ou a entrada do sujeito escritor na função poética, como exemplifiquei com os manuscritos de *Salammbô* de Flaubert.[4]

O inconsciente aparece e desaparece, dá um sentido a um significante e some, até reaparecer em outro momento no discurso, dançando de lapso em lapso, de sonho em sonho ou, mais intensamente, no discurso associativo no divã. A escritura literária se constitui no decorrer das idas e vindas da mente do escritor ao manuscrito, por sua mão. Em outras palavras, os significantes do inconsciente não são os significantes lingüísticos. A escritura literária, embora use o mesmo estratagema, constrói-se ao longo dos manuscritos enquanto o inconsciente, ou melhor, o saber do inconsciente[5] ou o mapa erótico do sujeito age continuamente na sua mesmidade.

O inconsciente se sustenta do desejo e da articulação dos registros do Real, do Simbólico e do Imaginário enquanto a escritura literária se sustenta essencialmente do código da língua usada e ex-siste. Embora ela mantenha um diálogo constante com o sujeito do inconsciente e com o sujeito empírico, a escritura está numa posição de exterioridade.

Contrariamente ao que se pensa, a escritura literária não representa o escritor, cujo retrato consta na capa dos romances. Os 2.500 fólios rascunhados por Flaubert em cada romance ou os 75 cadernos de rascunhos escritos por Proust, manifestam o difícil nascimento da escritura literária.

A cada rasura,[6] a escritura literária surge, o que acarreta o abandono

---

4) A imersão na escritura nos *incipit* de Salammbô. *Bastidores da criação literária*. São Paulo, Iluminuras, 1999, p. 19.

5) "saber no que ele está no lugar da verdade". Jacques Lacan, *O Seminário. Livro 20*, M.D. Magno (trad.). Rio de Janeiro, Zahar, 1996, p. 123.

6) Tomaremos o conceito de rasura no sentido amplo da palavra, isto é, como cobrindo qualquer mudança na primeira escritura. Pode ser uma palavra riscada, um acréscimo importante preenchendo um branco, a supressão de um parágrafo ou mesmo um capítulo sem manifestação gráfica na versão seguinte.

total da crítica biográfica ou da psicobiografia, tão cara a muitos psicanalistas. Embora pareça que a cada supressão ou acréscimo, o escritor expõe suas pulsões, sua vida pessoal, seus problemas, sua estrutura psíquica, suas intenções primeiras, o estudo do manuscrito mostra que quando ele inicia o processo de escritura, persegue, ou melhor, é perseguido pelo que chamei um "primeiro texto".

Obsessivamente, o escritor procura dizer esse primeiro texto que o empurra. O que representa esse conceito? Não se define em termos racionais como "quero contar a história de um vaqueiro que cai no cangaço" (*Grande Sertão: Veredas*) ou "quero contar a relação amorosa entre uma governanta e seu aluno"(*Amar, verbo intransitivo*); não é um projeto de tese de doutoramento nem o plano que às vezes encontramos na primeira página do manuscrito.

"Na sua vida de pulsões e de desejo, o escritor, para não dizer o artista em geral, particularmente sensível à tradição cultural e ao mundo em que vive, retém de forma singular informações e sensações do passado e do presente. Os elementos detidos nesse filtro particular, formam um entrelaçamento ou nó, que de certo modo bloqueia o desejo do artista e o incomoda. Desse bloqueio ou dessa barreira nascem o primeiro texto e o autor. Não há portanto um primeiro texto escrito em alguma parte e transmitido por uma musa ao escritor atento, mas uma lenta aglutinação de elementos que, depois de algum tempo, devem ser ditos e escritos. Como o neurótico angustiado com seu sintoma recorre ao psicanalista, assim o escritor, querendo livrar-se dessa placa retida, começa suas campanhas de redações, não impelido, mas atraído pelo desejo".[7]

"Não será portanto em termos de espaço que definirei a origem da escritura, mas em termos de texto que se constrói e se descontrói a todo momento, segundo sua passagem pela re-presentação. Texto instável por sua mudança, mas estável por ser ligado ao grão de gozo — "texto móvel" portanto — o substantivo insistindo na sua identidade e o determinando no jogo permanente de construção-desconstrução. Este texto móvel mantém, por outro lado, as conotações de isolamento, de anterioridade e de esquecimento dos três espaços descritos por

---

7) Willemart. *Universo da criação literária*. São Paulo, Edusp, 1993, p. 92.

Oury em *Création et schizophrénie*, o sítio, a caverna cercada do esquecimento e a fábrica dos prés. Escapamos assim das coações kantianas do tempo e do espaço demais dependentes da geometria euclidiana, e preferimos a figura da corda com mais de quatro dimensões, dos físicos. Isolado e esquecido, o texto-corda esconde todas as suas riquezas, mas, uma vez pego pelo escritor atento, o «texto móvel» desdobra suas múltiplas dimensões e desencadeia a escritura."[8]

Essa condição inicial mais forte da qual depende o romance ou o poema, subentende qualquer rascunho e acompanha o manuscrito até a entrega ao editor. Necessário porque suscita a escritura, contingente porque desaparece naturalmente no final do manuscrito, ele indica um processo paralelo de sublimação no escritor.[9] Entre o início da escritura e o ponto final, "o primeiro texto" — atravessando todas as zonas de instabilidade do manuscrito — se modifica, se desestabiliza, mas deixa-se reconhecer, nos seus efeitos, por um crítico atento.[10] A posição do narrador no início da *Busca do tempo perdido* é um exemplo probante: "Durante o sono, não havia cessado de refletir sobre o que acabara de ler, mas essas reflexões tinham assumido uma feição um tanto particular; parecia-me que eu era o assunto de que tratava o livro: uma igreja, um quarteto, a rivalidade entre Francisco I e Carlos V".[11]

Duas matizes entretanto:

1. A escuta da pequena música de Vinteuil por Swann lhe faz encontrar "um primeiro texto ouvido" — escuta um outro que goza. Não se trata de negar a importância da leitura; trata-se de acrescentar pelo menos a escuta decorrente da pulsão do ouvir. Assim, podemos substituir o conceito de "primeiro texto lido" pelo de "texto móvel" que pode ser, ao mesmo tempo, lido e escutado com a vantagem de ser profundamente adaptável às circunstâncias e ao ritmo da leitura e da escuta.[12]

---

8) Id., *Além da psicanálise: as artes e a literatura*. São Paulo, Nova Alexandria,1995, p. 102.
9) Id., *Universo da criação literária*, p. 97.
10) Id., *Au-delà de la psychanalyse: la littérature et les arts*. Paris, L'Harmattan, 1998, p. 157.
11) Proust, Marcel. *No caminho de Swann. Em busca do tempo perdido*, Mario Quintana (trad.). São Paulo, Globo, s.d., v. I, p. 9. A partir dessa página, Nicole Deschamps lê essa instabilidade do narrador na obra em Figurants anonymes de la fresque proustienne. *Marcel Proust 2: Nouvelles directions de la recherche proustienne*. Colloque de Cerisy-la- Salle, França, 1997). Paris-Caen, Lettres Modernes, Minard. 2000, p. 189.
12) Id., *Proust, poeta e psicanalista*. São Paulo, Ateliê Editorial, 2000, p. 214.

2. Os manuscritos demonstram o quanto o escritor, o poeta ou a criança se engajando na escritura, são forçados a deixar de lado os problemas pessoais que bloqueiam o desejo, para se concentrar apenas no "primeiro texto", a concentração é tão forte que a carga pulsional contrária ao desejo de escrever é relativizada.

Primeiro texto, primeiro texto lido, primeiro texto escutado, "texto móvel", tal foi a evolução do conceito no decorrer da pesquisa dos manuscritos.

O "TEXTO MÓVEL"

Introdução: O texto móvel que substitui o conceito romântico de "musa", submete o escritor, feminiza-o, dá a ele esse "odor de femina", inicia sua trajetória bem antes de chegar à página; leva-o aonde não queria, obriga-o a dar mil voltas ou bifurcações e, freqüentemente, conduz a narrativa, sem que ele perceba. Em outras palavras, o "texto móvel" vai forçar o escritor a descobrir aos poucos o caminho da escritura e a administrar o pedaço de Real envolvido no "texto móvel". O registro do Real, segundo Lacan, compreende toda a realidade não falada[13] ou não traduzida em símbolos, mas o artista, porque artista, tem a força de apreender um pedaço dele por meio o exercício de sua arte, o *poiein* de Valéry.

O narrador proustiano imaginou um procedimento parecido quando elaborou sua teoria da sexualidade. Ele descreveu o barão de Charlus como tendo a forma de um efebo incrustado na pupila, que modelava o olhar e o físico do barão e lhe dava aos poucos o perfil de uma mulher.[14]

---

13) Cleusa Rio P. Passos. *O contar desmanchando... artifícios de Rosa*, p. 1.
14) "De resto, compreendia eu agora porque, um momento antes, /.../ me pareceu que o Sr. de Charlus tinha o aspecto de uma mulher: era-o! Pertencia à raça destes seres menos contraditórios do que parecem, cujo ideal é viril justamente porque seu temperamento é feminino e que são na vida, semelhantes em aparência apenas, aos demais homens; ali onde cada qual traz consigo, nesses olhos pelos quais vê todas as coisas do universo, uma silhueta talhada gravada na pupila, não é para eles a de uma ninfa, mas a de um efebo". Marcel Proust. *Sodoma e Gomorra*, Mário Quintana (trad.). São Paulo, Globo, 1957, 2. ed., pp. 13-14.

Efebo no olho ou "texto móvel" na mente são metáforas que significam a maneira com a qual o artista é trabalhado.

Lacan queria ilustrar o automatismo de repetição com o conto de Poe. Vejo o "texto móvel" com a mesma função. Carregado de sentidos "desconhecidos" do escritor, o "texto móvel" insiste até estar completamente esvaziado e tornando-se um espaço oco sem mais poder sobre o escritor, a ponto de liberá-lo e deixando-o entregar o texto ao editor. Nesse sentido, a escritura se assemelha à análise, que tem como alvo esvaziar os significantes que incomodam o desejo do analisando.

1. Do que é constituído o primeiro texto ou o "texto móvel"? Diferente da carta desviada de Poe, podemos suspeitar de algumas características.

1.1 O "texto móvel" é ligado ao afeto: Jean Starobinsky falava de "uma origem trágica anterior ao poema" a respeito de Pierre-Jean Jouve;[15] Gilles Deleuze dizia mais ou menos a mesma coisa sobre Proust "Precisa em primeiro lugar experimentar o efeito violento de um signo e que o pensamento esteja forçado a procurar o sentido do signo";[16] Ricoeur, comentando o mesmo autor, escreve "A obra de arte, considerada na sua origem, não é o produto do artesão das palavras, ela nos antecede, ela deve ser descoberta — nesse aspecto, criar, é traduzir;[17] Valéry salienta "a importância da relação entre a gênese de um texto e a arqueologia do sentimento"[18] e que "todo um trabalho se faz em nós sem nosso conhecimento /.../ nosso estado consciente é um quarto que arrumam em nossa ausência.".[19]

---

15) *La Quinzaine Littéraire*. 15 jan. 1988, p. 16.
16) Gilles Deleuze. *Proust et les signes*. Paris, PUF, 1983, p. 32.
17) Paul Ricoeur. *Temps et récit. II La configuration du temps dans le récit de fiction*. Paris, Seuil, 1984, p. 214.
18) *Valéry à l'œuvre*, p. 127.
19) Paul Valéry. *Cahiers*, Nicole Ceylerette-Pietri e Judith Robinson-Valéry (orgs.). Paris, Gallimard, 1988, II, p. 355.

1.2 O "texto móvel" se deixa moldar por um grão de gozo como Swann se deixava moldar pela forma musical da pequena música de Vinteuil: Swann experimentava "uma estranha embriaguez /.../ em despojar o mais íntimo de sua alma de todos os recursos do raciocínio e fazê-la passar sozinha pelo filtro obscuro do som !".[20]

Posso imaginar o texto e o grão de gozo em contato contínuo, como na fita de Moebius (ver reprodução colorida das figuras contidas neste texto na p. 245), na qual os dois lados não se distinguem. Swann, escutando a pequena música de Vinteuil, reúne-se com um outro que goza ao ouvi-lo (il jouit! e J'oüis!). A metáfora proustiana é esclarecedora: como a alma de Swann passa eroticamente pelo filtro do som, assim, o primeiro texto passa pelo filtro do gozo. Não é outra coisa que dirá Lacan mais tarde no Seminário *Encore* segundo Jacques-Alain Miller: "precisa do sexto paradigma do gozo para que a linguagem e sua estrutura que eram tratados como um dado primário aparecem como secundários e derivados /.../ da lalíngua e do gozo".[21] Uma vez mais, reconhecemos com Freud que "os poetas e romancistas são no conhecimento da alma, nossos mestres porque eles se abastecem a fontes inacessíveis às ciências".[22]

1.3 O «texto móvel» não tem forma e é parecido ao que dá origem à fabricação da concha do molusco comentada por Valéry.[23] O manuscrito emana do "texto móvel", como a concha segregada pelo molusco emana de uma forma informe desconhecida[24].

---

20) Proust. *No caminho de Swann. Em busca do tempo perdido* [Mário Quintana (trad.). São Paulo, Globo, 18. ed., s.d.], p. 232.
21) Jacques-Alain Miller. Les paradigmes de la jouissance. *La Cause freudienne. Reuve de psychanalyse*. Paris, Huysmans, 1999, p. 25.
22) Sigmund Freud. *Delírios e Sonhos na "Gradiva" de Jensen e outros trabalhos*, Jayme Salomão (trad.). Rio de Janeiro, Imago, 1976 (1907), v. IX.
23) Valéry. L'homme et la coquille (1937). *Œuvres complètes*. Paris, Gallimard, 1960, 1, pp. 886-907.
24) Sabemos hoje que essa "forma informe" estaria contida nos lipídios, no RNA (esqueleto de açúcar e de fosfato) ou no PNA (glicina), primeiros elementos formadores do DNA, fornecedor das informações do código genético. Isabel Gerhardt. As moléculas e a origem da vida. *Mais. Folha de S. Paulo*, 16 jul. 2000, pp. 26-28.

2. Como age o "texto móvel"?

2.1 Diferente da carta desviada (*en souffrance*) do conto de Poe, que não sofre mudança no tempo, o "texto móvel" — na medida em que passa pela representação no manuscrito ou adquire um sentido e passa no registro do imaginário — destrói-se, sofre um desvanecimento (Lacan) — como o sujeito do inconsciente — e volta à sua forma informe, imersa no grão de gozo que determina sua estabilidade.

2.2 Segunda diferença: o texto móvel reaparece não quando o Ministro, a Polícia ou Dupin tentam roubá-lo, mas quando o escritor[25] parando, hesitando, rasurando, deixa um espaço, um tempo não preenchido, no qual ele aproveita para surgir tal uma fada exibindo um diamante. O escritor, portanto, abre a porta, não para se deixar roubar, mas para se deixar guiar por ele como os poetas outrora aguardavam a inspiração.

Nesse sentido, todos os autores e os críticos são apenas efeitos da escritura sem por isso operar somente como sujeito do inconsciente.

3. Objeção à existência do "texto móvel".

O verso do último poema de Mallarmé "Todo pensamento emite um lance de dados" não dificulta a existência do "texto móvel"?

Contrariamente ao pensamento que está nas mãos do inconsciente e que opera segundo as leis do sonho encontradas por Freud: o deslocamento, a condensação e a figurabilidade e mergulha no gozo, a escritura enroupa um grão de gozo. Este marca a continuidade da escritura e define a característica invariante que distingue um conto de um outro, um poema de um outro. O conceito de "texto móvel" tem a vantagem de adicionar o imprevisível ao previsível, com o inconveniente de que o previsível será percebido somente no final da escritura. Não será portanto previsível segundo a lógica científica, mas sim segundo a lógica psicanalítica do "só depois" e do "teria sido".

---

25) Para entender os passos seguidos pelo escritor, os estudiosos do manuscritos diferenciam o escritor que inicia a escritura com seu plano, do autor que a conclui, geralmente com um texto completamente diferente daquele pensado no começo. Entre essas instâncias, introduzimos a do *scriptor*, que escreve atendendo às ordens dos terceiros (tradição, cultura, pessoas encontradas ou consultadas, etc.) e as pressões do texto móvel.

Em outras palavras, conhecendo o texto publicado e lendo o manuscrito, o crítico poderá "prever" o desenrolar da escritura.

O mesmo fenômeno acontece no decorrer de uma análise se o conceito de "texto móvel" for aplicado ao processo analítico já que é no "só depois" que as duas histórias adquirem uma lógica "inteligível". No entanto, numa análise, os resultados não são inteiramente checáveis porque os problemas se resolvem em parte pelo sujeito do inconsciente sem a intervenção do analisando, contrariamente à escritura na qual a instância do autor intervém sempre, pelo menos para confirmar o trabalho do scriptor.

4. Resultados da imbricação do texto móvel com o texto escrito, manuscrito ou publicado.

Como sabemos, o gozo faz parte do registro do Real e motiva qualquer atividade humana, mas, atravessando a escritura, isto é, submetendo-se à sintaxe, ao léxico, à tradição, aos ditados dos terceiros, o escritor vai além e tenta entender e tornar inteligível, o pedaço de gozo contido no texto móvel. Assim, ele revela novos elementos que entram no Simbólico existente como por exemplo:

4.1 Flaubert, escrevendo *Madame Bovary* e a *Educação Sentimental,* construiu dois personagens originais, Emma Bovary e Frédéric Moreau, que viraram referências na história da literatura, pelo menos a francesa. A partir do imaginário da ficção, o autor Flaubert cortou um pedaço do Real, se posso usar essa metáfora, e o introduziu no Simbólico. Essas duas personagens, embora seres de ficção, constituem como que uma parada obrigatória e intransponível para o mundo do romance e da cultura francesa. Os escritores não podem mais escrever uma história sem levar em conta essas duas personagens. E assim também acontece na literatura brasileira, com Diadorim e Riobaldo de Guimarães Rosa, *Pasárgada* de Manuel Bandeira, *A paixão segundo GH* de Clarice Lispector, *Quincas Borba* de Machado de Assis e outras tantas personagens ou as relações entre elas, de todas as grandes obras.

4.2 O narrador proustiano, contando um sonho de seu herói,[26]

---

26) Marcel Proust, *Sodoma e Gomorra*, Mário Quintana (trad.). São Paulo, Globo, 1957, 2. ed., pp. 300-302.

imaginou a caverna dos sentidos, como Kristeva a chamou,[27] que ensinou aos psicanalistas um pouco mais sobre o universo dos autistas.

4.3 Louis Aragon, em *Le fou d'Elsa,* inverte o ano do início da Segunda Guerra Mundial na França, revelando uma estranha relação entre a invasão alemã na França em maio de 1940 e a preparação das expedições na Espanha em 1490, que descobriram ou invadiram, entre outros países, o Brasil.

4.4 No artigo Lituraterre,[28] Jacques Lacan brincando com a letra, a litter (o lixo) inspirado de *Finnegans Wake,* diz algo de novo sobre as relações entre a escritura e sua materialidade, a letra.

Isto é, a ficção e no caso de Lacan, a crítica, conseguem arranhar um pedaço do Real. Da ficção ao Real para o Simbólico, Flaubert e Proust contam uma história e desta história decorre uma "revelação". Aragon e Lacan brincam com a letra ou o número e deste jogo decorrem relações novas entre escritura e letra, por um lado, e fatos históricos, por outro.

Os autores que assinam o livro publicado, Flaubert, Proust, Aragon, Lacan, constituem-se aos poucos sob a ação da escritura literária.

Proposição de um virtual

1. O operador

Nesta segunda parte, gostaria de ir mais fundo e perceber como opera esse "texto móvel" no detalhe. Em 1995, a partir da noção de scriptor elaborada por Grésillon e Lebrave, tinha distinguido as instâncias de escritor, scriptor, narrador e autor.[29] Em 1997, tinha sublinhado que a passagem do livro *Swann* de 1912 a *O caminho de Swann* de 1913 provocando a junção de personagens em Marcel Proust decorria não de um contexto filosófico externo, mas de uma

---
27) Julia Kristeva. *Le Temps sensible,* p. 291.
28) Lacan. Lituraterre. *Littérature.* Paris, Larousse, 1973, 1, p. 3.
29) Willemart, De qual inconsciente falamos no manuscrito?. *Manuscrítica.* São Paulo, Annablume, 1995, 5, pp. 47-62.

intervenção do operador na escritura em contato com o Real.[30] O exemplo proustiano reproduzia macroscopicamente o que se passa a cada rasura quando intervém o escritor-autor, e indica suficientemente que cada intervenção do scriptor, quebra uma linearidade inicial sob a coação do contexto, menor a meu ver, e do cotexto (chamada por Michel Charles[31] fantasmas do texto) muito mais poderoso,[32] e obriga a uma reorganização do que já está escrito.

A autonomia do escritor em relação às condições iniciais e sua dependência das condições contextuais e cotextuais levam-me fatalmente à teoria da auto-organização de Prigogine e deslocam o estudo dos processos de criação do escritor, sujeito da enunciação, para o **scriptor**, que ocupa o verdadeiro lugar ou campo das mudanças, sem ser todavia o agente.

Podemos, portanto, identificar o conjunto das instâncias ao operador de Prigogine que tem exatamente esse objetivo de transformar a função do "texto móvel". Isto é, o "texto móvel" suscita um texto, manuscrito ou digitado, que o scriptor transcreve religiosamente e que o autor

---

30) Id., O operador na escritura. *Memória cultural*, Albertina da Gama, C. Telles, I. Alves (orgs.). Salvador, UFBA, 2000, pp. 411-424.

31) "Qual existência atribuir a esta dificuldade: texto fantasma", p. 177. "Os Átridas na biblioteca imaginária de nosso orador antigo, os chifres da mãe de Julien l'Hospitalier, todos os lados secretos do início da *Busca do tempo perdido*. NB. O texto fantasma não é um anagrama como em Saussure e não se constrói conforme o modelo do texto que ele explora; vem de uma leitura errática a partir de uma palavra, um enunciado, um corte diferente", p. 208. "/.../ são elementos fantasmas virtualmente capazes de produzir um texto fantasma. Encarregados de um efeito considerável, eles desaparecem, no entanto, a partir do momento em que se quer assegurar ao texto sua legibilidade. Em outras palavras, eles são um obstáculo ao bom funcionamento da memória contextual e produzem uma difração provisória do texto — ou fantasmas estruturais: inventividade estrutural)". Michel Charles. *Introduction à l'étude des textes*. Seuil, 1995, p. 376.

32) "A obra se fazendo texto, integra sua sombra ou elementos fora do texto (hors-texte); o cotexto é uma criação do texto, impossível de separá-los; percebo os efeitos do fora do texto, mas não vejo o cotexto /.../ A operação de textualização é essencialmente cotextualisação; a maneira com a qual o texto incorpora o mundo dos objetos por uma série de mediações. O cotexto existe somente com o texto, define um código de legibilidade, é produto do texto e efeito de nossa leitura. Essa noção se opõe à leitura exata de caráter positivista dos "Sorbonnards": isto quer dizer isto. Os estruturalistas já tinham abalado esse tipo de leitura, que foi recuperado em 20 anos pelo aparelho institucional. A sociocrítica estuda "a signifiance", faz ela aparecer lá onde o sentido se produz, opõe-se à significação positivista, diferencia-se da interpretação". Duchet, Claude. São Paulo, *La sociocritique*, 4/4/1994 (conferência inédita no DLM-FFLCH-USP).

confirma. Essa operação surge a cada rasura ou parada da escritura. Teresinha Meirelles analisando os dois conceitos de scriptor e de operador, sublinha, em *Manuscrítica 9*, que o scriptor, não tendo complexo de Édipo nem inconsciente, não tem sentido falar de "um inconsciente do texto". O scriptor é agido pelos terceiros que passam através do inconsciente do escritor.

2. A roda espiral

Sabemos, conforme desenvolvido em textos anteriores que a rasura desencadeia o movimento das quatro instâncias. Procurando uma figura marcante que juntasse os movimentos das quatro e facilitasse a compreensão do leitor, tinha imaginado inseri-las numa roda que agiria a cada movimento da escritura, mas essa imagem — porque fechada e conotada de perfeição —, é contrária à gênese aberta a bifurcações e raramente terminada.

Em seguida, Cristiane Takeda sugeriu duas figuras, a da espiral e a da cadeia do DNA. A primeira ilustraria o movimento das instâncias que não se fecha em si mesmo e que uma vez completado um ciclo, impulsiona a formação de outra volta, mas essa figura carrega consigo a noção de evolução e de ascensão aparentemente contrários à de gênese sempre não-linear.

A segunda figura que tem a forma de uma dupla hélice, teria a vantagem de indicar uma escritura literária que se modifica e se configura de forma diferente segundo as combinações. Sabendo, no entanto, que a dupla hélice é bastante direcionada e que a evolução significa apenas mudança na linguagem dos biólogos, prefiro manter a figura de espiral.

Porque não associar a roda à espiral? Inserir as quatro instâncias — escritor, scriptor, narrador e autor — numa roda que constrói ela mesma a espiral da escritura permite caracterizar o conjunto como operador matemático, já que muda a função ou o valor do "texto móvel" cada vez que se movimenta, mantendo todavia estável seu valor de gozo. O operador esvazia o "texto móvel" de suas sugestões e o relança para seu lugar, limítrofe ao registro do Real.

A escritura literária constitui-se, assim, aos poucos e decorre desse jogo entre a roda das instâncias e o "texto móvel". A espiral pode ser comparada à concha segregada pelo molusco de Valéry lembrada anteriormente, mas eu completo esse mecanismo pela roda das instâncias que permite entender melhor o processo. Diferente do inconsciente que não pára de não se escrever e pula continuamente de significante inconsciente em significante inconsciente, a escritura literária não pára de ser escrita pelos significantes lingüísticos durante as campanhas de redação até o autor assinar a última versão.

A figura da roda andando na espiral permite entender melhor o movimento intenso da escritura, mas também porque Montaigne, por exemplo, "rompe com a hierarquia dos estilos"[33] e imprime sua marca à escritura que ele chama "a forma totalmente minha". Obrigado a escolher entre as formas clássicas ou as sugestões do novo, ambas ofertas pelo scriptor, o autor desliga-se do passado e impõe "uma forma familiar de composição". Assim fazem os autores que franqueiam os limites da tradição e ousam criar um campo literário novo.

---

33) "O estilo é a expressão familiar e da composição 'lâche' não traduz mais o lugar das matérias na hierarquia, mas o aspecto subjetivo da livre reflexão e por meio disso a individualidade do autor; o estilo é 'une forme toute mienne' (II, 10)." Hugo Friedrich. *Montaigne*. Paris, Gallimard, (1949), 1968, p. 379.

2. A sintaxe

Fazer a distinção entre os significantes inconscientes ou de gozo[34] e os significantes lingüísticos segue a lógica dos quatro discursos articulados por Lacan. O discurso corrente (*discours courant*), o dos corredores ou no café, no qual falamos de esportes, sexo, tempo, fofocas, etc. não sabe a partir do que ele fala e não quer saber, aliás. É o discurso no qual a palavra encarna "o erro, refugiando-se na tapeação e pega pela equivocação";[35] mas é também o discurso que diferencia a posição sexual: a mulher teria um discurso mais ligado aos significantes do gozo e o homem à recusa da castração e ao desconhecimento (méconnaissance) do inconsciente.[36]

Os quatro discursos, o do Mestre, do histérico, da universidade e do analista que se substituem um ao outro sob o efeito do amor,[37] se intrometem no nosso discurso, dependendo do momento lógico.[38] Mas o discurso literário ou artístico não se encaixa em nenhum dos quatro por vários motivos. Em primeiro lugar, poucas pessoas percorrem o discurso literário, contrariamente ao voto piedoso de Lautréamont que afirmava que "A poesia dever ser feito por todos".[39]

Em segundo lugar, seus efeitos podem satisfazer as demandas específicas dos três discursos em momentos diversos: a demanda de satisfação do histérico, a demanda de saber do universitário ou a demanda de um bem do mestre, mas fundamentalmente e nisso parecido com o discurso do analista, o discurso literário ou artístico, no documento de processo ou se fazendo, não responde à demanda,

---

34) "O significante se situa no nível da substância gozante". Lacan. *Livro 20*, p. 36.
35) Lacan. *O Seminário. Livro I. Os escritos técnicos de Freud*, Betty Milan (trad.). Rio de Janeiro, Zahar, 1994, p. 312.
36) Serge Leclaire. *On tue un enfant*. Paris, Seuil, 1975, p. 37.
37) "o amor é signo de que trocamos de discurso". Lacan. *Livro 20*, p. 27.
38) "os três primeiros discursos reunidos sob a rubrica 'O avesso da psicanálise', mantêm o engodo do objeto, enquanto o Discurso do analista denuncia o engodo... colocado no lugar do agente neste Discurso, o a minúsculo, o analista põe em xeque a demanda do objeto do outro, demanda de satisfação, de saber ou de um bem qualquer que seja — é o que chama-se a não resposta do analista /.../.O engodo da satisfação é pelo contrário alimentado e consolidado pelas instituições que utilizam os outros Discursos (onde) a convenção, o contrato e o pacto suprem a ausência de relação". Eugénie Lemoine-Luccioli. *L'histoire à l'envers. Pour une politique de la psychanalyse*. Paris, Defrenne, 1993, p. 166.
39) Isidore Ducasse. *Œuvres complètes*. Paris, LGF, 1963, p. 409.

qualquer que seja, responde por outra pergunta ou a desvia continuamente forçando o artista a prosseguir a espiral da escritura.

E enfim, o discurso literário ou artístico não estabelece um laço social imediato com o outro já que a relação fica limitada entre o escritor e a escritura, o escultor e a pedra, o pintor e as cores, o músico e as notas, etc. Há exceções entretanto como a montagem de uma peça teatral que estabelece um laço social forte entre autor, metteur en scène, atores, iluminador, sonoplasta, cenógrafo e equipe técnica do espetáculo.

Essas diferenças justificam a tentativa de elaborar uma gramática diferente para esse discurso.

Se aplicarmos os quatro elementos imaginados por Lacan à escritura, teremos no **agente**, aquele que se sustenta do segundo elemento, a **verdade**, mas que de lá interpela o terceiro elemento, o **outro**, e produz o **quarto** elemento.

Temos assim uma sintaxe ou uma gramática da escritura distinta daquela dos quatro discursos. Sob a ação do "texto móvel" como agente que se sustenta não somente do saber do inconsciente (S^2), mas também do saber cultural ou dos terceiros (S^3), o escritor dividido entre a demanda do grande Outro a quem responde e sua proposta muitas vezes ignorada no momento, o sujeito barrado rasura, pára e transcreve.

A sintaxe se escreverá assim:
"texto móvel" = S barrado
S^2/S^3 escritura

Conseqüências para o geneticista

O estudioso do manuscrito não vai encontrar uma única lógica, mas um conjunto de lógicas acumuladas e entrelaçadas. Ou se quisermos desenhar a criação no tempo, sabemos que não há uma trajetória linear, já que a cada rasura, as probabilidades de prosseguir são múltiplas e que o caminho escolhido pelo autor dependerá da engrenagem do "texto móvel" com a roda das instâncias.

Não se trata de intencionalidade ou de realidade subjetiva, mas de **um escritor** preso nas malhas da escritura e do vir-a-ser que, a cada conclusão da rasura, passa o bastão como numa corrida, para a instância do autor e descobre-se não uma intenção primeira, mas porta-voz de um desejo desconhecido e de uma comunidade que até pode ser universal. Por outro lado, cada conclusão e ratificação de uma frase, de um parágrafo ou de um capítulo pelo autor, supõe o contato com o "texto móvel", que pode sempre questionar o que foi feito. O texto da *Fugitiva* escrito por Marcel Proust no final da vida teria obrigado o editor a remanejar a *Busca do tempo perdido* se fosse integrado.

Em outras palavras, o geneticista deveria adotar a perspectiva psicanalítica e pesquisará o manuscrito, não historicamente como se houvesse uma evolução linear, mas a partir da versão publicada, que imprime sua lógica ao que vem antes. Nesse sentido, as leis da escritura são muito mais próximas das leis dos sistemas não-lineares — particularmente os do caos determinista e da auto-organização[40] — do que de uma evolução sistemática. Um estudo linear colocaria o crítico diante de um acúmulo de lógicas diferentes que seria extremamente difícil sistematizar. É o que sublinha também Daniel Ferrer "não é a gênese que fixa o texto, mas o texto que determina a gênese /.../ Cada variante, por mínima que seja, reescreve uma história que conduz até ela — inscreve-se *como* história e *numa* história que ela constitui ao mesmo tempo".[41]

Entretanto, mesmo escolhendo a escuta psicanalítica na leitura do manuscrito, o geneticista encontrará uma outra bifurcação. Ele poderá considerar o texto publicado semeado de metáforas e de metonímias aludindo ao manuscrito ou verá no drama, no poema ou no romance uma aparência ou uma forma que revela as estruturas de sentido. As duas pistas se diferenciam pelo valor atribuído ao manifesto ou ao texto publicado. A primeira reenvia a um "outro texto" enquanto, a segunda valoriza o texto examinado.

O narrador proustiano optou pela primeira quando atribui ao

---

40) Willemart. *Além da psicanálise*, pp. 190 e 201.
41) Daniel Ferrer. La Toque de Clementis. *Genesis*, 6, 94, p. 100.

crítico não um microscópio que lhe ajudaria a descobrir detalhes que escapariam ao olhar do leitor, mas "um telescópio que lhe permite distinguir coisas efetivamente muito pequenas, mas porque situadas a longas distâncias, cada uma num mundo"[42].Isto é, os clichês ou os hábitos que corresponderiam ao texto publicado, eram verdadeiras metonímias ou/e metáforas que descreviam o comportamento das personagens decorrendo de leis invisíveis.

Foi também minha opção quando descobri no manuscrito de *Hérodias* uma história reconstruída do povo judeu ausente do texto impresso. Pude rastear essa reconstrução desde seu nascimento até seu sumiço como tal e estabelecer elos entre as campanhas de escrituras sucessivas e o texto publicado, o que permitiu considerar algumas palavras do texto como verdadeiras metonímias da escritura do manuscrito. As palavras aparentemente anódinas de uma disputa conjugal entre Antipas e Herodias: "Não havia pressa, segundo o Tetrarca, Iaokanann perigoso? Qual o quê! Afetava rir disso" continham de fato uma nova história do povo judeu detalhada no manuscrito e analisada em *Universo da criação literária*.[43]

Jean Petitot defende a segunda leitura quando afirma que os físicos "fingem esquecer ou tratam por cientificamente negligenciável, o fato que o "campo" do mundo intuitivamente pré-dado, imediatamente percebido e lingüisticamente descrito, constitui um pressuposto absoluto de qualquer prática científica";[44] o cotidiano deve ser o objeto da ciência. "A morfodinâmica quebra o círculo hermenêutico fundando as estruturas do sentido na objetividade da forma".[45] Petitot se situa

---

42) Proust. *O tempo redescoberto*, p. 286. "Bientôt je pus montrer quelques esquisses. Personne n'y comprit rien. Même ceux qui furent favorables à ma perception des vérités que je voulais ensuite graver dans le temple, me félicitèrent de les avoir découvertes au 'microscope', quand je n'étais au contraire servi d'un télescope pour apercevoir des choses, très petites en effet, mais parce qu'elles étaient situées à une grande distance, et qui étaient chacune un monde. Là où je cherchais les grandes lois, on m'appelait fouilleur de détails". Idem, *Le temps retrouvé*, p. 618.
43) Willemart. *Universo da criação literária*, p. 47.
44) Jean Petitot-Cocorda. *Physique du sens*. Paris, CNRS, 1992, p. 24.
45) "Mas considerando a correlação entre a manifestação e o sentido, a síntese morfológica entre fenomenologia e objetividade permite fundar o sentido na objetividade morfológica /.../ a Morfodinâmica pode desde então visar igualmente uma "modelisação geométrica

dessa maneira não somente na esfera da fenomenologia husserliana mas da psicanálise lacaniana para que o inconsciente não está enterrado nas profundezas da mente, mas ativo no discurso de todo dia.[46]

A morfodinâmica oferece assim um quadro teórico e uma pista ao geneticista que situa o texto móvel como o primeiro invariante formador do texto publicado. Procurar os processos de criação significa então detectar no manuscrito os invariantes que decorrem do "primeiro texto" ou do "texto móvel" e que contribuem ao desenho ou à formação do texto publicado; é acreditar, em outras palavras que aos poucos, os invariantes ou paradigmas arrancam o texto de sua instabilidade e o constróem.

No manuscrito de um escritor que qualificaria de linear como Flaubert porque não volta atrás na escritura uma vez a página terminada, o pesquisador constatará que a medida em que aproximam-se da última versão, os invariantes aumentam até formar a rede complexa do texto.

O narrador proustiano, pelo contrário, imitando Françoise que "remendava seus vestidos",[47] "prega aqui e ali uma folha suplementar /.../ (e) construía o livro como um vestido".[48] São parágrafos ou capítulos elaborados em cadernos diferentes, mas articulados segundo uma lógica da vizinhança próxima da associação livre no divã. No entanto, por mais móveis que pareçam, o pesquisador encontra invariantes aglutinadores no manuscrito proustiano. Embora afigure-se mais fruto do acaso e do aleatório do que de uma ordem, alguns cadernos são semelhantes aos "sistemas estruturalmente estáveis a movimentos complicados dos quais cada um é exponencialmente

---

do pensamento verbal ordinário, permitindo substituir a intuição semântica, com seu caráter subjetivo imediato, pela intuição geométrica que espacializa seu objeto e o distancia do sujeito pensante /.../. Assim se entendem a inteligibilidade (o sentido) e o realismo ontológico das ciências objetivas". Id., ibid., p. 34.

46) As duas abordagens indicam portanto pensamentos diferentes embora não coincidem com a cronologia histórica. A abordagem de Proust (1871) é análoga a de Freud (1856) enquanto a de Petitot (1949) parecida com a de Lacan (1901) depende em grande parte da fenomenologia: Hegel (1770), Husserl (1856) e Heidegger (1889), seu discípulo.

47) Proust. *O tempo redescoberto*, p. 281. "Françoise mettait des pièces aux parties usées de ces robes". Idem, *Le temps retrouvé*, p. 611.

48) Id., ibid., p. 280. "Car, si épinglant ici un feuillet supplémentaire, je bâtirai mon livre, je n'ose pas dire ambitieusement comme une cathédrale, mais tout simplement comme une robe". Idem, *Le temps retrouvé*, p. 610.

instáveis em se".[49] Essa descoberta recente dos matemáticos (1976) reforça a hipótese do invariante. "O indeterminismo concreto é /.../ perfeitamente compatível com o determinismo matemático. Como observa René Thom, o que chamam-se leis do acaso são de fato propriedades do sistema determinístico mais geral".[50]

Analogamente, diremos que a presença de uma ordem nos sistemas aparentemente instáveis incentiva o geneticista a levantar uma ordem progressiva composta de invariantes nos cadernos proustianos ou de outros autores.

Em outras palavras e partindo de um outro referencial, Michael Riffaterre ilustra a teoria dos invariantes e do texto móvel. O paradigma do qual ele suspeita a existência "formado de seqüências verbais fragmentárias ou isoladas de seu contexto, que se repetem uma e outra sob outras formas"[51] não é outro senão a segunda parte do conceito avançado aqui, o "texto móvel". O que chamo "texto" porque cobre o gozo estável que está na origem da escritura, Riffaterre o chama de "verdade".[52]

Retomando o artigo de Le Calvez[53] em *Genesis* 5, Riffaterre analisa os prototextos da visita de Frédéric Moreau no Castelo de Fontainebleau na *Educação sentimental* de Flaubert.[54] O gozo estável é representado neste trecho do livro e dos manuscritos pelo significante "Diana de Poitiers", a amante de Henrique II celebrada no castelo e que incarna o desejo. As partes móveis se dividem entre o herói, Frédéric, a amante da ocasião, Rosanette e a deusa Diana a caçadora.

A interpretação de Riffaterre revela o pedaço de Real simbolizado por essa peripécia: "Frédéric entende muito tempo antes do fim do romance que sua educação sentimental com as mulheres demais humanas só pode fracassar. Precisava do ideal ou seja, uma deusa".[55]

---

49) Petitot. Ibid., p. 9.
50) Id., ibid., p. 9.
51) Michael Riffaterre. Avant-texte et Littérarité. *Genesis*. Paris, Jean-Michel Place, 1996, 9, p. 10.
52) Id., ibid., p. 16.
53) Éric Le Calvez. Visite guidée. Genèse du château de Fontainebleau dans "*L'Education Sentimentale*". *Genesis*. Paris, Jean-Michel Place, 1994, 5, p. 99.
54) Michael Riffaterre. Ibid., p. 9.

Sob a ação da roda das instâncias, se substituem sucessivamente na espiral da escritura flaubertiana, o guia turístico de Alphonse Joanne, fonte principal das informações de Flaubert, a caça ao cervo e o hallali!, os amores do Rei e de sua favorita, o Renascimento e o seus castelos agradáveis, o mito da deusa romana e as constelações. A estabilidade do significante Diana entrelaça os sentidos instáveis que percorrem os fólios e integra "a camada de sentido na camada da forma" apresentando-se como "uma unidade ontológica e não uma simples justaposição".[56]

Para chegar a última versão, o narrador elaborou aos poucos os invariantes se distanciando ou "distorcendo o documento" como mostra Le Calvez no artigo citado,[57] o que não é a mesma coisa do que abandonar o "não literário", como entende Riffaterre. É bastante fácil para nós críticos de afirmar "só depois" o que foi rejeitado lendo o manuscrito, mas o escritor não tem nenhuma idéia disso escrevendo. Tanto quanto Picasso que apagava "chefs-d'oeuvre" prosseguindo no seu trabalho,[58] assim, o escritor de seus manuscritos. Não é portanto esse critério "literário ou não literário" que servirá a determinar os invariantes que se reúnem ao redor do paradigma ou do texto móvel no manuscrito, mas mais simplesmente estudar o texto.

Levantar em primeiro lugar o que expressa o desejo ou o gozo entre as personagens: o ciúme das outras mulheres do narrador proustiano nas suas relações com Albertine,[59] o desejo de Frédéric por Diana por meio de Rosanette na visita ao castelo de Fontainebleau, as relações de Antipas e Herodias com Iaokanam no conto de Flaubert, as relações "feudais" entre um fazendeiro e seus vaqueiros em *Cara-de-Bronze* de Guimarães Rosa, a rejeição de uma transformação social do mundo rural por Lioubov Ranevskaïa em *O Cerejeiral* de Tchekcov e assim por diante.

Num segundo tempo, o crítico levantará o que chamei no parágrafo sobre a sintaxe, o saber do inconsciente S^2 e o saber da cultura e dos

---

55) Id., ibid., p. 16.
56) Petitot, ibid., p. 51.
57) Le Calvez. Ibid., p. 106.
58) Ver a cassete de Clouzot filmando Picasso no seu atelier.
59) Raymonde Coudert. *Proust au féminin*. Paris, Grasset, 1998, p. 145.

terceiros, S^3, saberes que circulam ao redor destas personagens no texto. Não trata-se do inconsciente inexistente nas personagens de papel, mas do saber do inconsciente, isto é, as estruturas nas quais vivem as personagens (o Simbólico) e o sentido que se desprende (o Imaginário); o S^3 insiste mais na história e na tradição literária nas quais inserem-se as personagens. Fazer esse levantamento não consistirá no entanto em praticar a crítica temática ou "de libertar uma rede latente, profunda, subconsciente ou inconsciente".[60] Com Petitot, falaremos de objetos visíveis presentes no manuscrito e no texto como os elementos citados acima que radiam ao redor de Diana de Poitiers.

Mas como explicar então a história do povo judeu inventada por Flaubert e totalmente ausente do texto? Essa versão "deixada de lado"[61] e que somente um trabalho penoso do geneticista pude atar ao texto, indica certamente a natureza essencialmente instável do manuscrito ou ainda "a emergência do descritível a partir do indescritível".[62] Mas não há mais elementos? Não poderíamos ver além da comprovação da instabilidade do manuscrito ou de sua indescriptibilidade, uma espessura de sentidos que escapa à morfodinâmica e a Riffaterre?

Mesmo se raciocinarmos em termos de metonímia, de metáfora, de profundidade ou de rizoma, o texto não poderia ser considerado como o resultado de uma longa corrente que apanha nos seus objetos, as palavras, essas versões abandonadas, tanto quanto o homem apanha na sua constituição física numerosos elementos da filogênese? Em outras palavras, mesmo se há "degenerescência de pontos críticos que corresponde às catástrofes ditas de bifurcação",[63] a hipótese supõe que os sentidos acumulam-se e não se eliminam.

O debate deve certamente continuar, mas espero ter cercado vários conceitos que talvez não ajudem diretamente o pesquisador nas suas análises literárias, mas que indicam pistas a não seguir e outras a prosseguir e permitem uma melhor compreensão do conceito romântico, a musa, que chamei "texto móvel".

---

60) Antoine Compagnon. *Le démon de la théorie*. Paris, Seuil, 1998, p. 80.
61) Riffaterre. Ibid., p. 10.
62) René Thom. Halte au hasard, silence au bruit. *Le Débat*, 3. Paris, Gallimard, 1980. p. 124.
63) Petitot. Ibid., p. 12.

NO LIMIAR DA DISCIPLINA

CRÍTICA GENÉTICA:
UMA NOVA DISCIPLINA OU
UM AVATAR MODERNO DA FILOLOGIA?[1]

Jean-Louis Lebrave

Comecemos por um rápido percurso cronológico. No fim dos anos 1960, o CNRS[2] criou um pequeno grupo de pesquisa encarregado de organizar os manuscritos do poeta alemão Heinrich Heine, que foram adquiridos pela Biblioteca Nacional. Esse duplo acontecimento institucional forneceu, retrospectivamente, uma referência simbólica: mesmo que as coleções de manuscritos autógrafos existam há muito tempo, e mesmo que pesquisadores isolados já tenham consagrado trabalhos aos manuscritos de escritores, estes são, pela primeira vez, reconhecidos não somente como elementos do patrimônio cultural, mas também como objetos de investigação científica. Esse duplo reconhecimento poderia ter permanecido como um acidente sem posteridade, simples montagem administrativa para permitir à Biblioteca Nacional confiar o inventário e a classificação do arquivo recentemente adquirido a alguns germanistas universitários competentes. Ora, é o contrário que se produz. A pequena equipe Heine se desenvolve[3]

---

1) Artigo originalmente publicado em *Genesis*, 1, 1992, pp. 33-72. Tradução de Teresinha Meirelles. (N.T.)
2) CNRS — Centre Nacional de Recherche Scientifique (Centro Nacional de Pesquisa Científica). (N.T.)
3) Outros já evocaram a história desta formação do CNRS. Cf. por exemplo a apresentação de P.M. de Biasi na *Encyclopedia Universalis, Symposium*, v. 2, "Les enjeux" ("L'analyse des manuscrits et la genèse de l'œuvre", pp. 924-937). Cf. também A. Grésillon, "La critique génétique: quelques points d'histoire", Atas do colóquio franco-italiano "Les sentiers de la création", no prelo.

e, longe de ficar isolada, ela logo se torna um pólo de atração para outros pesquisadores: seminários internos e grupos de trabalho abrem-se para confrontar diversos *corpus* manuscritos, para construir uma metodologia e para elaborar um conjunto de princípios e de conceitos comuns. Ao mesmo tempo a Biblioteca Nacional, com uma eficaz política de aquisições, enriquece e completa suas coleções de manuscritos.[4]

No momento da criação da equipe Heine, o estruturalismo conhece na França o sucesso de que se sabe, e lingüística e literatura vivem uma lua-de-mel breve, mas intensa. Em ruptura com uma tradição lansoniana esgotada, a pesquisa literária francesa, conduzida por Barthes e o grupo *Tel Quel*, apaixona-se pelos formalistas russos e as análises de Jakobson, e se inspira na lingüística para revigorar sua aproximação das obras e regenerar uma crítica universitária adormecida de tanto sondar o par que homem e obra formam. É a época das teorias do texto concebido como um conjunto fechado cujas relações internas definem uma criatividade recorrente, e toda uma bateria de paradigmas conceituais se desenvolvem em torno desta noção onipresente que ocupa um lugar central na reflexão sobre a literatura. Os papéis dos escritores não são uma exceção: logo que Jean Bellemin-Noël propõe, em 1972, defini-los como prototextos e faz uma primeira aplicação dessa nova grade conceitual ao estudar a gênese de um poema de Milosz, o pequeno grupo daqueles que estudam os manuscritos de Heine, de Proust, de Flaubert ou de Valéry, adere prontamente a essa proposição, que confere a seus materiais um estatuto de objetos de pesquisa.

Retrospectivamente, fica claro que esta complementaridade espontânea entre texto e prototexto é na realidade enganadora. Para as teorias estruturalistas do texto, os conceitos de escritura, criatividade e produtividade fazem parte da própria estrutura textual, autônoma e perfeitamente fechada sobre si mesma; não têm necessidade alguma de um exterior e o texto tem em si sua própria origem. Os documentos atestando a gênese de uma obra particular não fazem exceção a isto e

---

4) Para uma retrospectiva, cf. R. Pierrot, "Constitution, finalité, avenir des collections de manuscrits littéraires modernes depuis Victor Hugo", A. Grésillon e M.Werner (eds.), *Léçons d'écriture. Ce que disent les manuscrits*, Paris, Minard, 1985, pp. 7-14.

sua consideração, que em realidade é uma saída do texto e de sua clausura, só poderia ser o começo de um questionamento dessa noção. É claro — e mostrarei mais adiante — que o prototexto é, em relação a muitas coisas, complementar ao texto; mas essa complementaridade implica incompatibilidade e exclusão recíprocas, e a colocação de um quadro teórico autônomo para os estudos de gênese certamente tem sofrido desta referência ao texto, tão "bloqueante" quanto era, de imediato, estimulante.

Na realidade, é sem dúvida em outro lugar que é preciso buscar o potencial teórico susceptível de acompanhar essa emergência dos documentos de gênese: na lenta reflexão, por correntes mais propriamente lingüísticas, do locutor e da enunciação. Os artigos fundadores de Émile Benveniste datam do início dos anos 1960 e é em 1970 que a revista *Langages* dedica seu número 17 à enunciação; é neste número que Benveniste define o programa de "impulsionamento da língua por um ato individual de utilização". Mas será necessário esperar pelo fim dos anos 1970 para que essa corrente penetre verdadeiramente a pesquisa lingüística e provoque um interesse novo pelos mecanismos de produção de linguagem, sejam eles orais ou escritos.

Cerca de 25 anos depois, há muito a lingüística deixou de ser a disciplina-guia das ciências humanas e cessou de sustentar seus esforços metodológicos com a pesquisa literária. O estruturalismo está suficientemente distante para que se possa começar a escrever sua história, e as teorias do texto parecem ter chegado ao termo. O que foi feito dos estudos genéticos? Seu sucesso é indiscutível: a pequena equipe Heine tornou-se um instituto do CNRS, em torno do qual gravita uma centena de pesquisadores, e os "geneticistas" da literatura têm como ganho uma vasta bibliografia que atesta a vitalidade da "crítica genética". O interesse pelos documentos de gênese não ficou confinado aos especialistas um tanto austeros das disciplinas de erudição literária. Espalhou-se nos meios cultos e não há edição de grandes textos dos séculos XIX e XX que não tenha trechos de manuscritos de gênese. Além disso, tende a ultrapassar os domínios unicamente de obras literárias e os arquivos de pintores, arquitetos, compositores abrem-se também para os estudos consagrados aos diversos processos de criação artística. E mesmo os ataques dos quais a crítica genética é objeto, vêm do sucesso do empreendimento, que visivelmente perturba ao redistribuir as cartas no campo dos estudos literários.

É chegado então o momento de um balanço. Qual ruptura a crítica genética introduz na continuidade dos estudos literários? Qual é esse novo objeto de pesquisa que ela traz à existência e qual é sua especificidade em relação ao objeto tradicional da crítica literária: as obras? Qual é a metodologia da crítica genética, quais são seus conceitos operatórios e como podemos definir o novo campo teórico no qual ela delimita seus contornos?

Os manuscritos de gênese: um novo objeto científico

É necessário reconhecer que a terminologia não contribui muito para dar à crítica genética uma imagem precisa. Texto, prototexto, manuscrito, variantes, escritura: com exceção do prototexto, nenhum desses termos pertence propriamente aos estudos de gênese. Por ter sido demasiado formados por uma vasta tradição de pesquisa erudita, eles veiculam toda uma história cultural que se constitui como meio natural da pesquisa sobre o escrito literário, e os postulados que implicam seu manejo são-nos de tal forma familiares que temos a tendência de nem mesmo percebê-los na transparência de sua evidência implícita. Para apreciar a ruptura reivindicada pelos geneticistas e justificar seu caráter radical, é preciso então retomar estas noções de aparência tão banal, explicitar seus pressupostos e retraçar as grandes linhas de sua história recente.

A enunciação escrita e o escrito

Toda produção de linguagem supõe um enunciador e um ou vários destinatários. A comunicação supõe evidentemente o respeito às regras da língua, mas implica também que seus protagonistas submetam-se a um certo número de convenções. No que concerne à fala quotidiana, a lingüística e principalmente a pragmática, com as "máximas conversacionais", dedicaram-se por uma quinzena de anos a definir as condições do sucesso dessa conversação. Para o escrito, e particularmente para as obras literárias, os estudos correspondentes são ainda mais recentes e menos numerosos,[5] e seria necessário buscar análises equivalentes do lado das teorias estéticas e da sociologia das artes.[6] Não tentarei aqui traçar um balanço, lembrarei apenas algumas noções importantes para minha argumentação.

A especificidade da enunciação escrita introduz um certo número de condições particulares que afetam a produção e a recepção da mensagem. Em primeiro lugar, trata-se de uma enunciação diferida na qual os protagonistas não são geralmente co-presentes;[7] desta forma, ela escapa à ação enérgica do *hic et nunc* que caracteriza a enunciação oral. Disto resulta — e é uma conseqüência fundamental — que a produção da mensagem e sua recepção constituem duas fases distintas, separadas pelo reenvio do escrito a seu destinatário. Cada um dos protagonistas dispõe de um certo tempo; um para produzir a mensagem, outro para lê-la. A fase de produção situa-se normalmente na esfera privada do escritor, apenas seu produto tendo vocação para ser transmitido ao destinatário. A esse respeito, notaremos que a partir do momento em que, no fim do século XVIII, a cópia manuscrita deixa de ser um meio de reprodução e de transmissão, a escritura manuscrita se torna atributo da esfera privada: correspondências e diários íntimos, claro, mas também o domínio da produção das obras. Inversamente, o impresso é daí em diante o meio privilegiado da difusão coletiva e pública dos textos.

Logo, do fato de ser o manuscrito um *traço* sobre um suporte decorrem três características suplementares: 1) ele constitui uma extensão externa da memória; 2) o traço é, ao mesmo tempo, inscrição do produto e traço de seu processo de enunciação. No caso de uma cópia manuscrita, esta enunciação singular é a simples reprodução de

---

[5] Cf. o n. 69 da revista *Langages*, "manuscrits — écriture — production linguistique", Paris, Larousse, 1983.
[6] Pensamos primeiramente na "Teoria da Recepção" de H.R. Jauss.
[7] Cf. por exemplo A. Grésillon, J.L. Lebrave, C. Viollet, "'On achève bien... les textes' Considérations sur l'inachèvement dans l'écriture littéraire". DRLAV n. 34-35, *Paroles inachevées,* 1986, p. 49-75, e J. Lebrave, *Le jeu de l'énonciation en allemand d'après les variantes manuscrites des brouillons de H. Heine.* Tese, Paris, 1987.

um objeto preexistente. Uma vez que a escritura é trabalho de criação, o escrito registra traços do processo mesmo de produção; 3) toda escrituração [*scription*] manuscrita produz um objeto singular que — pelo menos até os meios modernos de reprodução — não é reprodutível de forma idêntica, mas cujo conteúdo pode ser recopiado por um novo ato de enunciação. O escrito impresso moderno, pelo contrário, caracteriza-se pela existência de objetos idênticos reproduzidos em um grande número de exemplares, no decorrer do mesmo processo enunciativo.

Dessas características brevemente mencionadas deriva o estatuto dos escritos e, primeiramente, aquele dos manuscritos. Designando tudo o que é escrito à mão, o termo poderia encobrir toda a história da escritura e todas as civilizações do escrito. Na prática erudita, ele remete a dois tipos de documentos bastante diferentes entre si.

Com o domínio dos escritos tendo sido objeto de difusão pública e com a invenção da imprensa, um primeiro corte opõe os textos transmitidos sob a forma de cópias manuscritas e aqueles que conhecemos sob a forma impressa. Toda grande biblioteca comporta, então, dois departamentos distintos: o dos impressos e o dos manuscritos. Fundamentalmente, esse princípio de classificação opõe objetos antigos e medievais, que são manuscritos, e os impressos, modernos e contemporâneos.

Todavia, os departamentos de manuscritos abrigam apenas documentos anteriores à imprensa. Não apenas os textos continuaram a circular sob a forma de cópias manuscritas até o fim do século XVIII, como as coleções foram progressivamente enriquecidas de manuscritos ditos 'modernos'. Contrariamente aos manuscritos antigos e aos impressos, trata-se geralmente de documentos de ordem privada, sobretudo correspondências e, mais genericamente, papéis de personalidades consagradas, homens políticos, sábios, filósofos, escritores, músicos, pintores, etc. Ainda que, pelos manuscritos antigos e medievais, a personalidade daquele que produziu a cópia se desfaz sob a grandeza do texto recopiado, ela é, no caso dos manuscritos modernos, o que justifica que se tenham colecionado documentos e que eles sejam conservados.

Gostaria de sublinhar a importância destes critérios de conservação:

em um caso, é o valor cultural intrínseco de um "grande texto" que confere seu valor ao documento; no outro, é o valor pessoal atribuído a um indivíduo — mesmo se, no caso de um "grande escritor", os dois tendem a se confundir. A mão do *scriptor* é, aqui ao menos, tão importante quanto o conteúdo do escrito, é ela que lhe confere todo o seu valor, como lembra o adjetivo "autógrafo", aplicado aos manuscritos modernos pelos peritos e pelos *marchands*.

Uma parte considerável desses papéis constitui-se de esboços, planos, rascunhos de obras conhecidas de grandes escritores, o que introduz uma segunda oposição, desta vez entre o texto impresso e os manuscritos que constituem o dossiê de sua gênese. É sabido que conhecemos apenas um pouco dos "dossiês genéticos" anteriores ao fim do século XVIII. Sem dúvida, foi possível reconhecer um rascunho em um papiro do século VI d.C., ou no verso de um pergaminho medieval; da mesma forma, foi possível invocar outros casos de documentos de gênese anteriores ao século XIX — "rascunhos" deixados pelos humanistas, um exemplar dos *Essais* anotado pelo próprio Montaigne, manuscritos dos *Pensées* de Pascal. Mas esses exemplos são qualitativamente negligenciáveis, e mesmo um despojamento sistemático dos arquivos manuscritos das grandes bibliotecas tem poucas chances de desenterrar muitos outros. Antes do fim do século XVIII, a conservação dos documentos de gênese parece ser acidental, ainda que tenda a se tornar sistemática após essa data.

Ampliando a referência, podemos classificar os documentos escritos conservados nas bibliotecas da maneira a seguir. Escritos públicos manuscritos: são os manuscritos antigos e medievais; escritos públicos não-manuscritos: são os impressos; escritos não-públicos manuscritos: são os manuscritos modernos. Percebemos que há lugar para uma quarta classificação, a dos escritos não-públicos e não-manuscritos. Deixada vaga por muito tempo, ela foi efetivamente ocupada pelos *datilogramas*, ou *tapuscritos*, cujo nome assinala o parentesco com os manuscritos modernos e, sobretudo, pelos novos objetos produzidos com um computador. Mas não antecipemos.

Práticas eruditas

Durante muito tempo as práticas eruditas só tiveram olhos para os escritos públicos. Isto explica que os manuscritos antigos e medievais tenham gozado de um estatuto de norma e de referência exclusivas, velando os manuscritos modernos, que constituíam apenas uma extensão confusa e um prolongamento secundário no campo dos manuscritos. Assim nasceu a filologia, que se impôs como ciência do escrito, e isto desde suas origens. Foi ao redor das bibliotecas de Alexandria e de Pérgamo que se constituíram as primeiras escolas filológicas helenísticas. Na renascença, humanistas e filólogos redescobriram a Antigüidade, graças ao acesso renovado ao testemunho escrito dos grandes textos. Foi também sobre a base de dados escritos que a filologia alemã do século XIX reconstruiu os textos e as línguas indo-européias.

Este império da filologia sobre o campo escrito foi pouco contestado até o presente. Sem dúvida, a filologia foi apagada na França por outras formas de crítica textual, e isso bem antes do sucesso encontrado pela corrente estruturalista;[8] de forma que, contrariamente ao que se produziu em outros países europeus, o estudo dos documentos de gênese se desenvolveu fora de toda referência à filologia e numa liberdade quase total em face dos manuscritos antigos. Em compensação, na Alemanha e na Itália[9] a filologia jamais deixou de ocupar um lugar central, abrigando ainda hoje o conjunto dos trabalhos dedicados ao escrito, inclusive aqueles que se apóiam em documentos privados de escritores. Alguns observadores, mais respeitosos do peso da tradição filológica do que sensíveis à novidade do trabalho com manuscritos modernos, perturbam-se ao ver a crítica genética prosperar em uma alteridade sem conflitos com a filologia. Eles pretendem que o "outro lugar" reivindicado pelos estudos de gênese encubra uma amnésia lastimável, qualificam de factícia a ruptura anunciada pelos

---

8) Esse apagamento deveria ser evidentemente relacionado à sólida e relativamente precoce implantação, na França, da lingüística "moderna", em ruptura com a lingüística histórica.
9) Sobre as razões da vitalidade da filologia na Itália, ver B. Cerquiglini, *Éloge de la variante*, Paris, Seuil, 1989, p. 123, nota 46.

geneticistas e os convidam a fazer aliança com uma filologia que eles na realidade jamais abandonaram.[10]

Enfim, a análise do campo recoberto pelo termo "manuscrito" obriga-nos a colocar uma questão prévia. É necessário tratar diferentemente documentos públicos e privados; os manuscritos "antigos e medievais" e os manuscritos "modernos"? Em outras palavras: a crítica genética é uma disciplina autônoma, ou não passa de um avatar moderno da filologia?

A FILOLOGIA E OS MANUSCRITOS MODERNOS

Enquanto ciência dos manuscritos, ela se define, fundamentalmente, como ciência dos textos.[11] As características do texto foram descritas muitas vezes[12] e bastará aqui dar um resumo delas. A hipótese fundamental é, claro, que os textos existem;[13] eles constituem a origem que institui em direito o trabalho do filólogo. Mas tratando-se de textos da Antigüidade ou de textos religiosos fundadores, o original está perdido ou inacessível; conhecemo-los apenas pelas diversas cópias que deles foram realizadas no decorrer do tempo. Nenhuma destas cópias é uma reprodução exata do texto-origem, e todas são mais ou menos imperfeitas e mais ou menos incorretas. Como escreve Bernard Cerquiglini a respeito das edições do Novo Testamento e de Lucrécio realizadas por Karl Lachmann:

---

10) Cf., por exemplo, M. Espagne e M. Werner (orgs.), *Philologiques I*, Paris, 1990; principalmente (pp. 135-158) o artigo de M. Espagne intitulado "La réference allemande dans la fondation d'une philologie française". Cf. também André Guyaux, "Génétique et philologie", *Mesure* n. 4 (out. 1990), pp 169-180; Graham Falconer, "Où en sont les études génétiques littéraires", *Texte* n. 7, "Écriture — Réecriture — La genèse du texte", Toronto, 1988, pp. 267-286; e Jean Molino, "Pour la poïétique", ibid., pp. 7-31.
11) Assim a denomina, no âmbito francês, o título do mais antigo laboratório do CNRS em ciências do homem, o *Instituto de pesquisa e de história dos textos*.
12) Cf. principalmente L. Hay, "'Le texte n'existe pas': réflexions sur la critique génetique", *Poétique*, n. 62, 1985, pp. 146-158; B. Cerquiglini, op. cit.; J.-L. Lebrave, "L'écriture interrompue: quelques problèmes théoriques", *Le manuscrit inachevé.Écriture, création, communication*, Louis Hay (org.), Paris, 1986, pp. 127-165.
13) Donde o título em forma de gracejo, precedentemente citado, de L. Hay: "O texto não existe".

105

Textos antigos e venerados, que os escribas da Antigüidade tardia e da Idade Média copiavam com respeito; Lachmann postula imediatamente que estes copistas só se tornavam culpáveis de faltas devidas à incompreensão, à inadvertência, à fadiga, e que essas faltas são uma degradação. Toda cópia é uma decadência.[14]

Cada texto é único em sua essência imaterial e múltiplo em suas manifestações materiais, nas diferentes cópias que chegaram até nós. É comparando estes objetos aparentados e diferentes, que a erudição filológica poderá reconstruir o texto em sua pureza original.

É claro que o filólogo deve começar por decifrar e transcrever. Isso supõe uma acumulação impressionante de habilidades: é preciso conhecer a fundo os diferentes tipos de escritura praticados desde a Antigüidade, ser capaz de analisar e descrever as técnicas de escritura e os suportes, de localizar e datar os diferentes manuscritos pelos quais um mesmo texto foi transmitido. É esse trabalho paciente e altamente especializado, essa erudição minuciosa que o termo filologia evoca hoje em dia para o público instruído.

Ao final do deciframento o filólogo constata que, por oposição à unicidade e à estabilidade que ele postula para o texto original, as cópias pelas quais ele nos foi transmitido fornecem um texto instável, variando de uma cópia para outra. Sua primeira tarefa é corrigir esses "lugares variantes", identificá-los, comparar as diversas variantes. Conduzindo esta comparação com bom resultado, ele poderá reconstruir o texto original, reunindo a escolha das "melhores" variantes, até mesmo recriando todas as partes por meio da série de todas as cópias imperfeitas. Foi dentro deste quadro que a noção de variante adquiriu seus ares de distinção e é somente nesse quadro que ela adquire todo o seu sentido. Ela é desvio, divergência em relação a um original; esse desvio representa, não um enriquecimento, mas uma degradação. Na qualidade de ferramenta operatória da filologia, a variante é fundamentalmente errônea.[15]

Para efetuar esse trabalho minucioso, o filólogo destaca as semelhanças e os desvios entre as diferentes versões conservadas de

---
14) Op. cit., p. 76.
15) Ainda cf. B. Cerquiglini: "Idéia do erro (a variante é um caminho de desvio), que funda uma metodologia positiva". Ibidem, p. 77.

um mesmo texto. Ele é então levado a desembaraçar famílias de manuscritos, reconstituindo a história da transmissão do texto. O *estema* é a forma canônica bem conhecida na qual se cristaliza este estabelecimento de uma cronologia e essa localização de uma série de filiações. Pouco importam aqui as divergências que opuseram os filólogos entre si sobre os diferentes tipos de estemas que puderam ser propostos no curso de dois séculos de crítica de textos: todos os estemas são arborescências, forma bem conhecida de estruturação dos dados nas taxionomias desde o século XVIII. Tal arborescência nasce no texto original, suposto ser a fonte de todas as cópias que o seguiram, de forma que a estrutura assim localizada é estritamente hierárquica. Na história dos textos como na das línguas, a filologia está em busca do originário, seja ele *Urtext* ou *Ursprache*, cujos descendentes, cópias manuscritas ou línguas modernas, derivam por um processo de degradação orgânica.

Enfim, esta história do texto encontra seu desfecho em uma edição crítica que constitui o ponto culminante do trabalho do filólogo; ali ele apresenta o resultado de sua reconstrução e justifica suas escolhas em um aparato crítico geralmente volumoso, que recolhe o conjunto das variantes.

Como situar o estudo dos manuscritos modernos em relação a esse modelo filológico? Qual é a verdadeira natureza das semelhanças invocadas pelos depreciadores da crítica genética?

A primeira vem do sentido banalizado do adjetivo "filológico" que mencionei acima. Os "manuscritos modernos", também eles supõem a aquisição de uma competência aguçada no deciframento de dados escritos, na descrição dos instrumentos e dos suportes, na identificação e na datação dos documentos. Como para os manuscritos "antigos", essas operações são quantitativamente as mais importantes no estudo dos manuscritos "modernos". E são técnicas amplamente comparáveis — desde a análise química das tintas até a classificação das filigranas — às quais fazem apelo os especialistas dos dois domínios. Mas se o parentesco entre os dois campos se encerrasse aí, teria na verdade bem pouco interesse, e tratar-se-ia, no máximo, de um conjunto de disciplinas de erudição a serem agrupadas na mesma categoria.

Mas é algo mais sério. Ao abordar o estudo dos papéis dos escritores, os "geneticistas do texto" encontraram o modelo da variante e a teleologia herdada do estema. Seria muito tentador ceder ao demônio da analogia. Não seriam eles solicitados por grandes empresas editoriais inscritas na tradição filológica?[16] Não tinham eles sob os olhos, como os filólogos, um texto variante cuja evolução se inscreve em um processo temporal? Claro, a orientação do processo em relação ao texto não é a mesma, mas não podíamos reconduzir essa diferença à oposição entre um *antes* e um *depois*? E não seria suficiente inverter o estema para obter uma representação satisfatória do nascimento do texto, visto que a crítica das *fontes* ofereceria uma contrapartida cômoda às leituras falíveis? É quase a necessidade de forçar a metáfora visual para discernir com que facilidade podemos, ao inverter a árvore do estema, transformá-lo em uma rede hidrográfica em que as folhas são substituídas por fontes, os ramos por riachos e o tronco por um rio onde todas as correntes de inspiração criadora vêm se fundir em um todo orgânico que constitui o texto definitivo.

É claro que a inadequação da noção de variante aplicada aos documentos de gênese foi denunciada em muitas retomadas.[17] A variante se aclimatou, entretanto, na crítica genética, onde continua a ser utilizada para designar o resultado das operações de reescritura que os escritores dão a ver — mantendo assim o equívoco sobre o estatuto das pesquisas genéticas. Da mesma forma, malgrado constantes exorcismos, o demônio da teleologia que habita o modelo do estema, mesmo invertido, volta periodicamente a assombrar a crítica textual; tão forte é a pregnância do modelo textual imposto pela tradição filológica.

Duvida-se disto, mas a assimilação dos manuscritos "modernos" aos manuscritos antigos e medievais, a meu ver, ergue-se do mal-entendido, e o empréstimo do quadro nocional forjado pela filologia

---

16) A equipe Heine, por exemplo, participava inicialmente da edição das *Obras completas* de Heine, realizada em Weimar.
17) Cf., por exemplo, J. Bellemin-Noël, *Le texte et l'avant-texte: les brouillons d'un poème de Milosz*. Paris, Larousse, 1972, que propunha só utilizar a variante para designar os desvios entre diferentes edições de um mesmo texto, publicadas durante a vida de seu autor. Cf., também, J.L. Lebrave (1987), op. cit.

é abusivo e injustificado. Mas essa presença obstinada tem valor de sintoma. De quais raízes o modelo filológico extrai sua força para sustentar a ilusão de uma universalidade do texto? A primazia do texto é um dado imutável? Não é necessário, ao contrário, reinscrevê-la em um contexto cultural que ultrapasse as simples práticas eruditas e que as afeiçoe a seu não-sabido? Para responder a essas questões, convém reexaminar a filologia e a ciência dos textos à luz de um certo número de outras noções das quais elas são inseparáveis. Veremos que o texto não é, talvez, tão eterno como a filologia gostaria de nos fazer crer.

Uma profunda mutação sociocultural

Começa-se a saber que a evolução da ciência filológica dos textos é inseparável da evolução do texto impresso:[18] contrariamente a uma idéia que parece evidente, é preciso esperar pelo fim do século XVIII para que ele alcance a forma estável que nos é familiar, na qual um texto é reproduzido e difundido de forma idêntica em milhares de exemplares.[19] É na mesma época que a transmissão dos textos sob a forma de cópias manuscritas desaparece praticamente em definitivo.[20] A semelhança entre a materialidade do objeto impresso moderno e as características conceituais abstratas do texto é evidente: o texto impresso constitui uma unidade estável e bem delimitada, dotada de um começo e de um fim, estruturado em linhas, em parágrafos ou em estrofes, em capítulos, em partes, etc. Da mesma forma, como objeto abstrato, o texto é um dado estável e caracteriza-se por sua unicidade, seu fechamento, seu acabamento, sua coerência e sua coesão, ou seja, sua

---

18) Pelo duplo regime de oposições das quais participa a noção de manuscrito, esta crítica do texto pode ser conduzida sob duas frentes: do manuscrito moderno e do manuscrito medieval. A primeira aproximação, centrada na análise dos prototextos e a especificidade da escritura manuscrita como instrumento a serviço da produção escrita, são o que nutriu as reflexões apresentadas aqui. Nada de espantoso no fato de que a partir de uma análise da criação literária medieval, B. Cerquiglini tenha chegado a conclusões bem próximas em nome do respeito à palavra medieval. (Cf. B. Cerquiglini, op.cit., particularmente pp. 22-23.)
19) B. Cerquiglini, op. cit., pp. 17-29.
20) Com exceções: cf., por exemplo, a prática de álbum, no século XIX.

estrutura.[21] Ele é auto-suficiente e autônomo. Uma vez criado e posto em circulação, o texto existe por si mesmo e torna-se independente do autor que o escreveu e dos acasos de sua forma material.

Essa maturação conjunta do impresso e do texto é contemporânea a uma mutação cultural profunda que, na virada dos séculos XVIII e XIX, afeta tanto a estética da criação quanto a economia da literatura, e que se pode fazer coincidir com o triunfo da corrente romântica. Enumerarei alguns traços evidentes disto: cristalização da noção moderna de autor, individualidade excepcionalmente diferente do comum dos mortais; aparição da noção de propriedade das obras intelectuais e direito dos criadores a ser remunerados pelo fruto de seu trabalho; introdução da originalidade como critério de avaliação da criação estética e descrédito lançado sobre a imitação, degradada como plágio e, como tal, levada aos tribunais; declínio irremediável da retórica, até então onipresente na formação intelectual, da qual todo o tecido prático de formação para o trabalho da escritura — a *rhetorica utens* — desaparece inteiramente, apenas o estudo das figuras de estilo sobrevive mais ou menos durante o resto do século XIX; triunfo da causa da inspiração, dom misterioso caprichosamente concedido ao poeta por sua Musa. Pouco ou muito, é ainda a ideologia na qual o senso comum se banha hoje em dia.

Qual é doravante o estatuto dos diferentes componentes da comunicação escrita que intervêm no domínio literário? O texto impresso instaura um corte radical entre dois universos separados. De um lado, ele isola a esfera privada do *scriptor* e da atividade de produção; é o reinado da escritura manuscrita, geralmente abundante e até mesmo anárquica. Do lado oposto, encontra-se o domínio público dos destinatários, leitores múltiplos de um texto sempre idêntico. O contato entre um e os outros é assegurado pela mediação do editor, que se faz fiador, diante do *scriptor*, de que o texto terá um público, e que atesta junto aos leitores a autenticidade do texto e sua atribuição ao autor. As duas versões desta enunciação escrita desdobrada estão separadas por um traço cujo *aval para publicação* confere uma representação contratual: ele é simbolicamente o ato pelo qual é posto um fim ao processo de geração que até então era o trabalho privado

---

21) Para uma explicitação destas noções, ver, por exemplo, J.L. Lebrave, op. cit.

do *scriptor*; aquele que confia ao editor um produto que aceita considerar uma obra acabada; imprimindo-a e depois difundindo, o editor a faz entrar no domínio público, sob a forma de texto atribuído a um autor e destinado aos leitores.

Este contrato enunciativo institui, em primeiro lugar e fundamentalmente, o texto; peça central do dispositivo, aquele que ocupa apenas a cena da comunicação. Ele é por definição autêntico e tal como o desejou seu autor (a cópia aprovada para publicação está lá para garantir esta autenticidade). Salvo alguma modificação por ocasião de uma nova edição, ele não é mais submetido a variação, e todos os leitores lerão o mesmo texto. Ele escapa, portanto, à imperfeição que irremediavelmente marcava os modos anteriores de transmissão dos textos, e particularmente a cópia manuscrita.

Mas esta entronização do texto impresso confere ao mesmo tempo um estatuto à outra forma da comunicação escrita. Torna-se possível opor claramente o texto impresso e o manuscrito, o texto e seu *antes*, a recepção e a produção, o domínio público e o domínio privado. O nascimento do texto é, portanto, também o nascimento dos documentos de gênese que estão aí como o complemento, o avesso ou o simétrico. É preciso que se tome cuidado; esta simetria é enganadora. Os papéis que a gênese do texto deixa sob si, não pertencem ao mesmo espaço que o texto, e este antes é também um *algures*. Por sua própria definição, eles não são objetos de comunicação, e o público não tem que conhecê-los nesse enquadre. Por outro lado, sob uma perspectiva distinta, a valorização do autor como individualidade fora do comum, leva a atribuir um preço excepcional a tudo o que pode testemunhar essa personalidade: vestimentas, objetos pessoais, retratos, e também, claro, correspondências e documentos manuscritos de todo tipo. É, portanto, lógico que os primeiros gabinetes de autógrafos sejam contemporâneos ao nascimento do texto moderno e que as grandes coleções de "manuscritos modernos" tenham sido constituídas precisamente no século XIX:[22] eles não podiam existir antes, por falta de estatuto.

---

22) Cf. L. Hay, "La critique génétique: origines et perspectives", *Essais de critique génétique*. Paris, 1979, pp. 227-236.

Ao mesmo tempo, a pregnância do modelo da inspiração impede que esses documentos possam ser outra coisa que objetos de curiosidade ou objetos de museu:[23] já que a criação é um mistério, é impossível ao comum dos mortais compreender como os escritores trabalham e é inútil tentar perseguir a inspiração em seus caprichosos meandros.[24]

O domínio dos manuscritos organiza-se, então, daqui para o futuro e há uns dois séculos, em dois subconjuntos distintos. De um lado, encontram-se os manuscritos transmitindo textos. Objetos de estudo científico, eles fazem parte do patrimônio intelectual, e a filologia atribui-se a tarefa de restaurá-los em sua pureza original, por meio das corrupções das cópias falhas. De outro, há os manuscritos modernos. São objetos de coleção, que durante muito tempo ainda escaparam à investigação científica. Porta entreaberta sobre o segredo do gênio e da inspiração, eles são em primeiro lugar votados à admiração respeitosa e fascinada do público, da mesma forma que a cadeira do grande homem, seu tinteiro e suas penas. Eles só sairão desse embalsamamento de forma acessória, para testemunhar, ao mesmo tempo que outros documentos, a grandeza dos autores e de suas obras.

Retornarei, na segunda parte, a essa clivagem e às suas conseqüências para a história dos estudos de gênese.

Ainda que inscrita em uma história, a relatividade da estrutura enunciativa que toma consistência no início do século XIX, não é percebida pelos contemporâneos. Essa estranha enunciação truncada, que só conhece o texto, o autor e seus leitores, e denega qualquer existência do *scriptor*, regula há quase dois séculos a apreensão dos

---

23) Heine, tendo permanecido aos olhos de alguns como um homem do séc. XVIII, muitas vezes se opôs ao mito romântico da inspiração e destacou a importância do trabalho na criação poética. Ele considerava também uma prática ruim a invasão dos papéis pessoais de um escritor. De seus manuscritos, parece só ter conservado aqueles que lhe pareciam susceptíveis de reutilização, e muitos dos que foram conservados provêm dos arquivos de seus editores. Mas essa recusa da ideologia de sua época, ilustra-se igualmente na pregnância do gesto espetacular de V. Hugo ao doar todos os seus manuscritos à Biblioteca Nacional.
24) P.M. de Biasi (op. cit.) lembrou que, até uma data recente, mesmo os maiores editores de Flaubert consideravam seus rascunhos indecifráveis.

documentos escritos e impede, ainda hoje a alguns, de ver os "manuscritos modernos" de outra forma que através das lentes deformantes da filologia. Notar-se-á de passagem, que o mesmo modelo foi projetado no passado para dar conta do conjunto de textos antigos e medievais transmitidos sob a forma manuscrita. O questionamento da filologia medieval une-se aqui à crítica genética, restituindo à enunciação escrita a sua profundidade. Visto que o *scriptor* moderno só começa a existir no momento em que ele cessa de escrever e se torna autor, o *scriptor* medieval, que só faz escrever, não pode mais ser outra coisa que um copista, e não saberia ser um autor. Certamente o modelo não parece ilegítimo quando se trata da difusão dos "grandes textos", sejam os textos fundadores da religião ou os textos dos autores da Antigüidade, investidos de um prestígio imenso e de uma autoridade incontestável. É provável que o *scriptor* se tenha pretendido apenas copista, e também o mais fiel quanto possível ao original. Se ele misturava sua própria voz àquela do autor, era sob a forma de comentários nas margens do manuscrito. Mas fazendo o *elogio da variante*, Bernard Cerquiglini bem demonstrou como essa visão parcial deformou a percepção dos textos medievais em língua vulgar, transformando a variação em variante e fechando a possibilidade de uma enunciação plural na golilha do impresso moderno.[25]

De uma mutação para outra

Vimos que a pregnância do texto e os conceitos que o acompanham na crítica filológica condicionam ao mesmo tempo o nascimento das coleções de documentos genéticos e seu estatuto de objetos exteriores ao campo da investigação científica. Essa situação se prolongou por

---

25) Contrariamente ao que afirma, um tanto prematuramente, M. Espagne (op. cit., p.153), isso não tem evidentemente nada a ver com uma "aversão" suposta pelo estema ou o *a priori* de uma "recusa da tradição filológica alemã". As conclusões de B. Cerquiglini se apóiam em um conhecimento aprofundado da tradição filológica e nas análises fechadas em que um certo número de manuscritos são comparados sob uma perspectiva lingüística. A enunciação constitui, precisamente, o "fio vermelho" que permite ao mesmo tempo acompanhar o nascimento dos estudos genéticos e compreender a crítica endereçada por B. Cerquiglini à filologia do século XIX.

tanto tempo que o texto ocupou a dianteira da cena. Assim como a maturação dessa noção era inseparável da evolução da imprensa, constatamos que há uns vinte anos ela confere os signos de enfraquecimento que coincidem com a subversão provocada pelas novas técnicas de reprodução e difusão, e muito particularmente pela revolução da informática.

Com efeito, o texto deixou de ser o único objeto susceptível de ser reproduzido identicamente em um grande número de exemplares. Atualmente, é possível copiar qualquer documento com pouca despesa, o que derruba a fronteira entre o objeto manuscrito singular e o impresso múltiplo. Sejam eles antigos ou modernos, os manuscritos não estão mais encerrados nas coleções. Podem circular amplamente sob a forma de fotocópias, microfilmes e, muito recentemente, de imagens digitais.

Essa multiplicação tem evidentemente o interesse de facilitar bastante o estudo dos documentos genéticos e de oferecer um verdadeiro instrumento de investigação.[26] De maneira mais fundamental, ela recoloca em questão a supremacia do texto, pondo um fim ao privilégio do impresso como meio exclusivo de difundir um mesmo objeto escrito em um grande número de exemplares idênticos.[27]

É claro que se encontram fac-símiles de manuscritos modernos antes do fim do século XX. Michel Espagne (1990) cita, por exemplo, o estudo que Victor Cousin dedicou aos *Pensées* de Pascal,[28] no qual figura uma reprodução fac-similar de uma folha de manuscrito. Mas a apresentação material deste fac-símile mostra bem o seu caráter excepcional: realizado por um procedimento litográfico, ele aparece fora do texto, inserido no livro e dobrado

---

26) Cf., por exemplo, P.M. de Biasi (op. cit) pelo interesse de ordenar as fotocópias no conjunto de um dossiê manuscrito.
27) B. Cerquiglini (op. cit., p. 43) previne-se, com razão, contra a "tentação sempre latente do fac-símile", para oferecer à leitura um manuscrito da Idade Média. Mas essa advertência vale pouco para os manuscritos modernos, visualmente muito mais complexos e de uma riqueza que nenhuma edição pode se aproximar. Dissemos em outro lugar, acerca de certas edições, que era a consulta ao fac-símile que permitia compreender a edição, e não o inverso.
28) Victor Cousin, *Œuvres*, quatrième série, Littérature, t. I. Blaise Pascal, Paris, Pagnerre éditeur, 1849, nouvelle édition revue et corrigée.

como o eram, na mesma época, os planos e as cartas. E o mesmo fac-símile reproduz também a assinatura de Pascal, que não pertence ao mesmo registro e parece, ao mesmo tempo, destinada a satisfazer a curiosidade do leitor e a fornecer uma forma inocente de autenticação do percurso.

Mas foi sobretudo o desenvolvimento espetacular da informática que causou o maior prejuízo ao texto que nos legou o século XIX.[29] Primeiramente, o correlato material do conceito de texto desaparece: o computador transforma o escrito em um objeto volátil e imaterial tanto por suas formas de estocagem, que escapam à nossa percepção direta, quanto pelos procedimentos de visualização na tela. Nossos hábitos de apreensão do escrito são profundamente perturbados: fragmentação do espaço de consulta, apenas uma ínfima janela sendo aberta sobre o texto, quase impossibilidade de uma leitura cursiva, fragilidade da conservação submetida às eventualidades da alimentação elétrica da máquina...

É bem verdade que, até o momento, os efeitos dessa mutação ficaram pouco visíveis, na medida em que a informática fez de tudo para concorrer com a imprensa em seu próprio território, obrigando-a a inaugurar novos objetos com novos suportes: a edição eletrônica ou publicação assistida por computador (P.A.C) é característica dessa ambição de igualar-se à perfeição do texto impresso. Esse mimetismo inicial entre uma tecnologia nova e a que ela está por suplantar não deve, ademais, esquecer os princípios da imprensa, que primeiramente se esforçou por reproduzir os manuscritos provenientes dos *scriptoria*, sem de fato concorrer com sua qualidade. A P.A.C. também é razoavelmente inábil e grosseira, se comparada à experiência acumulada pelos tipógrafos e seu sucesso se explica menos pela qualidade do que produz, que por seu baixo custo e sua capacidade de difusão ao grande público.

---

29) As incidências da informática sobre o texto e sobre a produção textual foram objeto de uma mesa-redonda e de um colóquio co-organizados, em 1986 e em 1990, pelo Instituto dos Textos e Manuscritos Modernos e o Departamento de Lingüística da Universidade de Nanterre. Cf. J. Anis e J.-L. Lebrave (orgs.), *Actes de la table ronde "Le texte et l'ordinateur"*, LINX n. 16, 1988, e J. Anis e J.L. Lebrave (orgs.), *Texte et ordunateur: les mutations du lire-écrire*. Éd. de l'espace européen, 1991.

Não nos enganemos nisto. Na verdade, este alijamento do impresso tem todas as características de uma profunda subversão do texto. Primeiro, porque um mesmo texto é susceptível de conhecer uma quase infinidade de realizações materiais. Qualquer usuário que disponha de um programa de tratamento de texto e de uma impressora a lazer pode fazer variar quase ao infinito a formatação material do texto, e modificar com um único comando o tamanho da margem, o espaço entre as linhas, o controle dos caracteres, enfim, a forma do texto impresso. E sabemos a que ponto a disposição tipográfica modifica a apreensão do escrito na leitura e portanto, definitivamente, seu sentido.

A essa variabilidade do envolto material corresponde uma instabilidade radical do próprio texto. O impresso nos havia habituado a associar a qualidade da forma à perfeição do conteúdo. Ora, o refinamento das impressões realizadas pela edição eletrônica não passa de uma fachada, que nada diz do acabamento interno do produto impresso. Basta abrir um livro editado no P.A.C., para esbarrar em fragmentos aberrantes ridicularizando a morfologia e a sintaxe, mutilados por palavras ausentes, desfigurados por repetições que tornam incompreensível o corpo do texto. E todo usuário de editor de texto conhece a confusão que produz a coexistência de várias versões de um mesmo artigo que está sendo escrito, todas perfeitas na forma e inacabadas quanto ao conteúdo.

É que essa formatação material que desde o início do século XIX era o apanágio do texto, forma canônica de um produto considerado digno de ser difundido ao público, pode atualmente ser aplicada a qualquer coisa, e principalmente a todos os "prototextos", até então radicalmente separados do texto pela cópia aprovada para publicação.

Mesmo sob essa modalidade do impresso, que aparentemente escapa do modelo tecnológico e conceitual herdado do século XIX, o texto perde pouco a pouco seus atributos mais essenciais. Ele se torna instável, mutável, radicalmente inacabado, indefinidamente acessível ao retoque, à reescritura, à transformação.

Um enfraquecimento semelhante ameaça a noção de autor, mesmo quando o avanço da tecnologia tem limitado seus efeitos. Lembramos a experiência dos *Imateriais*,[30] que visavam explorar o potencial de enunciação plural inerente ao meio digital. Cada um dos participantes[31] deveria poder intervir livremente, para transmitir aos outros um texto original ou um comentário sobre o texto de outro. O fracasso dessa tentativa deveu-se, sobretudo, à imperfeição dos meios técnicos que lhes haviam sido disponibilizados, primitivos demais para que a escritura pudesse ser real e comodamente interativa. Mesmo prematura, essa experiência não tem menos valor de indicativo e abriria a via para novos modos de produção e de transmissão do escrito. Depois, a tecnologia progrediu. A ergonomia das telas, dos teclados, dos programas, das redes, foi consideravelmente aperfeiçoada, e seria bastante instrutivo repetir essa experiência.

A estabilidade das noções de autor e de propriedade intelectual foi, além disso, submetida a outra investida com a aparição das grandes bases de "dados textuais" e das experiências da "biblioteca eletrônica". Em pouco tempo será possível dispor de um intertexto ilimitado, com o qual o usuário poderá jogar, entrelaçando empréstimos e comentários, praticando colagem e plagiato, inventando caminhos não-lineares. Se ainda é cedo demais para avaliar o impacto desses hipertextos, eles indiscutivelmente representam uma nova etapa na apropriação dos dados textuais pela informática: o impresso não é mais o objetivo do tratamento, as telas são suficientemente espaciais e flexíveis para constituir-se como instrumentos cômodos de leitura; as mudanças produzidas pelas pesquisas em informática tendem a se generalizar.

EM DIREÇÃO AO PÓS-TEXTO

Com o tempo, essa mutação penetrará as práticas culturais e o texto, tal qual o século XIX nos legou, com seu cortejo de representações concernentes ao autor, à originalidade, à inspiração,

---

30) "Os Imateriais", manifestação do Centro Nacional de Arte e de Cultura Georges Pompidou, apresentado na Grande Galeria de 28 de março a 15 de julho de 1985.
31) A experiência reuniu 26 "escreventes" pesquisadores, filósofos, escritores, dentre os quais Michel Butor, François Châtelet, Jacques Derrida, J.F. Lyotard, Maurice Roche, Jacques Roubaud, etc.

certamente não desaparecerá de um dia para o outro. No entanto, a evolução da qual enunciei alguns elementos parece inelutável.

A explosão estruturalista dos anos 60 assemelha-se em certos aspectos a um canto do cisne. Sem dúvida o texto parece aí mais uma vez enaltecido, sacralizado, com tal intransigência que a própria filologia jamais teria ousado sonhar e que não deixou de horrorizar os partidários da antiga escola crítica. Mas no interior do fechamento exacerbado que lhe atribuem, os teóricos do texto produzem noções que em realidade o excedem e a produtividade da escritura cujo texto é o suporte pode ser lida como o apelo de uma exterioridade e como a consideração de uma heterogeneidade que só pode se expandir em detrimento do texto, anunciando seu desmantelamento. Da mesma forma, a produtividade lexical da qual a palavra texto nos dá prova neste período — onde florescem, do lado do prototexto, o paratexto, o intertexto, o peritexto, etc. — é certamente uma homenagem à noção, mas essa proliferação paradigmática é ao mesmo tempo uma disseminação. Os contornos do texto se diluem. Por estar por toda parte, ele se torna inapreensível.

Foi precisamente esta debilidade que, no fim dos anos 60, permitiu aos dossiês genéticos o acesso ao estatuto de objetos de pesquisa. Assim como, na aurora do século XIX, foi graças à aparição do texto impresso moderno, que os papéis dos escritores adquiriram uma existência visível como objetos de coleção; foi a fragilização da noção de texto que pôs em evidência o ferrolho que interditava o verdadeiro estudo desses mesmos dossiês. Eles puderam então sair da condição de curiosidades e entrar no laboratório.

Essa evolução compreende, no entanto, um paradoxo. Antes da consagração do texto, no fim do século XVIII, os documentos de gênese não existiam, pois não tendo um estatuto, não eram conservados. Durante a era do texto, eles existiram, mas fora do domínio de investigação científica. Na era do pós-texto, que parece abrir-se agora, eles se tornaram objetos de pesquisa, mas podemos temer que eles deixem de existir. Quantas vezes não dissemos que as novas tecnologias de escritura e principalmente o tratamento do texto deixariam os geneticistas desempregados, fazendo desaparecer os rascunhos! E, mais profundamente, a nova geografia do escrito provocada pela decadência do texto reserva ainda um lugar ao que faria sentido como complementar do texto?

Se esta visão prospectiva fosse exata, a crítica genética estaria enclausurada para sempre no estudo dos séculos XIX e XX, e no curso da história a janela aberta no fim dos anos 60 estaria condenada a tornar a se fechar quase imediatamente.

Parece-me que não é nada disso. Sem dúvida, a crítica genética nasceu do cotejo dos arquivos literários do século XIX, e depois, do século XX. Ela sem dúvida não está desembaraçada do que a precedeu da maneira tão rápida e definitiva que os geneticistas, em seu entusiasmo, puderam afirmar. Mas a inovação radical que comporta, situa-a realmente em um lugar distinto daquele do texto, do impresso, do autor e da boa tiragem. É preciso ir mais longe que Pierre-Marc de Biasi, quando descreveu a "genética textual": a crítica genética não é apenas um caminho preliminar a um percurso crítico "clássico" que permaneceria centrado no texto, o "duplo objetivo" do geneticista consistindo apenas em "tornar tecnicamente legível e analisável no interior do texto, sua evolução, seu trabalho interno até a forma definitiva" e em "reconstruir a lógica dessa gênese". É preciso ir além do objetivo de um projeto, que adquire seu sentido no enquadre do texto e de seu autor.[32] É antes, como escreve Raymonde Debray Genette, uma "poética da escritura",[33] que trata de construir uma poética do processo e não mais do produto.

Três visadas antigas sobre os manuscritos modernos

Examinemos agora as formas concretas adotadas pelos críticos e endereçadas à crítica genética em nome da filologia, retomando

---

32) Op. cit., p. 926: "estabelecer um prototexto consiste em escolher um ponto de vista crítico preciso, um método específico, para reconstruir uma continuidade entre tudo o que precedeu um texto e este texto mesmo como dado definitivo".

33) "/.../ este olhar de interesse para a crítica genética detém-se no simples fato de que ela é um coadjuvante da crítica moderna, um simples anexo, ou na verdade podemos construir uma poética específica dos manuscritos, que seria, talvez, algo como uma poética da escritura, em oposição a uma poética do texto?". R. Debray Genette, "Esquisse de méthode", *Éssais de critique génétique*, op. cit., p. 24.

modelos que lhe são opostos. Estes trabalhos práticos ilustrarão o caráter aproximativo dessa mistura e confirmarão o diagnóstico que acabo de pronunciar acerca da filologia.

Qual é a tese dos defensores da tradição? Para Graham Falconer,[34] o interesse pela gênese literária é uma "curiosidade aparentemente nova, mas na realidade bastante antiga".[35] "A idéia de uma manuscritologia que estaria ainda no começo não é apenas paradoxal; mas falsa."[36] A "crítica de gênese" nasceu com a "crítica textual" ou "textologia",[37] e

> pode-se dizer, grosso modo, que uma reflexão genética, conseqüência direta da aplicação desta "nova filologia" aos autores franceses maiores do século XIX, tornou-se algo comum entre os anos 1900 e 1914.[38]

O papel fundador da disciplina é atribuído a Gustave Lanson, que teria sido injustamente "varrido" pela "vaga antilansoniana que inundou a França em 1968":[39] "das nove operações necessárias para explorar um texto literário, escrevia Lanson em um célebre ensaio, cinco diziam respeito ao domínio prototextual."[40] Seguindo Lanson, A. Albalat, G. Rudler, P. Audiat, e depois J. Pommier, P. Albouy e J. Petit teriam fertilizado enormemente o terreno dos estudos genéticos.

Do mesmo modo Jean Molino, em páginas virulentas, agarra-se confusamente aos modelos estruturalistas, sociológicos e lingüísticos, para denunciar a presunção da crítica genética.[41] Jean Molino também prega o retorno à "análise filológica esclarecida",[42] ainda que tente modernizá-la, pretendendo validá-la por modelos emprestados da inteligência artificial. Ainda aí, encontra-se a referência ao grande modelo forjado por Lanson no início do século e depois desenvolvido por seus sucessores.

De maneira mais elaborada, também Michel Espagne considera

---

34) G. Falconer, "Où en sont les études génétiques?", *Texte* n. 7, Toronto, 1988, pp. 267 e ss.
35) Op. cit., p. 267.
36) Ibid., p. 268.
37) Ibid., p. 275.
38) Ibid., p. 276.
39) Ibid., p. 276.
40) Ibid., p. 278.
41) J. Molino, "Pour la poïétique", ibid., pp. 7-31.
42) Op. cit., p. 28.

que a crítica genética não passa de uma "filologia moderna" e lamenta que "seja recalcado, negado, permanentemente vilipendiado, o caráter essencialmente histórico do objeto de contemplação".[43] Também ele se refere a G. Lanson, ainda que sua demonstração remonte às fontes da importação da filologia alemã pela França, o que o leva a resgatar um importante trabalho de Victor Cousin, dedicado aos *Pensées* de Pascal.

LANSON E BERNARDIN DE SAINT-PIERRE

Esta convergência em torno do nome de Lanson, evidentemente aguça a curiosidade. Seria necessário ser prisioneiro do "ciclo dos modos" (Jean Molino) para "executar sem precauções", como os "defensores do estruturalismo", os "métodos da história literária"?[44] Seria razoável afirmar, acerca da crítica genética, que "há algum tempo, com a mesma fanfarrice e esquecidos de suas declarações anteriores, os adeptos cantores da estrutura passam agora à palinódia e entoam o ar da história".[45] Qual é então a verdadeira contribuição do trabalho "genético" de Gustave Lanson?

Vale a pena ser um filólogo por um instante, deixando as glosas dos comentadores para retornar ao texto propriamente dito. Tomemos, por exemplo, o trabalho que Lanson dedicou ao manuscrito de *Paul et Virginie*,[46] a respeito do qual Michel Espagne evoca a "reconstrução de diversos processos de gênese".[47]

Inegavelmente, Lanson procede de maneira meticulosa. As notas de rodapé e as citações são abundantes. Mas essa precisão é obscurecida por um acúmulo de julgamentos prévios sobre Bernardin de Saint-Pierre, sobre a escritura, sobre o que são os grandes autores e, mais grave, sobre o que são gosto e bom estilo. Certamente uma leitura

---

43) Op. cit., p. 158.
44) Op. cit., p. 7.
45) Ibid., p. 7.
46) Gustave Lanson, "Un manuscrit de Paul et Virginie. Étude sur l'invention de Bernardin de Saint-Pierre", *Études d'histoire littéraire réunies et publiés par ses collègues ses élèves et ses amis*. Paris, Librairie ancienne Honnoré Champion, 1930, pp. 224-258. Primeira publicação: *Revue du mois*, 10 maio 1908.
47) Op. cit., p. 153.

apressada poderia fazer crer que Lanson é um geneticista, como no parágrafo seguinte que, isolado de seu contexto, não seria renegado pela crítica genética:

> São apenas rascunhos e esboços. É isto que torna interessante este manuscrito: deciframos nele todo o esforço do artista, nele acompanhamos a invenção em seu exercício obstinado, em suas pesquisas, suas hesitações, seu lento desembaraço.[48]

Na verdade as palavras "esforço", "exercício obstinado", "pesquisas", "hesitações", "desembaraço" são carregadas de um profundo desprezo. Todo o trabalho de Lanson visa não a reconstruir uma gênese, mas a demonstrar que Bernardin de Saint-Pierre é um escritor medíocre. Comparado aos verdadeiros escritores ele não vale grande coisa — Lanson aproxima-o ainda de Flaubert, em uma comparação moralizante.[49] Que o julguemos a partir disso. O primeiro impulso de Bernardin de Saint-Pierre denota "uma certa falta de delicadeza sentimental" (p. 230), ele "não tem muito gosto ou fineza", "é raso quando quer se elevar, e simplório quando quer pensar. Sempre restará disso alguma coisa, mas em seu primeiro impulso, ele é mais grosseiro e superficial" (p. 230). E acreditaríamos ter diante de nós as correções impetuosas embelezando uma cópia de estudante quando lemos: "Mútuos é de uma impropriedade bárbara", ou "Bernardin se arrependeu desta tolice" (p. 230), ou ainda "É fraco" (p. 234), "Completamente raso" (p. 231).

Michel Espagne fala de "fascínio face aos mistérios do ateliê".[50] Esta interpretação é no mínimo indulgente diante de frases em que só se lêem reprovação ativa e afinco em denunciar as fraquezas de Bernardin de Saint-Pierre, quando se o compara aos verdadeiros grandes autores. Um prova disto é a confrontação com Racine:

---

48) Op. cit., p. 225.
49) "O que disse, basta para dar uma idéia do labor de Bernardin de Saint-Pierre, que só é comparável ao de Flaubert." (p. 226) Pobre Flaubert!
50) Op. cit., p. 153.

Vejam as notas de Racine nas margens de seus livros: a abreviação e a incorreção não destroem a propriedade, nem a elegância ou o desembaraço da expressão. O primeiro impulso em Bernardin é turvo, embaraçado, irregular, as palavras inexatas, as frases deselegantes ou grosseiras não são raras.[51]

A leitura filológica de Lanson é, na verdade, grosseiramente teleológica: ele quer convencer que Bernard de Saint-Pierre não tem o dom da escritura. Esta falha inicial é compensada pelo esforço e pela dificuldade, e no conjunto, o trabalho tem um bom resultado. As reescrituras introduzem algumas frivolidades suplementares, mas quanto ao essencial, o estudante está progredindo. E o suposto rigor que Michel Espagne opõe ao impressionismo reacionário de Aghaton, bem como a "tradição filológica alemã" em oposição às "humanidades" no estilo francês, efetivamente reconduzem a uma exibição de preconceitos estéticos que opõem o bom gosto de um universitário francês do início do século a "o insípido espiritualismo, a adocicada manifestação de Milton e de Klopstock", que é o "gosto do momento", pelo qual o espírito e o estilo de Bernardin de Saint-Pierre estão irremediavelmente corrompidos.

Creio que estas citações ultrapassam o comentário, e, quanto a mim, agradeço à geração que veio para a crítica nos anos 60, por ter sacudido o jugo da tradição lansoniana, buscando forjar-se com outras ferramentas teóricas. Contrariamente ao que gostariam de nos fazer crer, criticar Lanson não é criticar a filologia, nem se arranjar do lado dos defensores das "humanidades", das idéias gerais, das "letras puras" e do "gosto literário"[52] por um capricho excessivamente francês. É simplesmente fazer uma leitura refinada, atenta à letra e à história.

---

51) Op. cit., p. 229.
52) M. Espagne, op. cit., p. 152.

Antoine Albalat e as rasuras

Após duas obras sobre a formação do estilo e a arte de escrever, Antoine Albalat, um contemporâneo de Lanson, publicou um livro sobre "o trabalho do estilo ensinado pelas correções manuscritas dos grandes escritores",[53] que lhe valeu a reputação de ser um precursor da crítica genética, ainda que fosse um geneticista *avant la lettre*.[54] Ao apresentar a reedição recentemente publicada por Eric Marty, o editor chega a escrever que através das análises de Albalat, "os hieróglifos da caligrafia, as respirações das páginas brancas e as rupturas no texto, tornam-se igualmente índices, servindo para decifrar o enigma da criação".[55]

Inegavelmente, Albalat utilizou um grande número de manuscritos provenientes de uma grande variedade de autores: Chateubriand, Flaubert, Bossuet, Pascal, Rousseau, La Fontaine, Hugo, Balzac... Para explicitar seu modo de proceder, compara-o ao do "geólogo reconstituindo um terreno", e declara que procurou "restabelecer as diversas redações em sua ordem",[56] tarefa que faz parte das atividades do "geneticista". Da mesma forma, quando descreve os rascunhos de Flaubert, esboça uma reconstituição do percurso genético, através da sucessão de reescrituras:

> Flaubert escreve por sobreposição. Primeiro algumas notas indicam as idéias de um parágrafo. Em seguida ele retoma, desenvolve, a frase se estende, progride. Então ele relê e refaz. /.../ Flaubert re-trabalha a página acabada, recomeça-a, muda o aspecto, experimenta variações, busca as palavras. O trecho se torna ilegível. A frase transborda. Perde-se o sentido. Ele recopia tudo e continua desta forma por mais quatro, seis, oito vezes.[57]

Da mesma forma ele descreve, não sem ingenuidade, a escritura de Bossuet, cuja "leitura é difícil", e evoca a "confusão" dos

---

53) A. Albalat, *Le travail du style enseigné par les corrections manuscrites des grands écrivains*, Paris, Armand Colin, 1903. Reeditado em 1991, com um prefácio de É. Marty.
54) Cf. prefácio de É. Marty (op. cit., pp. I-XXV). Ver, também, G. Falconer, op. cit., p. 276.
55) Op. cit., 4. tiragem.
56) Ibid., p. 70.
57) Ibid., p. 70

manuscritos, acrescentando que "passou vários dias" para extrair deles alguns fragmentos.[58]

Todavia, Albalat não faz uma distinção precisa entre os diferentes tipos de manuscritos aos quais recorre e, de um autor a outro, utiliza indiferentemente as versões passadas a limpo e revistas pelo autor (para Chateaubriand, por exemplo) e verdadeiros rascunhos (quando se opõe a Flaubert). E mais: quando não dispõe dos manuscritos de trabalho, ele compara duas versões de uma mesma obra (assim, ele compara o texto publicado dos três primeiros livros das *Mémoires d'outre-tombe* à cópia que foi realizada mais de vinte anos mais tarde, por familiares de Chateaubriand); e ainda que, em princípio, rejeite anedotas e testemunhos sobre a escritura de grandes escritores, não hesita em recorrer a eles se for necessário, para fortalecer sua argumentação.[59] Ele é, portanto, relativamente indiferente ao caráter, atestado ou não, da gênese. E no fim do livro, Stendhal, Théophile Gautier ou Georges Sand são tratados sem que ele tenha mesmo feito uso do manuscrito.

Isso porque sua perspectiva é, na verdade, essencialmente didática. Ao analisar os manuscritos dos grandes escritores clássicos, ele pretende primeiramente ilustrar os "princípios fundamentais da arte de escrever e seus meios de aplicação",[60] e é em relação a estes princípios que o estudo das rasuras encontra sua justificativa:

> São os grandes escritores clássicos que, por suas rasuras, confirmarão nossas teorias.[61]

Ademais, ele não hesita em endereçar-se ao leitor e a dar-lhe conselhos práticos,[62] ou a repreender por conta própria uma observação de Émile Faguet acerca dos manuscritos de Hugo, que

---

58) Ibid., p. 105.
59) No caso de Chateaubriand, ele se apóia todo o tempo nos testemunhos de Edmond Biré, de Fontanes, de Marcellus, de Saint-Beuve...
60) Ibid., p. 7.
61) Ibid., p. 70.
62) "A regra é que é preciso deixar seu primeiro impulso refrear-se, até que o texto se lhes faça estrangeiro. Retomam-se então suas frases; rasura-se, suprime-se, abranda-se, resume-se, busca-se concentrar o pensamento no menor número de palavras possível. A página está escura, recopiem-na; é essencial. Uma vez recopiado, ele lhes parecerá outro." Ibid., p. 18.

"são uma boa fortuna para o estudante do francês, do estilo francês, da 'composição francesa', e de 'métrica francesa'".[63]

Os princípios dos quais Albalat se faz ardente defensor, resumem-se em um único: "o trabalho é uma condição absoluta para toda obra escrita".[64] Ele declina esta máxima como desafio por todo o livro, e se entusiasma com os escritores cujas obras deixam o trabalho particularmente visível. Essa é a razão pela qual tem sobre Flaubert uma apreciação exatamente oposta àquela de Lanson. O que ele adora, é que "se constate o trabalho" a cada linha.[65] "Todos os grandes escritores trabalharam. Aquele se matou de tanto trabalhar". Ou:

> Ficamos abatidos diante do que tal labor representa de paciência, de vontade, de obstinação e, é preciso dizê-lo também, de resistência física.[66]

Em outros momentos, esta insistência dá lugar a frivolidades que fazem rir. Após ter denunciado o estilo deplorável de Stendhal e estigmatizado sua incapacidade de se corrigir, ele acrescenta:

> Se as correções de Stendhal não nos ensinam como é preciso escrever, o estilo de suas obras demonstra excessivamente como não se deve escrever.[67]

Ele chega até a tomar uma página em *Le Rouge et le Noir*, que recopia e reescreve, fabricando nela rasuras que teria adorado encontrar nos manuscritos.[68]

---

63) Ibid., p. 212. No assunto, seu pedantismo vai algumas vezes ao ridículo, como nesta nota: "Horácio aconselha a deixar repousar seu primeiro impulso, sem retocá-lo, durante nove anos. É realmente excessivo, quando não se sente, como ele, o desejo de ser imortal e de deixar um monumento mais durável que o bronze. Alguns meses bastam." (Ibid., nota p. 10)

64) Ibid., p. 9. Albalat desenvolve claramente este princípio, enumerando as regras do bem-escrever: caça às repetições, às assonâncias, aos hiatos, /.../ (podemos por outro lado nos perguntar se o gosto particularmente vivo de A. Albalat pelas rasuras, para eliminar as assonâncias e os hiatos infelizes, não está muito simplesmente relacionado à estrutura fonética de seu próprio nome).

65) Ibid., p. 65.
66) Ibid., p. 70.
67) Ibid., p. 260.
68) Ibid., pp. 35-37.

Enfim, o trabalho de escritura, tal como o concebe Albalat, jamais escapa à influência da teleologia. Como se passa de um primeiro impulso imperfeito a um texto definitivo digno de fazer seu autor figurar no panteão dos grandes escritores da França? Essa é a preocupação fundamental de Albalat, quando avalia as rasuras em função da qualidade da forma final. Por outro lado, na imensa maioria dos casos, é a última versão que Albalat julga a melhor, ao menos nas obras daqueles que considera, de cara, como "grandes autores", pois neste quadro de honra dos escritores, existem aqueles que — como Fénelon, Stendhal ou George Sand — não sabem trabalhar. A escritura não saberia portanto ser outra coisa que um esforço em direção à perfeição, e os julgamentos são todos orientados por esse pressuposto fundamental, que em realidade não tem nada de genético, em nome do qual distribui o elogio e a censura. "Eis uma bela correção", diz ele ao constatar que Chateaubriand substitui "reduzidos ao estado de fantasmas" por "reduzidos à inconsistência de fantasmas", e depois por "reduzidos à insubstância de fantasmas", que ele qualifica de "palavra soberba". Mas, por outro lado, acusa o mesmo Chateaubriand de "condensar demais", quando substitui "uma menininha que segurava um cesto de vinhateiro" por "uma pequena vinhateira".[69]

Em suma, se é verdade que Albalat tem o mérito incontestável de declarar-se contrário ao mito romântico da inspiração e de recolocar em questão o caráter misterioso da atividade criativa, relativizando-a ao enfatizar o *trabalho*, os fins que ele persegue, na realidade, impedem-no de perceber a gênese em toda a sua especificidade. Sob as aparências de uma atitude descritiva e analítica atenta à literalidade dos documentos, na verdade ele traça uma reflexão normativa e prescritiva sobre o estilo: eis como se deve escrever e como se deve trabalhar. Esta referência do "bom" estilo e da "bela" língua é indissociável de outro gesto, igualmente normativo, pelo qual se constituiu um panteão dos "grandes escritores da França", cuja série representa os clássicos que merecem ser admirados sem limites e servir de modelos às novas gerações. Malgrado a admiração retrospectiva que Éric Marty vota à erudição ou à ciência daquele que considera um pioneiro, estamos

---
[69] Ibid., pp. 35-37.

bem longe de uma atitude rigorosa, e ainda mais de uma preocupação científica, no sentido em que se pode compreendê-la no fim do século XX. O rigor filológico, a paciência do deciframento, a comparação meticulosa das reescrituras, estão presentes nas obras de Albalat ou Lanson, mas qual é sua utilidade quando estão submetidas a pressupostos que jamais são discutidos? Nessa construção fantasmática de uma língua francesa clássica ideal e eterna, clara, precisa, elegante e moderada, os desacordos — Flaubert é ou não digno de juntar-se aos grandes clássicos? — vêm, no momento certo, desvelar a fragilidade do empreendimento e sua dependência diante de um estado historicamente datado do gosto dos universitários.

Victor Cousin e os manuscritos dos *Pensées*

A invocação de Victor Cousin é mais interessante, pois reenvia a um quadro teórico mais próximo do original filológico do que Albalat ou Lanson, e o trabalho de Cousin permite destacar, de maneira bem mais clara, os conceitos subjacentes a esta pseudo-análise genética. Retomando o memorial que Cousin dedicou aos *Pensées* de Pascal, Michel Espagne pretende defender a tese segundo a qual a filologia abrangeria os princípios da crítica genética, cabendo a esta apenas uma existência secundária e derivada. Ele desenvolve duas hipóteses simultâneas. Primeiramente, considera que Victor Cousin, ao se aproximar do manuscrito dos *Pensées*, retoma o modelo conceitual da filologia alemã e contribui para aclimatá-lo à França. Em seguida, esta primeira proposição é combinada com outra, segundo a qual, desde os anos 1840, Cousin pratica dessa forma a crítica genética.[70]

---

70) É preciso acrescentar aqui um corolário: V. Cousin é considerado um representante válido da filologia. Na verdade, veremos nas análises que se seguem, a que ponto V. Cousin é um reles filólogo, mesmo no sentido trivial do termo. Poderíamos então objetar que é inútil, até mesmo gratuito interessar-se como faço por uma obra que ninguém sonharia defender. Não só ninguém sonharia desenterrá-lo sem que seu nome fosse invocado contra a crítica genética; mas insisto sobre o fato de que o ataque dirigido à crítica genética por meio de Cousin só se mantém na medida em que ele pode legitimamente encarnar a filologia. Se este não é o caso, todo o conjunto da argumentação cai por terra.

A primeira proposição não é contestável, e M. Espagne é convincente sobre este aspecto. Aplicado primeiramente aos textos da Antigüidade, o modelo filológico foi depois estendido aos primeiros indícios das literaturas nacionais, isto é, aos textos medievais em língua coloquial. Victor Cousin faz uma extensão suplementar ao submeter o texto dos *Pensées* a uma crítica filológica. Duas citações bastarão para confirmar esta análise:

> Mais de uma vez a Academia ouviu-me expressar o desejo de que, para preparar e sustentar seu belo trabalho do dicionário da língua francesa, ela se encarregue de dar ao público edições corretas de nossos grandes clássicos, como se faz há dois séculos na Europa, com os textos da Antigüidade. Infelizmente chegou a hora de tratar esta segunda antigüidade, que é denominada século de Luís XIV, com a mesma devoção que a primeira; de estudá-la, de alguma forma, filologicamente, pesquisar as verdadeiras lições com uma curiosidade esclarecida, as lições autênticas que o tempo e a mão dos editores inábeis pouco a pouco despedaçaram.[71]

E algumas páginas adiante:

> Que diríamos se o manuscrito original de Platão estivesse, com o conhecimento de todos, em uma biblioteca pública, e que, em vez de recorrer a ele e reformar o texto convencionado a partir do texto verdadeiro, os editores continuassem a copiar uns aos outros, sem jamais se perguntar se uma tal frase sobre a qual se discute, que alguns admiram e outros censuram, pertence realmente a Platão. Eis, no entanto, o que acontece com os *Pensées* de Pascal. O manuscrito autógrafo subsiste; está na Biblioteca Real de Paris; cada editor fala dele, ninguém o consulta, e as edições se sucedem.[72]

Este manuscrito, Cousin parece observá-lo bem escrupulosamente: detalha o número de páginas e a dimensão das folhas, descreve o aspecto geral, enumera as fontes comprovadas, surpreende-se com a abundância de colagens e de referências, etc.[73]. Essa atenção meticulosa

---

71) Op. cit., p. 103.
72) Ibid., p. 109.
73) Assim, por exemplo: "O ms. dos *Pensées* é um grande in-fólio de 491 páginas. /.../ Estas páginas compõem-se, a maior parte do tempo, de pequenos papéis colados, uns ao pé dos outros. /.../ Ao menos 9/10 dos manuscrito, sobretudo os pedaços mais

se dissipa, entretanto, assim que o manuscrito se torna verdadeiramente testemunho de uma gênese; a descrição torna-se então impressionista, ou mesmo claramente alheia:

> Os fragmentos excessivamente curtos não parecem muito trabalhados, ou pelo menos não se encontram neles correções ou rasuras. Não são, portanto, fragmentos desenvolvidos: são cobertos de correções. Vejam particularmente as belas páginas sobre os dois infinitos, pp. 347-360. Encontram-se muito freqüentemente no manuscrito muitas linhas, e mesmo páginas inteiras riscadas. Logo, são desenvolvimentos inúteis, cuja supressão é um aperfeiçoamento evidente: perto dos primeiros esboços de pensamentos aos quais Pascal deu em outro lugar uma forma mais perfeita; e perto dos pedaços rematados pelo estilo, mas que Pascal, ao refletir, por razões que nem sempre descobrimos, acreditou dever suprimir.[74]

Em nome de quais evidências operam estas discriminações no interior das partes cortadas? O que é um desenvolvimento inútil? Como se distingue de um pedaço suprimido por razões que nos escapam?

O exemplo da pontuação permite lançar algumas luzes sobre estas questões. Em seu princípio, a posição de Cousin é bastante consistente. Em sua "relação à Academia Francesa", ele lamenta a degradação à qual uma pontuação incorreta submeteu aos grandes textos do século XVII:

> Onde o pensamento em seu vigor, uma lógica severa, uma língua ainda jovem e flexível, produziram uma frase rica, melodiosa, profundamente sintética, a análise, que decompõe incessantemente e tudo reduz a pó, substituiu várias frases mal-articuladas. Primeiro,

---

desenvolvidos, são da mão de Pascal. Há somente sete ou oito páginas que são inteiramente de outra mão. Vejam as páginas 129, 206 e 440-444. Algumas vezes uma escritura estranha encontra-se no meio de passagens escritas pelo próprio Pascal. Vejam as páginas 55, 209, 344, etc. /.../ Entre os fragmentos desenvolvidos, escritos por Pascal, há alguns que estão quase completos, mas dos quais só com muito esforço se descobre a seqüência, devido à quantidade de remissões, não somente nas margens, mas por todos os cantos de cada página, e até mesmo de uma página a outra. /.../"
(Ibid., pp. 239-241).

74) Ibid., p. 241.

acreditou-se mudar somente a pontuação, e ao final de um século, aconteceu que os vícios da pontuação passaram insensivelmente para o texto e corromperam o estilo /.../ Onde estão hoje os longos e poderosos períodos do Discurso do Método /.../ Seu curso foi rompido, empobreceram-no quando o dividiram excessivamente.[75]

Da mesma forma, com os *Provinciales*, Cousin estigmatiza "as alterações excessivamente numerosas que o fizeram sujeitar-se a uma pontuação viciosa, freqüentemente deslocada no texto".[76] Donde a acrimônia do filólogo Cousin, e a exigência de um respeito absoluto à pontuação original dos escritores do século XVII. Ora, no fragmento do qual ele fornece a reprodução fac-similar e a transcrição, vemo-lo transgredir alegremente este princípio sacrossanto da exatidão filológica, e modificar, ele mesmo, a pontuação de Pascal, "dividindo excessivamente" as frases. Bastará um exemplo. Eis, lado a lado, uma transcrição do original que Cousin nos mostra em um fac-símile, e a "reprodução" que ele estabelece:[77]

Parlons maint<enan>t selon les lumières naturelles. S'il y a un dieu Il est Infin<imen>t Incompréhensible, puisque n'ayant ni parties ni bornes Il n'a nul rapport à nous.	Parlons maintenant selon les lumières naturelles. S'il y a un Dieu, il est infiniment incompréhensible, puisque, n'ayant ni parties ni bornes, il n'a nul rapport à nous.

Onde o manuscrito isola a primeira frase como um título, Cousin liga-a com a seguinte em um único parágrafo. E, na segunda frase, ele introduz duas vírgulas que não figuram no manuscrito. Onde está, então, a restituição rigorosa do estilo de Pascal, com o qual Cousin compromete-se em sua exposição?

A mesma flutuação se manifesta quando Cousin se detém ao sistema de remissões da escritura pascalina. Vimos que, para convencer seu leitor da dificuldade da empreitada na qual se lançou, Cousin exibe o fac-símile de uma página do manuscrito dos *Pensées*

---
75) Ibid., p. 104.
76) Ibid., p. 108.
77) Ibid., p. 284.

(que reproduzo a seguir), e esta reprodução constituía na época uma proeza técnica.

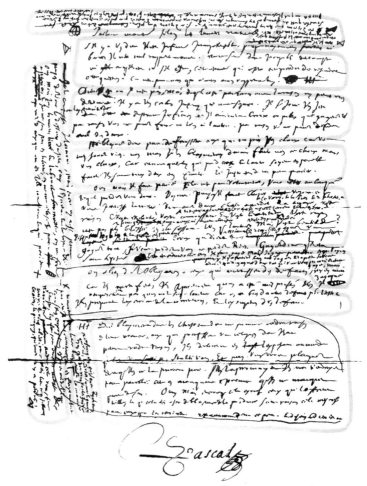

Pascal: um manuscrito dos Pensées. Reprodução do fac-símile apresentado na obra de Victor Cousin. O traçado evidencia as partes na escritura (1-8) e os acréscimos ulteriores (bis).

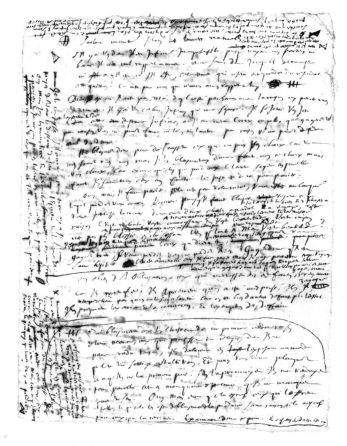

Pascal, um manuscrito dos Pensées *(Biblioteca Nacional).*

O que se trata de fazer notar é "a confusão material em que, no entanto, o fio do pensamento jamais é rompido" e o modo de junção do texto, manifestado pela

> multiplicidade de remissões praticadas, não apenas nas margens, mas em todos os cantos de cada página, e às vezes até de uma página a outra. Com isso retornamos duas ou três vezes à mesma página, e dela saímos outras tantas vezes.[78]

---

78) Op. cit., p. 241.

Mas aí a atitude de Cousin não é mais sistemática. Sua transcrição é híbrida e hesita entre a unidade material da página e a continuidade do texto, através de remissões que conduzem o leitor de uma folha a outra. O tratamento dos sinais de remissão não é o mesmo se são remissões internas a uma mesma folha ou se são as que fazem "sair" da página. No primeiro caso (cf. a remissão & , pela qual o bloco do texto 1 bis, situado abaixo da folha, é inserido entre os blocos 1 e 2), Cousin efetua a operação materializada pela remissão e reconstitui um texto contínuo a partir dos fragmentos revelados na página; o sinal mesmo de remissão desaparece.[79] E procede então como um secretário que passaria a limpo o manuscrito. A operação se ajusta às instruções que o manuscrito comporta e faz desaparecer a "confusão material". No segundo caso, pelo contrário (cf. o sinal & no fim do bloco 4 bis, que remete a uma continuação situada na folha 7), ele interrompe a continuidade do texto e recorre a uma nota, onde reproduz o sinal de remissão e indica onde é preciso procurar, no manuscrito, a continuação do texto, que se contenta em sugerir entre reticências.[80] Dessa vez, Cousin respeita a materialidade do documento. E será em outro lugar, na apresentação sinóptica, em favor da qual ele opõe o texto do manuscrito e aquele das edições, que o leitor de Cousin poderá encontrar a continuidade do texto. Aí Cousin é fiel ao "texto", mas sob o preço de uma infidelidade com o manuscrito. Ele negligencia, por exemplo, uma remissão à página 8 que havia sido assinalada na "reprodução" da página 4.[81] Para ser completa, sua demonstração exigiria que ele reproduzisse, não uma, mas três páginas do manuscrito.[82]

Na verdade, Cousin não tenta compreender o processo que originou a desordem material do manuscrito. Entretanto, o fac-símile

---

79) Ibid., p. 284.
80) Ibid., p. 285.
81) Ibid., p. 286. "Após estas palavras: *on ne me relâche pas*, o sinal & remete à página 8: *pas, et je suisfait de telle sorte que je ne puis croire...* até estas palavras: *e vous les demandez les remèdes. Apprenez de ceux...* depois disso retornamos à p. 4 litografada: *Apprenez de ceux qui ont été liés comme vous...*" Na apresentação sinóptica, Cousin reúne os trechos desta passagem sob o título "Manuscrito autógrafo, p. 4" (Ibid., pp. 294-295).
82) É portanto abusivo afirmar, como o faz M. Espagne (op. cit.), que "desde o início, Cousin percebeu este limite da investigação genética, que é a apresentação do fac-símile de um rascunho". Cousin não se interessa realmente pela gênese do texto pascalino na folha que reproduz.

da página 4 mostra muito claramente, por exemplo, a existência de um primeiro fluxo, cuja transcrição diplomática seria a seguinte:

> 1 Parlons maint<enan>t selon les lumières naturelles.
> 2 S'il y a un dieu Il est infin<imen>t Incompréensible, puisque n'ayant ni parties ni
> 3 bornes Il n'a nul rapport à nous. Nous som<mes> donc incapables de compr<endre>
> 4 ni [s'Il] ce qu'Il est ni s'Il est, Cela étant qui osera entreprendre de résoudre
> 5 cette question? Ce n'est pas nous qui n'avons aucun rapport a luy. [ ] &
> 6 Dieu [XXX] est ou Il n'est pas, mais de quel costé pencherons nous? La raison n'y peut rien
> 7 déterminer. Il y a un chaos Infini qui nous sépare. [...][83]

Nesta primeira etapa, os enunciados encadeiam-se por um entrelaçamento de repetições lingüísticas quase literais: "nós que não temos nenhuma relação com ele" responde a "não há nenhuma relação conosco". Da mesma maneira, "Deus é, ou não é" retoma "nem o que Ele é, nem se Ele é".

Em uma segunda etapa, Pascal introduz um novo desenvolvimento (bloco textual 1 bis), que ele redige na parte inferior da folha ainda virgem (após o bloco textual 5, isolado do resto por traços horizontais) e que ele insere após a linha 5 ("Não somos nós que não temos nenhuma relação com ele.").

> & Qui blasmera donc les chrestiens de ne pouvoir rendre raison de leur creance, eux qui professent une religion dont Ils ne peuvent rendre raison, Ils declarent en [la xx] l'exposant au monde que c'est une sottise, stultitiam, et puis vous vous plaignez de ce qu'Ils ne la prouvent pas.

---

[83] 1 Falemos agora segundo as luzes naturais./ 2 Se há um deus Ele é infinitamente Incompreensível, pois não tendo nem partes nem/ 3 limites Ele não tem nenhuma relação conosco. Somos portanto incapazes de compreender/ 4 o que Ele é e se Ele é, Sendo assim, quem ousará tomar de empreitada resolver/ 5 esta questão? Não somos nós, que não temos nenhuma relação com ele. [ ]/ 6 Deus [xxx] é ou não é, mas de que lado penderemos nós?/ 7 A razão, nada pode determinar aí. Há um caos Infinito que nos separa. (N.T.)

135

S'Ils la prouvayent Ils ne tiendrayent pas parolle: c'est en manquant de preuve qu'Ils ne manquent pas de sens. Ouy mais encore que cela excuse ceux qui l'offrent telle, et que cela les ôte du blasme de la produire sans raison, cela n'excuse pas ceux qui la reçoivent. Examinons donc ce point. Et disons Dieu est ou[84]

Essa adição vem quebrar o modo de progressão inicial do pensamento por repetições sucessivas. A articulação lógica do novo raciocínio que vem se inserir na releitura do texto já escrito é materializada no enunciado por um *então*. Neste novo desdobramento, que procede de uma camada de escritura posterior ao primeiro impulso, completa-se por "isto não isenta aqueles que a recebem".

O fac-símile permite, enfim, identificar uma terceira camada, pela qual Pascal assegura a sutura entre os dois fragmentos textuais: "Examinemos então este ponto. E digamos que Deus é ou". Os índices materiais desta operação são bastante claros. O traçado parece mais fechado. A linha se afasta da horizontal. Sobretudo Pascal recopia "Deus é ou", isto é, o início do texto, que inicialmente vinha depois de "Não somos nós que não temos nenhuma relação com ele". A "junção" entre as duas frases do processo de escritura é, ao mesmo tempo materializada pela remissão (&) e pela repetição de "Deus é ou".

Mesmo do ponto de vista de Cousin, teria sido interessante para a gênese do *estilo* de Pascal acompanhá-la passo a passo e comparar as arti-culações argumentativas que operam no primeiro impulso e na re-escritura.

Da mesma maneira, o manuscrito mostra claramente que o bloco 4 bis foi acrescentado posteriormente ao bloco 4 e constitui uma transição em relação ao desdobramento que figura na folha

---

84) Quem censurará então os cristãos por não poderem arrazoar sua crença, aqueles que professam uma religião da qual não podem explicar a razão, declaram-na expondo ao mundo que é um disparate, *stultitiam*, e depois vocês se queixam de que Eles não a provam. Se a provassem, Eles não teriam palavra: é faltando com a prova que eles não faltam com o sentido. Sim, mas ainda que justifique aqueles que a oferecem desta forma e que os livre da acusação de produzi-la sem razão, isto não isenta aqueles que a recebem. Examinemos então este ponto. E digamos que Deus é ou

7. Este, por sua vez, remete ao bloco 6, que ocupa aproximadamente 2/3 da margem esquerda da folha 4. Falta espaço a Pascal, que enegrece a última parte da margem que ficara branca (bloco 7) e une as duas passagens por uma remissão (X). Falta-lhe novamente espaço; ele toma a folha em outro sentido e utiliza a margem superior, explorando todos os espaços brancos antes deixados livres (bloco 8). Por fim, uma adição posterior, colocada na folha 8, vem ainda se inserir no interior do bloco 6 (remissão &), e uma adição de pouca amplitude situa-se acima do bloco 7 (bloco 7 bis).

Ainda aí um verdadeiro estudo genético teria acompanhado passo a passo estes enfolhamentos atestados no manuscrito, e mesmo do ponto de vista do *texto*, que é aquele de Cousin, teria sido pertinente analisar os efeitos destes enriquecimentos sucessivos sobre o estilo e o encadeamento dos pensamentos.

Vemos que tal não é o fim do recurso aos manuscritos, que é primeiramente destinado a adequar-se ao estabelecido por um pressuposto.[85] Apoiada em uma concepção orgânica da língua, de sua história e de seu envelhecimento, a crítica filológica de Cousin se toma por máquina do tempo para recuperar os tempos áureos de um estilo que os descendentes não souberam preservar. Não é portanto surpreendente que o respeito escrupuloso pelo material acabe no momento em que o observador é confrontado com o aspecto propriamente genético do manuscrito.

Contudo, a Cousin, diante da materialidade do documento manuscrito, seria forçoso reconhecer que não está diante de um texto, pois o manuscrito contém múltiplas versões dos mesmos pensamentos e não respeita nenhuma das condições — unicidade, coerência, coesão, não-contradição em um ponto determinado — que definem um texto. Também Cousin obstina-se efetivamente a recuperar uma aparência de ordem nesta "confusão material". É desta forma que, em certos casos, ele é levado a reconstituir uma

---

85) Donde uma inevitável circularidade da atividade, pois a construção dos materiais como observáveis situa o pressuposto, ao mesmo tempo na origem da atividade crítica e no seu fim.

filiação entre pensamentos esboçados e depois desenvolvidos.[86] Mas este chamariz de procedimento "genético" na realidade visa a outra coisa, pois em sua busca do inédito, não hesita em juntar os fragmentos deformados ou mutilados por Port-Royal — que ele restitui — e as "variantes" não mantidas por Pascal e explicitamente suprimidas no manuscrito. Cousin chega até mesmo a supor em alguns casos — e esta não é uma prática isolada entre os filólogos do século XIX — que a versão suprimida exprime o verdadeiro pensamento de Pascal, mais fielmente que a versão mantida:

> Pascal riscou, é verdade, os pedaços que transcreveremos na ausência de qualquer justiça natural e com pirronismo; mas eles não indicam menos seu verdadeiro pensamento, que aparece em tantos outros lugares.[87]

Tudo se passa como se a postura filológica, apontando na direção contrária, perdesse seu rigor e se dissolvesse em um produto híbrido. De fato, é no mínimo muito estranho que esse monumento da crítica filológica se realize a respeito de um não-texto. Com as sucessivas edições dos *Pensées*, Victor Cousin dispõe de um equivalente moderno das cópias medievais. Mas o texto, que supostamente estaria na origem do processo de deformação por reprodução incorreta, jamais existiu, pois nunca houve uma cópia aprovada para publicação, assinada por um autor e os *Pensées* foram fabricados por Port-Royal com finalidades apologéticas, a partir de uma obra que foi deixada ainda em construção. Desta forma, a análise de Cousin apresenta-se como uma verificação vazia das hipóteses que expus acerca da filologia. O texto que se trata de recuperar em sua pureza original, não passa de um fantasma. Assim

---

86) Assim, Cousin dá exemplo de passagens "que receberam uma nova forma, e nos mostram Pascal se esforçando por dar às suas idéias uma expressão cada vez mais exata ou convincente" (p. 241). Ele escreve: "A passagem sobre Paul Émile e sobre Perseu (P.-R. XXIII: B 1ª part. IV, 4) começou por esta nota informe (Ms., p. 83): "Perseu, rei da Macedônia. Paul Émile. Reprovaram Perseu por não ter-se matado" (p. 242). Do mesmo modo, Cousin escreve: "o pensamento sobre os efeitos do amor e da intuição de Cleópatra foi refeito três vezes" (p. 242).

87) Cf. Ainda a transcrição das passagens "que, suprimidas por motivos que nos afetam menos hoje, portavam primeiramente a marca de seu modo salutar e vigoroso" (p. 241).

como, para os textos medievais, os eruditos até o momento dispuseram apenas de cópias — mas impressas. No lugar de reconhecê-los como o produto de um processo de enunciação autônoma (por exemplo, aquele da família de Pascal e dos Senhores de Port-Royal que criam uma obra a partir dos materiais deixados por Pascal), Cousin vê neles apenas versões deformadas e mutiladas de um original inacessível. Mas, na verdade, ele substitui a apologética jansenista por sua própria apologética cética e, por sua vez, constrói um texto fictício a partir dos materiais deixados por Pascal. O termo "ruínas", que utiliza para designá-los, é além disso característico da "inversão" filológica.[88]

Poder-se-ia então inverter completamente a análise de Michel Espagne. Em face do indício material de um processo de escritura interrompido, Victor Cousin é incapaz de apreendê-lo como tal e apreciá-lo corretamente na singularidade que ajusta ao modelo do texto construído, ou antes fabricado por uma postura filológica. Enfim, se ele vê o manuscrito, é cego ao rascunho.[89]

Em compensação, para um observador atento e crítico, o trabalho de Cousin dá perfeitamente a ver dois processos. Um, de gênese propriamente dita, é aquele do qual os manuscritos estudados por Cousin portam o traço. O outro, inscrito no tempo da história, desenrola-se em um século e meio, e é aquele da evolução de um texto por meio da série coerente de suas edições sucessivas e da descoberta das condições ideológicas de sua recepção.

Resumamos. Os exemplos que acabo de analisar mostram sem rodeios que Lanson e Cousin não seguem uma postura genética, mesmo quando trabalham com documentos de gênese. E se o trabalho de Albalat acompanha em muitos pontos o ritmo da gênese das obras que aborda, sua finalidade é outra, e obedece a imperativos de ensino pelo exemplo, que inscrevem-se mais genericamente na perspectiva de uma construção *ideológica* da eterna literatura francesa. Não basta manusear manuscritos para ser geneticista. É também necessário que esses manuscritos sejam percebidos em sua absoluta singularidade, e

---

88) "/.../ Entendemos por *Pensées* de Pascal as ruínas da obra à qual consagrou os últimos anos de sua vida." Op. cit., p. 119.
89) Contrariamente ao que o trabalho de M. Espagne sugere, o termo *rascunho* não aparece em parte alguma nesse estudo de V. Cousin sobre o manuscrito dos *Pensées*.

que o observador tenha operado a mudança de ponto de vista que faz passar do mundo do texto a este outro lugar cuja emergência descrevi acima. Este não é o caso de Lanson, fechado na problemática do texto e do autor, e prisioneiro de preconceitos estéticos que ele não analisa; nem de Albalat, prisioneiro do "estilo" e do "classicismo"; nem de Cousin, que em nome do ideal do texto, passa finalmente para o lado dos dois processos enunciativos dos quais o dossiê dos *Pensées* dá testemunho, aquele, propriamente genético, do manuscrito, e — é bem mais paradoxal — aquele dos editores do texto de Pascal, dos quais rejeita qualquer positividade ou criatividade.[90]

Sejamos ainda mais claros. O estabelecimento de uma edição crítica não é por si uma postura genética. É um trabalho que provém de uma lógica outra, na qual tudo gravita em torno do texto, que se trata de reconstituir ou de construir. Certamente não faltam editores que, após lançar-se em um empreendimento de estabelecimento de um texto a partir de todos os materiais disponíveis, descobrem a irredutibilidade dos esboços, dos planos, das notas, dos rascunhos conservados no dossiê de uma obra. Tal foi a experiência vivida pela equipe Heine, cujo nascimento evoquei no início deste artigo. Engajados na grande edição das *Obras* de Heine iniciada em Weimar, vemos, retrospectivamente, que ela logo foi tomada por uma contradição entre a postura editorial, totalmente dirigida para o texto, e a consideração dos objetos que tinha por missão explorar. E ela abandonou o projeto. Na Alemanha, onde a raiz da tradição filológica era muito mais forte, as equipes que trabalhavam com as grandes edições do pós-guerra, ficaram em seu conjunto fiéis ao texto e à filologia, e continuam a apresentar os manuscritos de gênese em um aparelho crítico subordinado ao estabelecimento do texto.[91]

---

90) O paradoxo é sem dúvida apenas aparente: encontra-se nesta obstinação o aniquilamento do processo original de enunciação que B. Cerquiglini denunciou acerca das obras da Idade Média, cujas diferentes versões são reduzidas a exemplares errôneos de um grande texto corrompido por um pobre copista.
91) Seria evidentemente necessário corrigir o que esta afirmação tem de excessivamente genérica. Alguns editores, como F. Beibner, D. Sattler ou H. Zeller, acrescentaram uma contribuição não negligenciável à apreensão dos documentos genéticos, propondo novas disposições que se afastam sensivelmente da tradição das edições críticas e testemunham uma consideração efetiva da gênese em sua dinâmica temporal.

De maneira mais geral, é sintomático que mesmo quando se dedicam aos rascunhos inúmeros editores optem por uma apresentação linear das adições, supressões e substituições que comportam os manuscritos: o que no original é multidimensional e polimorfo, é achatado na linha e restituído à norma unidimensional, característica do texto.

É igualmente falso considerar que tal pesquisa sobre um "grande autor" depende da crítica genética, sob o pretexto de que não se encontram dossiês de gênese entre as "fontes" do texto estudado. Revelei acima as armadilhas do estema invertido e o caráter falacioso da imagem do rio à qual esta inversão conduz. É evidente que a exploração de um dossiê genético seria impossível sem um conhecimento aprofundado do autor, de sua biografia como homem e como escritor, ou sem a familiaridade com suas leituras, seus gostos, seus centros de interesse. Mas o inverso não é verdadeiro. Por melhor conhecedor do homem e da obra que alguém seja, por mais versado no estudo das fontes, isto não lhe garante automaticamente a etiqueta de geneticista. É necessário ainda ter operado a re-centralização que faz passar do autor de um texto ao *scriptor* que está criando, do material biográfico à sua inscrição na materialidade de um dossiê, das fontes ao traço que foi deixado no decorrer de um trabalho de apropriação.

Enfim, as concepções de autor subjacentes à abordagem de Lanson e de seus sucessores, inscrevem-se na problemática do sujeito psicológico, tal como se o concebia no início do século, ao mesmo tempo todo-poderoso e enaltecido pelo observador que o envolvia em uma aura de mistério. As referências citadas por Graham Falconer[92] são, nesta perspectiva, iluminadoras. É mesmo do "mistério do gênio", como diz ele, que se trata. Qualquer que tenha sido a grandeza desta escola psicológica francesa, deveria ser trivial afirmar que hoje em dia ela está no mínimo ultrapassada...

Concordar-se-á, portanto, comigo, que as releituras críticas às quais acabo de me dedicar confirmam consideravelmente as análises mais teóricas da primeira parte. Evidentemente, seria ridículo e falso afirmar que foi preciso esperar pelos anos 1970 para ver críticos literários se

---

92) Op. cit., p. 279.

interessarem pelos manuscritos modernos. Não é difícil encontrar exemplos disto e eu poderia alongar a lista dos que acabo de enumerar. Mas basta um exame um pouco atento para perceber que a aproximação de um Cousin, de um Lanson, de um Albalat, não tem grande relação com o que designo há uma dezena de anos como "crítica genética". Afinal de contas, é uma constatação antes asseguradora — seria preciso uma conjunção astral bastante extraordinária para que a história da crítica literária tivesse ficado, por mais de 150 anos, inalterável, estrangeira à própria história e impermeável à mudança. E é paradoxal que seja em nome de uma perspectiva historicizante que se faça reprovações à crítica genética por "ter esquecido" Victor Cousin, Gustave Lanson ou a filologia.

A que se deve esta heterogeneidade radical? Vimos que as considerações manuscritológicas dos documentos de gênese atestados no século XIX e no início do século XX inscrevem-se globalmente na configuração teórica ligada ao advento da filologia, mesmo quando ela tende a adocicar-se com Lanson ou Albalat: primazia do texto definitivo, caracterizado por sua perfeição e acabamento, mesmo quando ele jamais existiu, como no caso dos *Pensées*; onipresença do autor, sujeito biográfico e psicológico, garantindo a autenticidade do texto; reducionismo enunciativo cego ao processo de produção, que é remetido a uma inspiração cujos mecanismos inefáveis escapam a qualquer análise (mesmo quando Albalat convida a associá-los a essa outra forma de inspiração, que é o trabalho[93]), quando não é lançado às trevas por uma segunda enunciação, subserviente e enfraquecida (como faz Cousin em relação aos editores do texto pascalino). A esse quadro teórico geral, vêm somar-se fenômenos mais conjunturais, de um lado ligados à pregnância de juízos de gosto não distanciados, que legiferam sobre o estilo e o bem-escrever, e de outro, ligados à vontade de construir, livrando-a da anarquia das obras recebidas como literárias no fio dos séculos. Um céu dos grandes escritores em comunhão, todas as épocas confundidas, pelo amor à "bela língua" e pelo culto de um francês clássico digno de ser colocado entre as mãos dos estudantes.

---

93) "Não se pode mais subtrair-se ao fato da inspiração, pois o trabalho é também uma inspiração". A. Albalat, op. cit., p. 11.

Compreendemos sem dificuldade que para abrir à crítica genética a possibilidade de nascer, foi primeiramente necessária a rejeição brutal destas concepções de outra época e a ruptura com a "revolução" estruturalista.

Deste longo percurso crítico, parece-me, podemos tirar duas conclusões. A primeira, negativa, concerne à filologia. Enquanto disciplina de erudição, ela não dispõe das ferramentas conceituais que lhe permitiriam desenvolver um ramo como a "crítica genética". A segunda permite apreender a emergência de um novo campo conceitual. Dobrando os anos 1960, a evolução das concepções da linguagem em sua relação com as línguas e com aqueles que as falam e as escrevem, aquela das tecnologias e, mais genericamente, a das mentalidades, forneceu um estatuto aos objetos que, sem dúvida, sempre existiram enquanto objetos materiais, mas que eram invisíveis por falta de instrumentos de observação. Pode-se então verdadeiramente falar de um nascimento dos manuscritos modernos enquanto objetos de investigação científica.

Este processo global de emergência pode ser abordado segundo diversos pontos de vista. Nas páginas precedentes, privilegiei as relações entre os objetos, os processos tecnológicos que os produzem e os conceitos que os representa. Explicitando a correlação entre a evolução das técnicas e a formalização intelectual dos objetos produzidos, a análise apoiou-se sobretudo no amadurecimento que operou no século XIX, e identificou o laço que reuniu três ordens de fenômenos: o apogeu do impresso "moderno", a organização de uma estrutura social regendo a produção literária (o autor, seu editor, seu público) e definindo sua função no interior de um sistema cultural, e a construção de uma doutrina, a filologia, no interior da qual esses dados do mundo "real" são racionalizados e construídos com a ajuda de um conjunto de noções e de conceitos. Simetricamente, mostrei as subversões que a evolução recente das tecnologias do escrito introduz neste cenário intelectual, criando novos objetos e com eles definindo um novo sistema de relações entre novos atores culturais.

Por outro lado, sublinhei a incidência dos pressupostos teóricos sobre a representação do real observado. A filologia é ciência de textos, isto é, de escritos públicos, manuscritos ou não, e enquanto tal não pode ser a ciência dos documentos de gênese, que são escritos não-públicos. Após analisar esta impossibilidade em um plano teórico, na primeira parte deste trabalho, forneci uma ilustração disto a partir dos exemplos da segunda parte.

Mas não se pode abordar os manuscritos modernos e a crítica de gênese sem fazer intervir um terceiro ponto de vista, que é o do público. É incontestável que, paralelamente à emergência da crítica genética como perspectiva científica, assistimos há alguns anos a uma evolução do gosto, que coloca os documentos genéticos em cena.

Este interesse renovado não se confunde com o costume periodicamente demonstrado, que leva os artistas a se interrogarem sobre o funcionamento do espírito. Para citar apenas exemplos muito célebres, é conhecido o texto de Edgard Poe sobre a gênese de um poema, ou o *Jornal des faux-monnayeurs* de Gide, ou o conjunto das reflexões de Valéry. Trata-se aí de uma investigação introspectiva, onde o criador, por um retorno auto-analítico, faz obra *sobre* o processo de criação. Qualquer que seja a qualidade estética destes textos e seu interesse para o geneticista, eles provêm de outra ordem, na medida em que é o próprio autor que se encarrega da crítica de sua atividade criadora. Essa textualização de uma auto-análise conduzida pelos próprios autores constitui um gênero à parte, do qual o público do século XX foi particularmente apreciador. É, ademais, o mesmo público que se apaixonou pelas grandes investigações sobre os escritores. Pensemos na famosa pergunta "Por que você escreve?" lançada no início dos anos 20, ou na série americana dos *Writers at work*, nos anos 50, ou mais recentemente, nas entrevistas de Jean-Louis de Rambures. Ampliando o traço, diremos que estas investigações não manifestam uma demanda do público pelo lugar da escritura mesma enquanto processo — a questão seria então *"Como escrevemos?"*, ou *"Como eles(as) escrevem?"* — mas ficam centradas na personalidade do criador, a quem se pergunta em última instância *por que* escreve, ou, no melhor dos casos, *como* escreve; enfim, não se sai do quadro geral designado pela célebre fórmula "o homem e a obra".[94]

---

94) Cf. André Rollin, *Ils écrivent. Où? Quand? Comment?*, Paris, Éditions Mazarine, 1986.

A pesquisa atual dos geneticistas, pelo contrário, inscreve-se em um contexto mais amplo, onde o interesse do público não se dirige apenas ao autor e ao que testemunha sua genialidade, mas para o próprio objeto manuscrito e os processos dos quais porta os vestígios. É forçoso constatar que este objeto apraz. Enquanto objeto de coleção, ou mesmo de culto: o sucesso das vendas públicas, a elevação dos preços estão aí para comprovar. Mas esse encanto não fica confinado ao meio dos colecionadores. Os manuscritos modernos entraram há alguns anos no domínio da mídia, que lhes consagra artigos na imprensa escrita e em programas na televisão. Da mesma forma, vemos as edições dos grandes textos enriquecerem-se de dossiês genéticos parciais, que vêm apimentar a apresentação do texto definitivo, como se este não mais bastasse para captar o interesse do público instruído.

É que esta predileção pelos manuscritos modernos é acompanhada por uma evolução do gosto e das práticas estéticas. Vemos se desenvolver a atração pelo inacabado e pelo provisório, pelo esboço e pelo fragmentário, pelo "Know-how" da fabricação e pelo "bricolage". A publicação, por Francis Ponge, da *Fabrique du pré*, tem aqui valor de sintoma. Chega-se mesmo a perceber o objeto manuscrito como um objeto estético, valorizando a beleza dos rascunhos e das rasuras. Este movimento da sensibilidade contemporânea não é redutível ao fetichismo do colecionador, sobre o qual é fácil ironizar. O que está em jogo nesta estetização do rascunho é de outra ordem, e concerne aos traços do próprio processo criador e à inscrição do "sujeito- escritor" sobre a página.

Há, portanto, muita convergência entre o público que se interessa pela gênese e a curiosidade científica dos pesquisadores e dos críticos que multiplicam os estudos sobre os manuscritos modernos e os dossiês genéticos. Houvesse tanta necessidade, seria preciso ver nisso uma prova suplementar do que originou um novo objeto nos planos sociocultural, científico e tecnológico.

Para dizer a verdade, esta emergência social do objeto genético não facilita a tarefa dos geneticistas, pois o movimento de interesse da mídia tende a confundir a imagem que a crítica genética oferece de si mesma, e a refração da moda só pode deformar esta imagem aos olhos de uma comunidade científica mais ampla.[95] A crítica genética corre então o risco de errar seu verdadeiro objeto, que é de ordem teórica, visto que a dificuldade dos estudos de gênese, sua especialização, a necessária duração que exige a exploração de um dossiê, levam consigo a tentação de repelir indefinidamente a elaboração do corpo doutrinal subjacente ao trabalho crítico, em proveito do aprofundamento exclusivo do conhecimento de um *scriptor*, para não dizer de um *corpus*.

Evidentemente, não se inventa às pressas o expert de uma escritura, ainda que seja em sua forma gráfica ou na estruturação de seu desenvolvimento temporal. É preciso tempo para aprender a decifrar, para saber reconhecer os traços que portam os rascunhos, reconstituindo corretamente as operações que lhes deram origem, para interpretar corretamente os índices dos quais o manuscrito é portador. Este trabalho paciente supõe também um conhecimento aprofundado do *scriptor*, que não é dado antecipadamente. Neste terreno, os familiares de um autor dispõem de uma vantagem incontestável. Mais vale ser um especialista em Heine, Proust ou Flaubert, para reconstituir a gênese dos artigos de *Lutezia*, para desembaraçar a meada dos *Cadernos* da *Recherche*, ou para explorar os dossiês genéticos de Flaubert.

Entretanto, sob o risco de perder sua alma, a crítica genética são saberia ficar prisioneira desta compartimentação e fechar-se no estudo de escrituras particulares; é-lhe imperativo colocar adiante a exigência de uma postura transversal e comparativa, sem a qual se tornaria uma acumulação de singularidades e, renunciando a ser a nova disciplina que os objetos genéticos reclamam, ela recairia no estudo tradicional dos textos e não passaria de uma versão modernizada do estudo de fontes.

Em uma palavra: os dossiês genéticos existem, os geneticistas da escritura os encontraram e os fizeram aceder ao estatuto de objetos de investigação científica. Assim, eles desenharam os contornos de uma nova disciplina e esboçaram uma poética da escritura, distinta da poética dos textos. Ultrapassar o estado de esboço, desenvolver a crítica genética e construir em torno dela uma verdadeira teoria; tal é a aposta de hoje.

---

95) A reação de J. Molino (op. cit.) ao desenvolvimento da crítica genética é característica em relação a isto.

DEVAGAR: OBRAS[1]

Almuth Grésillon[2]
Institut des Textes et Manuscrits Modernes

Tal como uma "filosofia espontânea", aparentemente sem Deus nem senhor, a crítica genética veio ocupar, no correr dos anos 70, um novo lugar na pesquisa literária francesa. Em oposição à fixidez e ao fechamento textual do estruturalismo, de que todavia herdou os métodos de análise e as reflexões sobre a textualidade, constituindo uma réplica à estética da *recepção* ao definir eixos de leitura para o ato de *produção*, a crítica genética instaura um novo olhar sobre a literatura. Seu objeto: os manuscritos literários, na medida em que trazem o traço de uma dinâmica, a do texto em progresso. Seu método: o desnudamento do corpo e do curso da escrita e a construção de uma série de hipóteses sobre as operações de escrita. Sua mira: a literatura como um *fazer*, como atividade, como movimento.

Esse novo olhar implica, se não uma escolha, pelo menos prioridades: as da produção sobre o produto, da escrita sobre o escrito, da textualização sobre o texto, do múltiplo sobre o único, do possível sobre o finito, do virtual sobre o *ne varietur*, do dinâmico sobre o estático, da operação sobre o *opus*, da gênese sobre a estrutura, da enunciação sobre o enunciado, da força da manuscrição sobre a forma

---

1) Em francês, *"Ralentir: travaux"*, título de obra coletiva de André Breton, René Char e Paul Eluard. (N.T.) Tradução de Júlio Castañon Guimarães. Fundação Casa de Rui Barbosa, Ministério da Cultura, Rio de Janeiro, 1999.
2) Pesquisadora do ITEM-CNRS, França, é autora de *Éléments de Critique Génétique* (Paris: PUF, 1994). Participou de mesa-redonda na Fundação Casa de Rui Barbosa em 1994. "Devagar: Obras" foi publicado originalmente na revista *Genesis* (n. 1, 1992).

do impresso. Hélène Cixous, a seu modo, dá testemunho dessas prioridades:

> Quero a floresta antes do livro, a profusão de folhas antes das páginas, gosto da criação tanto quanto do criado, não, mais. Gosto do Kafka do Diário, o carrasco-vítima, gosto do processo [*processus*] mil vezes mais que do Processo [*Procès*] (não: cem vezes mais). Quero os tornados da oficina /.../, a forja louca e tumultuosa /.../, o mundo das pulsões.[3]

Ler os manuscritos literários segundo essa óptica pode sacudir nossos saberes e nossas certezas sobre o texto, sobre a obra e sobre a estética em geral. Que estatuto, então, conferir a esses documentos privados, escritos para si, destinados a nenhum leitor? O que se passa com uma estética que se privaria da noção de obra para melhor se debruçar sobre as aparas dos rascunhos, sobre o inacabado e o incerto, sobre esses processos sem fim, essas catedrais perecíveis, construídas sobre a areia, que Gide evoca em *Paludes*? As belas-artes, no entanto, ultrapassaram esse limiar há muito tempo: a estética do *non-finito* e as análises baseadas na noção de arrependimento não vêem aí qualquer obstáculo teórico. Os poetas e os escritores, por sua vez, tomaram a defesa de uma crítica baseada na noção do fazer; assim, diz Maiakovski, em 1926:

> /.../ atualmente a própria essência do trabalho sobre a literatura não reside em um julgamento das coisas já feitas /.../, mas antes em um justo estudo do processo de fabricação.[4]

Desses "processos de fabricação" à "fábrica" de Ponge dá-se apenas um passo (fig. 1), aquele pelo qual o próprio autor publica, sob a forma de fac-símiles, o conjunto dos rascunhos que levaram ao texto "Le Pré" (Skira, 1970). O mesmo Ponge, quando publica em 1984 notas esparsas, escritas em 1922 e 1964, observa a seu editor,

---

3) Hélène Cixous, "Sans Arrêt, non, État de Dessination, non, plutôt: Le Décollage du Bourreau", *Repentir*s, catálogo de exposição, Paris, Réunion des Musées Nationaux, 1991, p. 55.
4) Maiakovski, "Comment faire les vers", Elsa Triolet (trad.), Paris, Les Éditeurs Français Réunis, 1957, p. 344.

como que para o convencer do interesse do empreendimento, que "esses esboços ou rascunhos" marcam o nascimento "de um novo gênero literário".[5]

Figura 1: Dos "processos de fabricação" de Maiakovski à "fábrica" de Ponge dá-se apenas um passo... (Francis Ponge, La Fabrique des pré, *Genève, Skira, col. "Les sentiers de la création", 1971, p. 11).*

Algo, portanto, se deslocou no próprio fato literário, assim como em sua análise. Tem-se aí simplesmente um efeito de moda? Ou se trata do surgimento de um discurso realmente novo em matéria literária? Seja como for, esse novo objeto de estudo que é o manuscrito testemunha um interesse pela literatura em ato, *in statu nascendi*, que

---

5) Francis Ponge, *Pratiques d'Écritures*, Paris, Hermann, col. "L'Esprit et la main", 1984.

acompanha uma vontade de dessacralizar, de desmitificar o texto dito "definitivo"; assim, diz Valéry:

/.../ o sentimento que tenho diante de *tudo o que está escrito*, que é matéria para remexer — para corrigir, e sempre um *estado* entre outros — de um certo grupo de operações possíveis.[6]

Um campo de pesquisa que está se constituindo, uma conceitualização que está nascendo são sempre marcados por "metáforas vivas". O discurso da crítica genética se encontra, de fato, atravessado por numerosas metáforas e, mais precisamente, por duas séries metafóricas, uma de tipo organicista, a outra de tipo construtivista.

Historicamente, a metáfora organicista da escrita é mais antiga: à imagem de Deus e da Criação do mundo, o escritor procede à *génese*, ao *nascimento* do texto. Da criação divina, o vocabulário dos geneticistas passa à (pro)criação humana, que produz então toda uma série de novas metáforas: *gestação, parto, geração, concepção, embrião, aborto*. Não será por puro acaso que uma voz de mulher, a de Hélène Cixous, falando de seu próprio trabalho de escrita, se identifica plenamente com esta série metafórica:

/.../ ninguém sabe quem nascerá desse ventre possuído, quem ganhará, quem sobreviverá.
/.../ Quero a noite pré-natal e anônima. Quero (a chegada) ver chegar. Arrebatam-me os atos de nascimento, potência e impotência misturadas.[7]

Jean Bellemin-Noël propõe, por sua vez, fórmulas mais irônicas para ca-racterizar "esse vocabulário genitobstétrico":

Assim a obra nasce como uma criança. É parida. Foi concebida, carregada, nutrida. Acontece então que é posta para fora das tripas; que se tem dificuldade para cortar o cordão; que a caneta cospe ou mija sua tinta; que a folha de papel perde sua virgindade, sem sequer enrubescer.[8]

---

6) Valéry, *Cahiers*, Pléiade, t. II, p. 1531.
7) Hélène Cixous, artigo citado, p. 55.

Uma vez *concebido*, o manuscrito vai desenvolver-se e proliferar (fig. 2), à imagem do mundo orgânico: a *árvore* — até e inclusive a arborescência, a árvore genealógica do estema, que retraça nas edições críticas os *entroncamento*s, os *parentesco*s e as *filiações* da história textual — com suas *ramificações*, suas *germinações* e seus *enxerto*s, substitui a criança. Enfim, quando a batalha da escrita está terminada, quando o grão bom estiver separado do joio, falaremos, para designar este último, da *nuvem* ou da *poeira* de *variante*s, das pastas de *resto*s, das *apara*s, dos *montes de pedras* (é assim que Victor Hugo chamava "o que caía" de sua obra) ou das *ruínas* (Julien Green). O orgânico morre e se torna pedra, poeira ou nuvem.

A segunda série metafórica se opõe à primeira como o artificial se opõe ao natural, o cálculo à pulsão, a coerção ao desejo. Historicamente, nasceu da reação contra a imagem do poeta inspirado, contra a poesia como dom dos deuses. A reviravolta mais nítida nessa evolução é o texto de Edgar Allan Poe intitulado "The Philosophy of composition", traduzido, prefaciado e publicado por Baudelaire com o significativo título de "A gênese de um poema". Baudelaire conclui sua introdução dizendo: "Agora, vejamos, o *bastidor*, o *ateliê*, o *laboratório*, o *mecanismo interior*", e os termos sublinhados (por nós) situam bem esta outra tradição, a que se ligam igualmente *oficina, fábrica, indústria, máquina*. Trata-se de sublinhar o saber-fazer, a arte combinatória, o jogo com a regra e sua transgressão deliberada, o domínio, a planificação como garantia, segundo Poe, do "andamento progressivo de todas as minhas composições":

> Meu intento é demonstrar que nenhum ponto da composição pode ser atribuído ao acaso ou à intuição, e que a obra caminhou passo a passo, para sua solução, com a precisão e a rigorosa lógica de um problema matemático.[9]

---

8) Jean Bellemin-Noël, "L'infamilière curiosité", *Leçons d'Écriture*, A. Grésillon e M. Werner (orgs.), Paris, Minard, 1985, p. 350.
9) E.A. Poe, "The Philosophy of Composition", Charles Baudelaire (trad.), *Œuvres Complète*s, Pléiade, 1961, p. 986.

Figura 2: Uma vez concebido, o manuscrito vai desenvolver-se e proliferar...
(Victor Hugo, L'Homme qui rit, *BN, Nafr. 24.746, f. 285).*

A literatura como construção, com seu *modus operandi* e seu *labor*, com as *engrenagens e as cadeia*s, para citar ainda Poe, já anuncia o artigo de Maiakovski "Como fazer os versos" (1926), que fala da poesia como *indústri*a,[10] ou a célebre frase de Gottfried Benn: "Um poema, isto quase nunca 'nasce', isto se *fabrica*",[11] ou ainda a arte combinatória dos *Cent mille milliards de poèmes* de Queneau e do Oulipo. E quando

---

10) Maiakovski, "La poésie est une industrie. Des plus difficiles, des plus compliquées, mais industrie quand même" (artigo citado, p. 362).
11) Gottfried Benn, *Probleme der Lyrik*, Wiesbaden, Limes Verlag, 1951, p. 6.

Ponge evoca "essa reunião de palavras e de letras que pode não passar /.../ de um texto indecifrável",[12] sabemos que ele está falando de sua *fábrica*.

Essas duas tradições historicamente separadas são bem conhecidas. A originalidade que nos interessa aqui provém do fato de que o discurso da crítica genética se encontra atravessado, sob forma de metáforas, pelas duas ao mesmo tempo, de que ele produz uma *conjunção* onde em princípio só parecia poder reinar a disjunção. Está aí o novo desafio teórico: a escrita como lugar de pulsão *e* de cálculo. Martin Walser, escritor alemão contemporâneo, expressa isto por meio de uma fórmula lapidar: "A escrita é uma espontaneidade organizada"[13]. A metáfora que no discurso da crítica genética mais exatamente dá conta dessa simultaneidade do desejo que se espalha aos quatro ventos, e do cálculo que prevê, programa e sabe onde deixar o jogo, é a do *caminho* e seu campo semântico imediato: *circulação, percurso, via, marcha, trajetos, traçados, pistas, cruzamentos, caminhadas, deslocamentos*. À *via real*, à *marcha inexorável para o desenlace*, à *teleologia da linha reta* opõem-se metáforas que indicam caminhos mais sinuosos: *bifurcações* — o que faz irresistivelmente pensar na pena que se bifurca — *ramificações, extravios, (abrir) caminhos, desvios, atalhos, retornos, becos sem saída, acidentes, partidas em falso, (seguir) caminho errado*. Sem dúvida os escritores, quando falam de sua própria atividade, são eles próprios os primeiros geneticistas. Claude Simon insiste freqüentemente nos percursos sinuosos da escrita. Será por acaso que *La Route des Flandres* contém no próprio título a imagem desses caminhos? Que se olhe e se leia o manuscrito que serve de introdução a *Orion Aveugle* (Skira, 1970), que evoca o trajeto em forma de labirinto onde "pode mesmo ocorrer que no 'fim' nos encontremos no mesmo lugar que no 'começo' " (fig. 3). Que se releiam as últimas páginas, dedicadas aos *caminhos* do romancista, do *Discurso de Estocolmo*, que termina assim:

> /.../ o escritor progride laboriosamente, tateia como cego, entra em becos sem saída, atola-se, continua — e, se quiser a todo o custo tirar

---

12) Francis Ponge, Catálogo de exposição, Paris, Centro Georges-Pompidou, 1977.
13) Martin Walser, "Écrire", *La Naissance du Texte*, L. Hay (org.), Paris, José Corti, 1989, p. 222.

um ensinamento de seu procedimento, pode-se dizer que avançamos sempre sobre areias movediças.[14]

Em "O jardim dos caminhos que se bifurcam", Borges recorre à mesma metáfora.[15] Deixando de refazer o conjunto das diversas intrigas emaranhadas, resumo aquela que poderia muito bem ser uma fábula da escrita. Um antigo governador chinês, Ts'ui Pen, afasta-se do mundo dizendo que é ora "para escrever um livro", ora "para construir um labirinto". Quando de sua morte, são encontrados apenas "manuscritos caóticos, [...] um vago acúmulo de rascunhos contraditórios". É uma carta caligrafada que trará a chave do enigma: "Deixo aos numerosos futuros (não a todos) meu jardim dos caminhos que se bifurcam". O monte inextricável de manuscritos é, portanto, ao mesmo tempo o livro, intitulado "O jardim dos caminhos que se bifurcam", e o labirinto. Mas o que dizer?

Em todas as ficções, toda vez que diversas possibilidades se apresentam, o homem adota uma delas e elimina as outras; na ficção do quase inextricável Ts'ui Pen, ele as adota todas simultaneamente. Ele *cria* assim diversos futuros, diversos tempos que proliferam também e se bifurcam. /.../ Ts'ui Pen /.../ não acreditava em um tempo uniforme, absoluto. Acreditava em *séries infinitas* de tempos, em uma *rede crescente e divergente* de tempos divergentes, convergentes e paralelos. Esta *trama* de tempos que se aproximam, bifurcam, se cortam ou se ignoram durante séculos, *abarca todas as possibilidades* (grifo meu).

lieux pourtant différents et qu'il croit reconnaître, ou, au contraire, les différents aspects du même lieu, son trajet se recoupant fréquemment, repassant par des places déjà traversées, comme ceci

et il peut même arriver qu'à la "fin" on se retrouve au même endroit qu'au "commencement."

Aussi ne peut-il avoir d'autre terme que l'épuisement du voyageur explorant

ce paysage inépuisable. A ce moment se sera peut-être fait ce que j'appelle un roman (puisque, comme tous les romans, c'est une fiction mettant en scène des personnages entraînés dans une action), roman qui cependant ne racontera pas l'histoire exemplaire de quelque héros ou héroïne, mais cette tout autre histoire qui est l'aventure singulière du narrateur qui ne cesse de chercher, découvrant à tâtons le monde dans et par l'écriture.

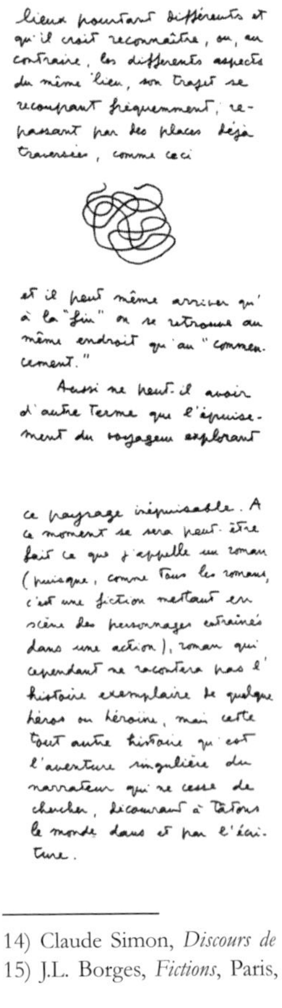

Figura 3: Os caminhos sinuosos da escrita *(Claude Simon,* Orion Aveugle, *Genève, Skira, col. "Les sentiers de la création", 1970).*

14) Claude Simon, *Discours de Stockholm*, Paris, Minuit, 1986, p. 31.
15) J.L. Borges, *Fictions*, Paris, Gallimard, col. Folio, 1986, pp. 91-104.

Os manuscritos literários de fato com muita freqüência nos põem diante dessa imagem dos caminhos que se bifurcam indefinidamente, criando *redes e tramas, abarcando todas as possibilidades*, todas as virtualidades, todos os excessos jubilatórios que existiram durante o tempo da escrita e que teriam podido, não fosse o funesto cancelamento, tornar-se texto. Em todo caso, essa ficção borgesiana é como uma réplica à "Gênese de um poema" de Poe: a crítica genética cerca ao mesmo tempo a escrita transbordante do desejo e a manuscrição regrada do cálculo. Valéry, figura tutelar dessa jovem disciplina e consciente da dualidade inerente ao próprio objeto, disse do manuscrito de autor que se tratava

> do lugar /.../ onde se escreve de linha em linha o duelo do espírito com a linguagem, da sintaxe com os dois, do delírio com a razão, a alternância da espera e da pressa, todo o drama da elaboração de uma obra e da fixação do instável.[16]

Do objeto da crítica genética até agora só se disse isto: que é feito de documentos escritos, geralmente manuscritos, que, agrupados em conjuntos coerentes, formam a "pré-história" de um texto e constituem o traço visível de um mecanismo criativo. Esses manuscritos, com sua materialidade ao mesmo tempo fascinante e recalcitrante, há muito exercem um poder de atração: sobre os escritores que os conservam (como para se assegurar de sua própria vida),[17] sobre os amadores que os colecionam (como objetos de prazer e como valor mercantil), sobre os filólogos que os colacionam (para os aparatos críticos das edições eruditas), sobre os arquivos que os adquirem (como testemunhos do patrimônio nacional). Quanto aos geneticistas, o que pôde atraí-los para esses objetos proteiformes, confusos (fig. 4), de difícil acesso (é preciso localizá-los, mas também decifrá-los) e de estatuto teórico incerto? Sem dúvida seria preciso que tivessem uma curiosidade particular,[18] estranhamente contraditória, em que são igualmente exigidas *paixão* e *paciência*.

---

16) Valéry, "Présentation du 'Musée de la littérature'", Œuvres, Pléiade, t. 2, p. 1.147.
17) Ver, por exemplo, esta nota de Flaubert em uma carta a Louise Colet: "Desde que meus manuscritos durem tanto quanto eu, é tudo o que quero".
18) Jean Bellemin-Noël evoca "a infamiliar curiosidade" com que "certos pesquisadores assumem a ingrata satisfação, o encarniçamento jubilatório, a amarga alegria de vigiar

Figura 4: Os manuscritos, esses objetos proteiformes e confusos...
(*Gustave Flaubert,* Un coeur simple, BN, Nafr. 23.663, t.1, f° 382 [ver reprodução colorida na p. 250]).

Paixão de estar perto de um texto amado já que quase se assiste a seu renascimento; paixão de *tocar* na autenticidade representada pelo autógrafo, de *ver* o corpo da escrita inscrever-se na página; paixão fugaz e inconfessada de se identificar, pelo tempo de uma descida e uma subida na arqueologia do texto, ao criador, de fundir-se com ele; paixão de penetrar no espaço inter-dito do bastidor (fig. 5), e paixão policial de querer revelar o segredo da fábrica:[19]

---

com todas as minúcias um homem de letras em vias de redigir" e se pergunta se não é preciso "ser um pouco chinês para ir trabalhar nas cestas de lixo do gênio", artigo citado, p. 349. [Em francês há um jogo de palavras entre *chinois* (chinês) e *chiner* (expressão popular para "trabalhar")]. (N.T.)

19) Ver esta séria advertência de Heine: "É um ato ilícito e imoral publicar um linha que seja de um escritor que não tenha sido destinada por ele ao grande público".

as armadilhas do psicologismo, do voyeurismo e do fetichismo não estão longe. Que se releia nessa perspectiva a busca desenfreada de manuscritos que Henry James põe em cena em *Aspern Papers*...

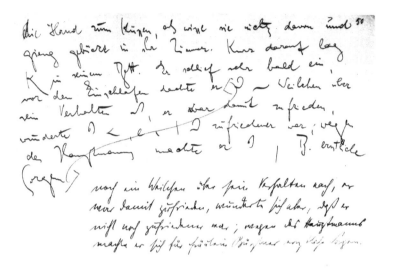

Figura 5: ...paixão de penetrar no espaço interdito do bastidor... *(Franz Kafka, um rascunho do primeiro capítulo do* Processo, *com a transcrição de Max Brod, que decodificou os sinais estenográficos).*

Ao lado da paixão, os geneticistas dedicam ao manuscrito o culto da paciência. Paciência para sair efetivamente em busca de tal manuscrito, desaparecido ao sabor da grande História com suas vicissitudes e suas perdas, ou afogado nas histórias de vendas, de heranças e de direitos de sucessão... Paciência do trabalho beneditino para decifrar, classificar e transcrever os manuscritos, humildade diante dos materiais invasores e às vezes desencorajadores pela massa de problemas inextricáveis; paciência de erudito com um documento que ele põe a saudável distância para que o objeto de paixão se torne objeto de conhecimento; paciência do editor de texto para restituir a gênese do texto.

Assim, o geneticista é a sede de tendências contraditórias: ao fascínio apaixonado corresponde o ideal de classificação; ao desejo, a ciência; ao investimento de si, a investigação do pesquisador; à proximidade do convívio com o criador, o distanciamento do objeto; aos fantasmas do corpo-a-corpo com a escrita, a reconstrução dos mecanismos da produção textual. E se os geneticistas fossem *simplesmente* como o Dupin de "A carta roubada" de Poe: trata-se aí de um documento escrito "da maior importância", subtraído à rainha por seu ministro, que, *poeta e matemático* (fig. 6), chega, durante dezoito meses, a frustrar todos os ardis, as "escavações, sondagens e exames ao microscópio" do chefe de polícia encarregado da questão — mas se deixa enganar por Dupin, que ao "cuidado", à "paciência" e à "resolução dos investigadores" do prefeito acrescenta uma qualidade singular, a da "identificação do intelecto do argumentador com o de seu adversário", no caso: a condição de ser, como o ministro, "poeta e matemático". Não se trata de uma parábola sonhada do geneticista, que junta ao mesmo tempo a dualidade das metáforas oscilantes entre o pulsional-organicista e o artificial-construtivista?

Julien Gracq compreendeu bem isso quando escreveu em *Lettrine*s:

> Procurem, senhores críticos, /.../ sejam os *Dupin* infinitamente sutis que explorarão e balizarão este itinerário mental, todo sinalizado por inesperados becos sem saída, todo desviado pelo influxo de campos magnéticos sucessivamente descarregados.[20]

Os manuscritos literários *existem*, de resto em número suficientemente grande para ocupar ainda várias gerações de "Dupin". Cada vez mais países se dão conta do valor simbólico e patrimonial desses documentos, que merecem não somente conservação, mas também exploração. Em suma, há o que fazer antes de se deixar abater pelos rumores — falsos, pensando bem — segundo os quais a era do computador, com o desaparecimento dos rascunhos, porá logo fim às pesquisas de crítica genética. Mas crítica genética para quê? Quais são os objetivos científicos desse olhar mergulhado atrás dos bastidores? Além do prazer de detetive que o pesquisador aí encontra, qual é a finalidade desse procedimento? O que justifica um investimento que não pode ser de curta duração e que, afinal, pesa relativamente muito nos magros meios de que dispõem as ciências humanas? Em suma, qual é, em termos de conhecimento, de novos saberes, o intento

---

20) Julien Gracq, *Lettrine*s, t. 1, Paris, Corti, 1967, p. 32.

da crítica genética? Elucidar a gênese de um texto, em que isso contribui para quem e para quê?

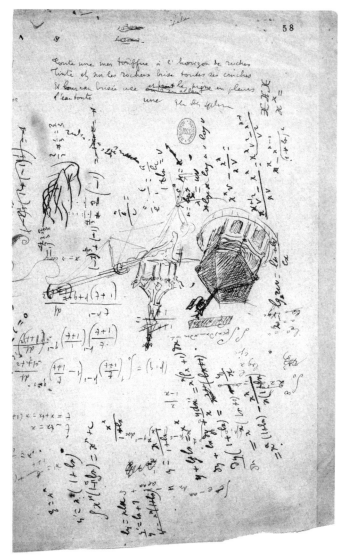

Figura 6: O geneticista: poeta e matemático *(Paul Valéry, nascimento da poesia e fórmulas matemáticas; um rascunho do poema "Éte", BN, Nafr. 19002,* Vers anciens, *v. II, f. 58 [ver reprodução colorida na p. 249]).*

Em primeiro lugar, uma palavra sobre a tarefa atribuída ao geneticista. Ela consiste, de um lado, em dar a ver, isto é, em tornar disponíveis, acessíveis e legíveis os documentos autógrafos que antes de tudo não passam de peças de arquivos, mas que ao mesmo tempo contribuíram para a elaboração de um texto e são os testemunhos materiais de uma dinâmica criadora. Em outros termos, o pesquisador reúne, classifica, decifra, transcreve e edita dossiês manuscritos que habitualmente são chamados "prototextos".[21] Mas a partir do momento em que se põe a classificar e a ler os manuscritos, o geneticista extrapola: do traço congelado, isolado e com freqüência esquartejado pela mão que escreve, ele remonta às operações sistemáticas da escrita: escrever, acrescentar, suprimir, substituir, permutar, às quais identifica os fenômenos percebidos. A partir dessas redes de operações, ele faz conjeturas sobre as atividades mentais subjacentes: constrói — e esta é a sua segunda tarefa — hipóteses sobre os caminhos percorridos pela escrita e sobre as significações possíveis desse processo de criação que Proust, seguindo Leonardo da Vinci, já havia qualificado de "cosa mentale". É dentro dessa construção que se trata de ser o mais "Dupin" possível, "poeta e matemático", sensível tanto ao traço físico e fugidio das mãos quanto às interferências e efeitos múltiplos da textualidade *in statu nascendi*. E é aí também, nesse espaço amplamente inexplorado, que reside a possibilidade de descobertas: o que é escrever? Como se escreve? Como analisar a língua escrita quando o documento empilha o paradigmático sobre o sintagmático? O que é a escrita literária? Qual é o estatuto teórico desses prototextos? Eles fazem parte da literatura? Há "acontecimentos" na escrita que marcam a invenção?

"Um poeta", diz René Char, "deve deixar traços de sua passagem, não provas. Somente os traços fazem sonhar". E se o geneticista, sonhando a seu modo com os traços do manuscrito, chegasse a transformá-los em provas?

O fato é que até o presente um procedimento amplamente indutivo,

---

21) O termo foi proposto e definido por Jean Bellemin-Noël, em sua obra *Le Texte et l'Avant-texte* (Paris, Larousse, 1972): "'Avant-texte' [prototexto]: o conjunto constituído pelos rascunhos, os manuscritos, as provas, as 'variantes', visto sob o ângulo do que precede materialmente uma obra, quando esta é tratada como um *texto*, e que pode constituir com ela um grande sistema" (p. 15).

sem *a priori* teórico, fez emergir uma série de questões inesperadas que poderiam provocar deslocamentos no espaço da pesquisa sobre a literatura, sobre a atividade de linguagem e sobre a escrita. Lembraremos três dessas questões cuja tendência atual o estudo dos manuscritos pode modificar: a noção de texto, a de escrita e a de autor.

A análise e a interpretação dos prototextos não demoraram a levantar uma questão de peso: é apropriado aplicar aos prototextos os métodos da crítica textual mesmo que evidentemente *tudo* no manuscrito traga as marcas de uma total alteridade em relação ao texto? Onde a forma do texto manifesta uma estrutura acabada e uma versão única, consagrada por uma edição canônica, o prototexto, pela espessura das reescritas, revela-se radicalmente incompatível com uma representação textual de duas dimensões. Onde o texto impresso *permite* uma leitura linear (sem excluir as outras, não lineares, às quais recorre forçosamente qualquer interpretação), a leitura do manuscrito é necessariamente quebrada pelas intervenções interlineares e marginais, pelos retornos e todos os tipos de outros sinais gráficos que impõem ao leitor uma navegação com olhos atentos. Onde o texto extrai sua função social da existência do leitor real para quem foi escrito e publicado, o manuscrito é sempre um documento escrito para si, não destinado em princípio ao olhar exterior. Onde, enfim, o texto se torna coisa pública no momento mesmo em que o autor o abandona ao assinar a última prova, o prototexto traz os traços resplandecentes de um enunciador em perpétua mutação. Alteridade considerável, portanto, mas que comporta também uma contradição interna que a crítica genética contribui para mostrar à luz do dia. Se nos interessamos pelos manuscritos das obras, é porque há uma *relação* a estabelecer entre prototexto e texto e porque, eventualmente, o estudo de um virá enriquecer o conhecimento do outro. Mas, ao mesmo tempo, a importância atribuída aos prototextos vem minar a *auctoritas* sacrossanta do texto, já que ele se encontra relegado ao estatuto de um estado entre outros.

Além disso, se pensamos em certas obras como os *Pensamentos*, de Pascal, *O homem sem qualidades*, de Musil, *Em busca do tempo perdido*, de Proust, o *Passagenwerk*, de Benjamin, passamos a duvidar, com razão, da fixidez atribuída à noção de texto, já que em todos esses casos a obra certamente existe, mas sua *forma* varia em função... dos manuscritos disponíveis e dos especialistas encarregados da edição. O que acontece então com a versão dita canônica, aquela que, até recentemente, era a única a garantir a comunicação social das obras? Sabemos o suficiente quantas obras consideradas como acabadas circulam na realidade sob várias versões? O texto teatral — as peças de Dürrenmatt por exemplo, de que coexistem sistematicamente várias versões *publicadas* — constitui a esse respeito apenas um caso mais acentuado que os outros. Lembramos a observação amarga de Valéry: "reprovado /.../ por ter dado vários textos do mesmo poema, e mesmo contraditórios".[22] Pior ainda. Que se pense no estatuto de certas publicações contemporâneas como os *Cent Mille Milliards de Poèmes* de Queneau, *La Fabrique du Pré* de Ponge, *Donner à Voir* de Eluard[23] (fig. 7) ou *Zettels Traum* de Arno Schmidt[24] (fig. 8): impossível perceber aí um texto único; antes, sinal da vontade manifesta de publicar um texto múltiplo e móvel, uma *obra aberta*, comportando "caminhos que se bifurcam". Se compararmos essas obras com as edições genéticas recentes de certos "prototextos",[25] a fronteira se torna pouco firme: estes, pelo fato mesmo de assumirem a forma do livro, se tornam portanto, como os textos, documentos legíveis, destinados pela vontade do editor de texto a um certo público de leitores. Aquelas, as obras modernas, pelo jogo da combinatória, se tornam, como os

---

22) Valéry, "Au sujet du 'Cimetière marin'", *Œuvres*, Gallimard, Pléiade, t. 1, 1957, p. 1.501.
23) A edição desse texto (publicado inicialmente em 1939), feita em 1987 por Lucien Scheler (Gallimard, *nrf*) reproduz em fac-símile o exemplar de Eluard da edição de 1939, enriquecido pela mão do autor com acréscimos, supressões e substituições feitos entre 1940 e 1951.
24) Publicada pelo autor em 1970, esta edição em formato grande representa o datiloscrito (1.334 folhas com um peso de 9 quilos!) de um romance *(Zettels Traum*; "O sonho de Ficha"), onde figuram supressões absolutas (por massas de tinta), acréscimos nos locais de inserção incertos, reescritas manuscritas, extratos de Edgar Allan Poe nas margens, etc., em suma, numerosas marcas visíveis de uma estrutura voluntariamente proliferante, não interrompida.
25) A título de exemplos: *La Matinée chez la Princesse de Guermantes* de Proust, editado por H. Bonnet e B. Brun; *Un Coeur Simple* de Flaubert, editado por G. Bonaccorso; os *Carnets de Travail* de Flaubert, editados por P.M. de Biasi; os *Carnets d'Enquête* de Zola, editados por H. Mitterand; os *Cahiers* de Valéry, editados por N. Celeyrette-Pietri e J. Robinson-Valéry.

prototextos, documentos de estrutura múltipla. Conclusão: de um ponto de vista teórico, a alteridade postulada entre texto e prototexto deve, pelo menos para a época contemporânea, ser revista. O prototexto, embora conserve sua especificidade de "produto de laboratório", de "não-obra", vem aumentar os *corpus* legíveis da literatura.[26] O texto moderno, e esta não é uma descoberta pequena, adquire cada vez mais os aspectos de uma escrita sem fim. Se um é uma série de possíveis, o outro, que vem apesar de tudo fechar a série, pode de fato ser esse paradoxal "possível necessário",[27] que certamente não é uma definição operatória da noção de texto, mas que evidencia a urgência de rever certas noções básicas das atividades literárias.

Figura 7: O texto em todos os seus estados *(Paul Éluard,* Donner à voir, *uma página da edição de 1939, retrabalhada pela mão do autor com vista a uma nova edição).*

---

26) Ver Gérard Genette, "Ce que nous disent les manuscrits", *Le Monde,* 17 nov. 1989, p. 31.
27) Ver Louis Hay, "Le texte n'existe pas", *Poétique* n. 62, 1985, p. 158. Neste volume, p. 27.

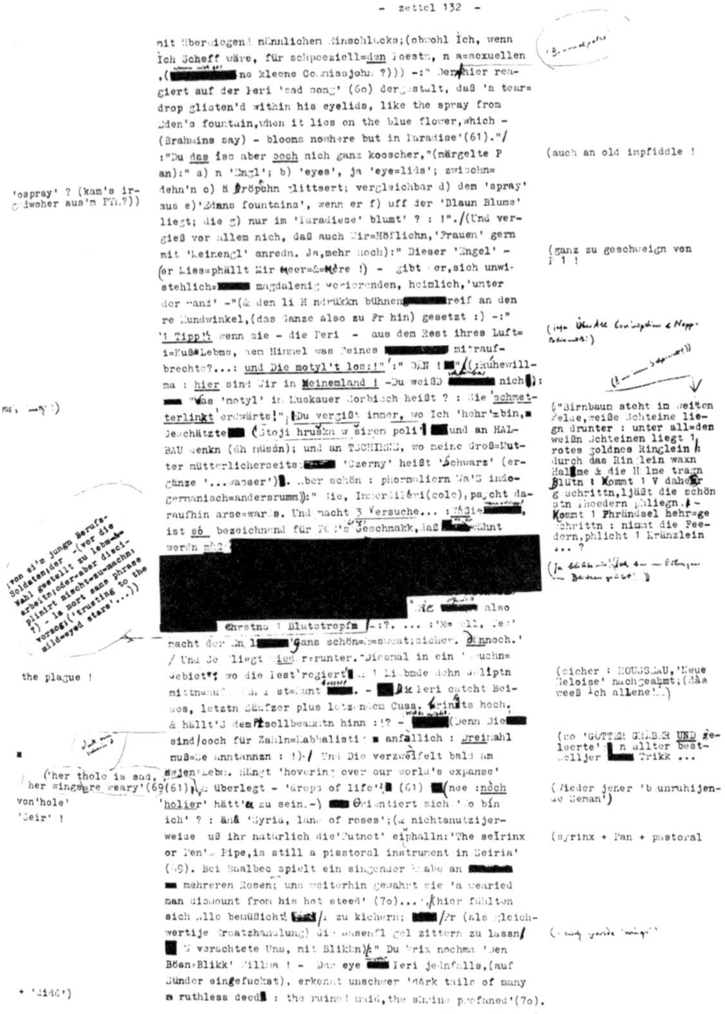

Figura 8: O texto múltiplo e móvel
(Arno Schmidt, uma página de sua edição de Zettels Traum).

A despeito dessa questão teórica, o geneticista deve explorar o prototexto como tal: diferente da obra, mas diferente também desse papel de apêndice que a edição crítica faz com que as "variantes" desempenhem ao afastá-las de seu terreno genético, ao rejeitá-las, no fim do volume, para o aparato crítico. Entre esses dois extremos estende-se todo o espaço heterogêneo, com figuras aleatórias e arbitrárias, onde um projeto, uma pulsão, passam do neuronal ao verbal, onde uma palavra procura sua voz e sua via, onde uma textualidade se faz invenção; espaço amplamente aberto para pesquisas de vanguarda sobre a cognição, a enunciação e a criação.

A crítica genética não fornece automaticamente parâmetros de literariedade, critérios de avaliação:[28] até o presente ela não revelou obra-prima desconhecida, não contestou o que a instituição literária havia consagrado ou rejeitado; bem ao contrário, ela só se dedica — reprovação ouvida com freqüência — aos valores seguros dos "grandes autores".[29] No entanto, sua capacidade de intervenção existe: ela passa por uma reflexão sobre o conceito de escrita e a elaboração de uma estética da produção.[30]

Ainda uma fuga para a frente, nos dirão. Depois de deixar de lado o texto para festejar o advento do prototexto, a crítica genética prega um termo, "escrita", de facetas tão polivalentes e gastas que em última instância ele não significa mais nada... Na verdade... Por prudência, será necessário sem dúvida evitar a assimilação que Barthes propunha em 1977 *(Leçon)* entre os termos literatura, escrita e texto. Em benefício da clareza, será necessário em seguida especificar que se tem em vista principalmente três sentidos do termo escrita, que todos três implicam uma *atividade*. Em primeiro lugar, o sentido material, pelo qual se designa um traçado, uma manuscrição, uma inscrição, nível que supõe

---

28) Ver H.M. Enzensberger: "É verdade que a gênese de um poema nada diz sobre o valor ou não-valor deste; que ela não o explica nem o justifica; que a elucidação da gênese não implica em nada a elucidação do texto". In *Die Entstehung eines Gedichts*, Frankfurt, Suhrkamp, 1962, p. 59 (passagem traduzida por mim).
29) Ver Roger Fayole, "Vers une science de la littérature? Les orientations de la critique contemporaine", *Symposium, Encyclopaedia Universalis*, 1985, p. 465.
30) Ver Enzensberger, op. cit.: "Nosso tema não é de pura curiosidade. A questão da gênese de uma obra tornou-se uma das questões centrais, talvez a questão central da estética moderna" (p. 64, traduzido por mim).

o suporte, o utensílio e, sobretudo, a mão que traça; em segundo lugar, e embora nem sempre se possa abstraí-lo do primeiro, um sentido cognitivo, pelo qual se designa a instalação, pelo ato de escrever, de formas linguageiras dotadas de significação; em terceiro lugar, o sentido artístico, pelo qual se designa a emergência, na própria manuscrição, de complexos linguageiros reconhecíveis como literários.

Essa orientação terá uma dupla vantagem para a própria disciplina. Substituindo a frase "No começo era o texto"[31] por "No começo era a escrita" (fig. 9), evita-se a armadilha do olhar teleológico, que só lê um rascunho em relação ao texto impresso, e nos obrigamos a *pensar* o conjunto dos traços gráficos (inclusive desenhos e os chamados rejeitos) dentro da "fecunda desordem" de que falava Valéry. Por outro lado, essa orientação permite estudar rascunhos não literários, peças de arquivos, testemunhos de vida, rascunhos de estudantes, em suma, numerosos documentos que deveriam ao mesmo tempo ajudar a elaborar um conjunto de "universais" da escrita[32] (escrita entendida em sua diferença em relação à oralidade) e, contrastivamente, determinar o que é próprio à inventidade da escrita literária. Isso quer dizer: aprender a olhar o acidente, a pena que se bifurca, a lista de palavras que não leva a parte alguma, a garatuja para nada, o traço desregrado... e também: a irrupção fulgurante de um verso ("Été, roche d'air pur, et toi, ardente ruche" [Verão, rocha de ar puro, e tu, ardente colméia]: primeiro verso do futuro poema "Été", de Valéry, que aparece de repente, na oitava tentativa, escrito de cabeça para baixo no fólio), a inscrição de um esquema e de um ritmo de frase (nos primeiros rascunhos de *Hérodias* de Flaubert: "je crierai comme celle qui enfante, comme X, comme X, car l'Éternel..."[33] [Gritarei como aquela que dá à luz, como X, como X, pois o Eterno]), a presença de um número relativamente elevado de variantes (sobretudo da mão de Breton) na escrita "automática" dos *Champs Magnétiques* (fig. 10). Há

---

31) Trata-se do título de uma página dupla que o jornal *Le Monde* dedicou à crítica genética (17 nov. 1989).
32) Todo *scriptor*, qualquer que seja, escreve, acrescenta, suprime, substitui e permuta: isto é tão verdade que a escrita eletrônica do computador não poderia deixar de copiar esse sistema universal...
33) Citado por Raymonde Debray-Genette em "Génétique et poétique: esquisse de méthode", *Littérature*, n. 28, 1977, p. 35.

nesses gestos da mão dispêndios de energia (corporal e intelectual) que não correspondem a qualquer modelo aprendido, a qualquer programa pré-construído, a qualquer plano, a qualquer "querer-dizer". É tudo isto que a crítica genética tem necessidade de integrar em suas reflexões, se quiser avançar no sentido de uma estética da produção. Como sempre, os artistas pressentem e precedem o que a pesquisa deve elaborar. Quando Proust evoca nos cadernos do "Temps retrouvé" o "livro a fazer", o narrador diz o seguinte:

> /.../ para que ele tenha mais forças eu o superalimentarei como uma criança fraca /.../, eu o estenderei sobre uma mesa como uma massa com a qual se quer fazer um bolo, eu o ultrapassarei (ou o vencerei) como um obstáculo: para o Livro: eu lhe resistirei com a um inimigo (por causa do cansaço de uma obra tão grande), eu o conquistarei como uma amizade.[34]

Figura 9: No começo era a escrita *(Louis Aragon,* Je n'ai jamais appris à écrire ou les Incipit, *Genève, Skira, col. "Les sentiers de la création", 1969).*

---

34) Proust, *Matinée chez la Princesse de Guermantes*, Paris, Gallimard, 1982, p. 316.

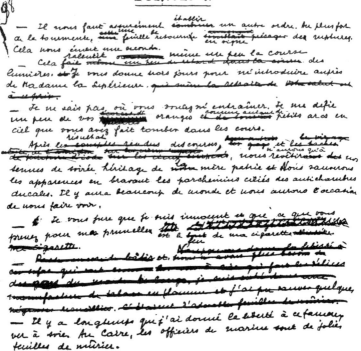

Figura 10: A escrita "automática" e suas reescritas *(André Breton, uma página do manuscrito de* Champs magnétiques, *Paris, Lachenal e Ritter, 1988, p. 153).*

E quando Bataille recopia uma passagem de René Char, comenta esse gesto deste modo:

> /.../ percebo que a escrita para além de um empreendimento que é projetado, e como tal é terra-a-terra, privado de asas, pode de repente, discretamente, quebrar-se e não ser mais que o grito da emoção[35] (fig. 11).

---

35) Citado por Francis Marmande em "Georges Bataille: la main qui meurt", *L'Écriture et ses doubles*, D. Ferrer e J.L. Lebrave (orgs.), Paris, Éd. du CNRS, 1991, p. 145.

Figura 11: A escrita, "grito da emoção"
(Georges Bataille, notas para Les larmes d'Éros*).*

Certamente o programa é amplo e exigente. A relação com a literatura é suscetível de evoluir a partir do momento em que se insiste no aspecto sempre ativo, com freqüência imprevisível e desorientador, e maravilhosamente inventivo da escrita. "O rascunho, diz Jean Levaillant, nos opõe /.../ um fabuloso desconhecido /.../, a criação do ainda desconhecido passa pelo negativo, a desordem, o logro".[36] A gênese é irredutível ao texto, que não poderia ser suficiente para restituí-la. Em compensação, a leitura do texto pode se estrelar com constelações brilhantes ou extintas da gênese. É trabalhando nessa direção que se chegará a substituir os mitos e mistérios da criação por um saber sutil e lógico da escrita. Mas como se aproximar da escrita sem evocar aquele que escreve (fig. 12)? Ao ruído invasor do "homem e da obra" sucedeu o silêncio, sancionado pela declaração de morte: "a morte do autor". O Texto, com um "T" maiúsculo, marcando sua entidade formal, reinou como senhor absoluto. Nesse ínterim, o interesse biográfico festeja novos triunfos: o mercado do livro é invadido por produções biográficas e autobiográficas, como se, após a era dos grandes sistemas teóricos, houvesse um recuo para o privado, um retorno para os relatos de vida. A crítica literária mostra a mesma inclinação.[37] Resta, no entanto, um incômodo, uma perplexidade: como nomear, como analisar aquele que escreve, estando entendido que não pode estar em questão um retorno ao mito de um sujeito pleno, não-clivado, senhor do que faz como do que escreve?

Figura 12: ... evocar aquele que escreve... *(Jean Cocteau, auto-retrato em uma carta dirigida em outubro de 1924 a Paul Valéry, BN, Nafr. 19169, Corresp. ger., f. 234)*

---

36) Jean Levaillant, "D'une logique l'autre", *Leçons d'écriture*, A. Grésillon e M. Werner (orgs.), Paris, Minard, 1985, pp. XIXs.
37) Ver, por exemplo, os trabalhos de Philippe Lejeune.

Os manuscritos nos obrigam a apreender, a levar a sério a questão dessa instância escrevente. Nenhuma esquiva possível. "O apagamento do sujeito resiste dificilmente à presença da mão que traça sobre o papel", observa Michel Contat.[38] Escrever como atividade exige um sujeito gramatical. Trata-se da escrita mais íntima, a dos cadernos e cadernetas,[39] que mostra como o vivido, o real, o biográfico têm profunda ligação com a escrita da obra e como, por aproximações infinitesimais e ao preço de conflitos cruciais, o eu real se metamorfoseia em narrador de ficção. Sabemos a que ponto Stendhal literalmente enfeitou os manuscritos de *Lucien Leuwen* e de *Henry Brulard* com menções marginais "on me" [sobre mim], "sur l'auteur" [sobre o autor] (fig. 13); esta por exemplo: "Estou tão absorvido pelas lembranças que mal posso formar minhas letras. Cinqüenta e dois anos e onze meses".[40]

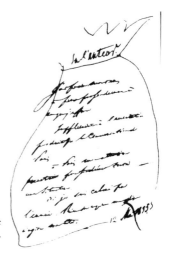

Figura 13: Menções marginais autobiográficas: "sobre o autor" *(Stendhal, um manuscrito de* Lucien Leuwen, *Biblioteca Municipal de Grenoble, Ms. R 301, t. I, f. 320v).*

Pudemos também mostrar como Proust, depois de ter escrito *Jean Santeuil* na terceira pessoa, instala progressivamente, com muitos

---

38) Michel Contat, "La question de l'auteur au regard des manuscrits", *L'Auteur et le Manuscrit*, M. Contat (org.), Paris, PUF, 1991, p. 21.
39) Ver *Carnets d'écrivains* I (L. Hay, org.), Éd. du CNRS, 1990.
40) Citado por Jacques Neefs em "De main vive: trois versions de la transmission des textes", *Littérature*, n. 64, p. 43.

ardis, o narrador de seu romance sobre "o livro a fazer",[41] misturando o modo genérico ("Um rapaz que dorme") ao modo do "eu" ("Durante muito tempo, deitei cedo", fig. 14).

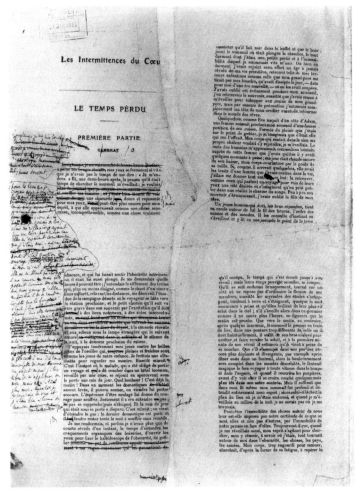

Figura 14: "Durante muito tempo, deitei cedo" *(Marcel Proust, provas corrigidas das primeiras linhas da* Recherche, *BN, Nafr. 16753, f. 1).*

---

41) Ver Almuth Grésillon, Jean-Louis Lebrave, Catherine Viollet, *Proust à la Lettre. Les Intermittences de l'Écriture*, Tusson, Du Lérot, 1990.

Outro exemplo patente: a conversão, em André Gide, do eu empírico em eu de ficção, quando da passagem da escrita do diário íntimo para o diário fictício nos *Cahiers d'André Walter*; conversão conflitual que vai até o vínculo agramatical entre sujeito e verbo: "je la regarda" (*sic*).[42] A essas lentas e difíceis conversões convém acrescentar que, mesmo nos manuscritos em que a remanescência do vivido é menos sensível, as ancoragens [*ancrages*] do enunciador são submetidas a múltiplas oscilações antes de se estabilizarem nesse "trágico entintamento [*encrage*] da situação" de que fala Ponge. Assim, os manuscritos são não apenas o lugar da gênese das obras, mas também um espaço onde a questão do autor pode ser estudada sob uma nova luz: como lugar de conflitos enunciativos, como gênese do escritor.

Os manuscritos são, como se vê, um terreno em que a crítica literária encontra com o que afiar seus instrumentos, experimentar seus conceitos e até criar novos. Às questões de texto, de escrita e de autor que acabamos de mencionar, poderíamos sem dificuldade acrescentar algumas outras: *quid* da relação entre gênese e gênero? *Quid* da intratextualidade que atravessa o conjunto dos manuscritos de um autor? *Quid* da intertextualidade que se dá a ver à luz do dia na escrita balbuciante dos começos, onde discurso outro e discurso próprio se encontram, se misturam, concorrem, antes de se fundirem numa nova obra? *Quid* do tempo da escrita com relação ao tempo da história? *Quid* dos tipos de manuscritos com relação às épocas da história literária? *Quid* da escrita inventiva em relação à escrita informativa? *Quid* da escrita à mão em relação à escrita em computador? Etc... Se a crítica genética se quer outra coisa além de um prolongamento da velha e respeitável filologia, ela tem de procurar respostas para as questões que levanta. Amplo programa, que não será cumprido em um dia. Mas debruçar-se sobre o labor da escrita é necessariamente laborioso. *Devagar: obra*s, nos diriam os surrealistas para nos incentivar. Trata-se da tradução exata de *Work in Progress*.

* * *

---

42) Ver Éric Marty, "Gide et sa première fiction: l'attitude créatrice", *L'Auteur et le Manuscri*t, op. cit., p. 190 [O exemplo se traduz, literalmente, por "eu a olhou". (N.T.)]

Agradeço a Claude Simon, aos detentores dos direitos de Francis Ponge, Paul Valéry, Louis Aragon e Georges Bataille, bem como à Biblioteca Nacional, aos Arquivos Literários de Marbach (Alemanha) e às Edições Skira por me terem autorizado a reproduzir os manuscritos que figuram neste artigo.

A.G.

NO LIMIAR DA INTERDISCIPLINIDADE

CRÍTICA GENÉTICA E SEMIÓTICA: UMA INTERFACE POSSÍVEL

Cecília Almeida Salles

> Gostaria de conhecer a sensação de uma pessoa
> que penetra dentro deste torrencial de apontamentos,
> informações, dados, frases desconexas.
> Para mim, o terreno é familiar.
> Pantanal, mas sei o caminho seguro através dele.
> Que idéia um outro fará?
> Terá interesse? Se perde?
> Ou de repente se conduz bem dentro deles?
> *Ignácio de Loyola Brandão* — Diário

A crítica genética sob a perspectiva da semiótica de linha peirceana tem uma pequena história de dez anos, com alguns eventos marcantes e desenvolvimento intenso, que gerou muitas alterações.

Seguindo sua vocação de berço, essas pesquisas se iniciaram no campo da literatura, mais precisamente, literatura brasileira contemporânea. Os manuscritos de Ignácio de Loyola Brandão, para seu livro *Não verás país nenhum*, foram entregues a mim sem restrições: com muita confiança e cumplicidade. Devo muito ao desprendimento desse escritor, as perspectivas que se abriram a partir desse estudo.

Recebi um diário geral, um diário de trabalho, anotações verbais e visuais meticulosamente numeradas, rascunhos, fotos que o escritor colocou em seu escritório na época da produção do livro, recortes de jornais, que alimentaram as pesquisas, registros das dezenas de músicas ouvidas ao longo do processo e mapas da cidade em criação. Enfim, tratava-se de um dossiê bastante complexo e rico no que diz respeito a linguagens.

Documentos do processo de criação de Ignácio de Loyola Brandão para seu livro *Não Verás País Nenhum*

1. *Preparação visual de cena*

2. *Discussão sobre relação de personagens*

3. *Anotações sobre simbologia da árvore*

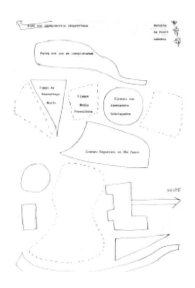

4. *Mapa da cidade ficcional*

Ainda sem saber que estava fazendo crítica genética, busquei uma teoria que me auxiliasse na interpretação desse material. Tinha dois critérios bastante claros para a escolha da sustentação teórica. Precisava de instrumentos que dessem conta do movimento que os manuscritos mostravam e da rede de linguagens que aquele manuscrito específico revelava. Encontrei na semiótica de Charles S. Peirce ecos para essas minhas preocupações teóricas iniciais.

Quanto à opção pela semiótica, quanto mais me embrenho pela crítica genética mais acredito que cada abordagem teórica, oferecida pelos pesquisadores, propicia um modo de olhar para o manuscrito — uma interpretação que, como lembra Almuth Grésillon,[1] são múltiplas. Cada teoria tem o poder de lançar luzes sobre diferentes aspectos do objeto "manuscrito"; portanto, é a partir da multiplicidade de interpretações que conhecemos mais sobre o ato criador. Não vejo, desse modo, diferentes análises como, necessariamente, perspectivas antagônicas. Precisamos fazer opções em determinado momento porque pesquisas não conseguem conviver com a infinitude de possibilidades. Isso não quer dizer que não possamos fazer combinações de interpretações complementares.

Por outro lado, o material que tinha em mãos, em sua inter-relação de linguagens, levou-me a uma teoria que lidasse com esses diferentes modos de expressão, a partir de princípios teóricos comuns. Tratava-se de uma busca por teorias mais gerais que possibilitassem interpretar aqueles manuscritos literários repletos de imagens e anotações verbais sobre música.

Foi aí que encontrei na semiótica do filósofo Charles S. Peirce instrumentos teóricos abrangentes. O que para muitos pode parecer "promíscuo", o conceito de signo nessa perspectiva é tão geral que se pode dizer que tudo é signo. É claro que nos defrontamos com signos de natureza diversa mas que possuem, segundo Peirce, o mesmo modo de ação.

É exatamente nesse modo de ação do signo que o crítico genético encontra instrumentos que o possibilita olhar teoricamente para o

---

1) Gréssilon, Almuth. *Eléments de critique génétique — Lire les manuscrits modernes*. Presses Universitaires de France, 1994.

movimento geral do processo criativo — um processo sígnico ou semiose. Estou me referindo a conceitos que permitem ao crítico genético falar do movimento criativo como um processo com tendência (processo de causação final, em termos peirceanos). Serão apresentados mais adiante, os desdobramentos dessa conceituação para se pensar a criação artística. Essa visão de processo com tendência não envolve uma perspectiva teleológica baseada na idéia lógica implacável e progresso linear, como alerta Almuth Grésillon.[2] Concordo também com Grésillon, quando ela diz que o olhar teleológico deforma a interpretação, torna-a cega ao acidente, à perda, ao estado de dúvida, à alternativa aberta, em resumo, a todas as formas de escritura que se distanciam da linha reta. Obstrui literalmente a visão daqueles que procuram compreender qualquer coisa relativa à invenção.

Esta primeira pesquisa provou-se, ao longo do tempo, ter iluminado aspectos interessantes do processo criador de Ignácio de Loyola Brandão, mostrando a adequação da teoria escolhida ao objeto da crítica genética.

É importante ressaltar que a generalidade dos conceitos peirceanos prevê a ida a teorias específicas, no caso desta pesquisa, aquelas que falam das especificidades das linguagens. Daí ter recorrido também à lingüística e a teorias sobre visualidade que me ofereciam recursos mais específicos. A natureza interdisciplinar dessa linha de pesquisa já começava a ser delineada e apontava para a complexidade do processo de construção de uma obra de arte. Nosso objeto de pesquisa exige, a meu ver, uma abordagem teórica que dê conta desta complexidade — busca, assim, uma trama coerente de teorias que nos permita, cada vez mais e melhor, nos aproximar do ato criador.

AMPLIAÇÃO DOS LIMITES DA CRÍTICA GENÉTICA

Com a divulgação dessa tese de doutorado, em pouco tempo, eu não era mais uma pesquisadora que apresentava os resultados de estudos, mas um dos membros da comunidade de pesquisadores do

---

2) Gréssilon, Almuth, op. cit., p. 137.

Programa de Pós-Graduação em Comunicação e Semiótica da PUC/SP, que passou a conviver com uma troca intensa de informações.

Algo novo surgia: os pesquisadores tinham formações as mais diversas. Estava, no início, diante de pessoas que se interessavam e atuavam nas áreas de literatura, cinema, artes plásticas, arquitetura e dança. Assim os manuscritos diferentes linguagens passaram a se forçar sobre mim, exigindo reconhecimento. Como afirma Daniel Ferrer,[3] o desenvolvimento dos estudos genéticos sustenta-se nos esforços de alguns pesquisadores de "promover uma reflexão da crítica genética que atravesse as fronteiras dos gêneros e das artes".

Biasi,[4] de modo semelhante, apontou para essa possível troca transdisciplinar e discutiu dos campos ainda inexplorados pela crítica genética. Minha prática exigia encarar com seriedade essa troca transdisciplinar. Todas as indagações de Biasi foram também minhas. Como fazer isso na prática? O autor preocupa-se com adaptações, ajustes e transferências de método de estudo, conceitos e modelos de análise da literatura para aplicação em outras áreas.

Tratava-se, agora, da interdisciplinaridade em outro nível: não mais na relação de linguagens que o manuscrito de um escritor abrigava, mas de pesquisadores de diferentes manifestações artísticas buscando compreender o processo de criação, como os críticos genéticos faziam com os manuscritos literários.

As primeiras questões colocadas diziam respeito à metodologia para se abordar os "manuscritos" de diferentes linguagens. A prática mostrou que quanto ao primeiro momento da pesquisa, isto é, aquele da organização do material — deciframento, transcrição (quando necessária), ordenação e classificação — poderia se dizer que os críticos genéticos que lidam com literatura ou com artes plásticas, arquitetura, coreografia ou cinema passam por procedimentos idênticos.

É evidente que além de nomes diferentes, os manuscritos têm materialidade diversa. Pensando em diários ou cadernos de artistas,

---

3) Ferrer, Daniel. *A crítica genética do século XXI será transdisciplinar, transartística e transemiótica ou não existirá.* Anais do VI Encontro Internacional da APML: Fronteiras da Criação. São Paulo, Universidade de São Paulo, 2000. Ver pp. 203 e ss.

4) Biasi, Pierre-Marc. "L'horizon génétique", *Les manuscrits des écrivains*, L. Hay (org.). Paris, Hachette, 1993.

enquanto encontramos, na literatura, idéias para histórias, personagens se delineando por meio de palavras e jogos com sinônimos; podemos nos deparar com listas de materiais, colagens de imagens que um dia atraíram o artista, cálculos matemáticos e números que indicam passos de dança acompanhados por marcações do ritmo de uma música. Rasuras são encobertas por traços mais profundos na matriz de metal do gravador ou vêm estreitamente ligadas à dor física da tentativa do bailarino de superar seus limites.

A idéia de registro é a mesma, resta-nos estudar o papel desempenhado por cada um desses objetos que são nosso alvo de estudo.

O que quero enfatizar é que na organização do material não há diferenças muito grandes que impossibilite o crítico genético habituado com manuscritos de escritores lidar com registros de outras linguagens. Aqui, também precisamos conviver com a documentação por um tempo, para ser capaz de organizar e compreender o movimento de cada processo específico.

É importante ressaltar o papel da semiótica nessa ampliação de limites dos estudos genético, na medida em que a diversidade de códigos já está inserida na própria teorização, como será discutido adiante.

A exposição *Bastidores da criação*, realizada em São Paulo, em maio de 1994[5] teve um papel senão decisivo mas emblemático na apresentação dos novos horizontes da crítica genética.

A mostra tinha dois objetivos bastante claros. Primeiro, expor manuscritos em sua diversidade de materializações. Queríamos apontar para a importância de se tratar os esboços de artes plásticas, contatos de fotografia, projetos e maquetes de arquitetura, desenhos preparatórios da cenografia, notações de música, roteiros de cinema, da mesma forma como os rascunhos da literatura vinham sendo tratados pelo crítico genético. Queríamos discutir que todos aqueles documentos eram manuscritos. Dialogávamos, naquele momento, com a comunidade científica da crítica genética.

---

5) Exposição *Bastidores da criação*, realizada de 24 de maio a 25 de junho de 1994, na Oficina Cultural Oswald de Andrade (São Paulo), organizada pelo Centro de Estudos de Crítica Genética da PUC/SP.

A mesa redonda que abriu a exposição, por outro lado, tinha por objetivo mostrar para todos os interessados a relevância do estudo daqueles materiais e, assim, não deixar que a exposição se restringisse ao fetiche provocado pelos documentos tocados pelas mãos dos artistas.

A exposição ampliava o conceito de manuscrito, o que gerou, mais tarde, a necessidade de se pensar em nova terminologia para designar esse material nas diferentes manifestações artísticas. Fazer, continuamente, referência à dilatação do conceito passou a ser mais custosa, sob o ponto de vista científico, do que buscar no conceito de documentos de processo[6] a amplitude de ação de que precisávamos.

Partimos da constatação de que esses documentos, independente de sua materialidade, contêm sempre a idéia de registro. Há, por parte do artista, a necessidade de reter alguns elementos, que podem ser possíveis concretizações da obra ou auxiliares da concretização. Duas instâncias de registros são, portanto, observadas: experimentação e armazenamento.

Conceito semiótico de criação

O estudo destes documentos dos processos de criação foge da mitificação da criação, pois se sustenta na constatação de que a obra de arte surge como resultado do trabalho do artista. No entanto, é importante ressaltar que os estudos genéticos vêm nos mostrando que todo o seu percurso de trabalho é executado em meio ao diálogo entre o sensível e o intelectual. Abre-se, assim, espaço para uma visão da criação onde são reconhecidos modos de ação e decisões com envolvimento intelectual e sensível — consciente e não consciente. Surgem soluções como se fossem gotas de luz (Proust) ou centelhas da dita inspiração sem explicação aparente, assim como outras sob o comando de critérios aparentes e explicitados em alguns documentos.

O trabalho do artista está, quase sempre, associado à materialidade dos registros por ele deixados; no entanto, devemos lembrar dos muitos

---

6) http://utopia.com.br/apml/

momentos de experimentação mental que não chega a ser registrada. Temos acesso a índices do processo e não ao processo, propriamente dito. Isso implica dizer que há muito do movimento criador que não é registrado. São andamentos da obra que se mostram como resultado de trabalho mental.

Ao aproximar esse processo sensível e intelectual do conceito de ação sígnico, assim como é caracterizado pela semiótica de linha peirceana, antes de qualquer especificação, já estamos com uma abordagem teórica que se ocupa de fenômenos em processo — não estáticos. E como ressalta Grésillon[7] para o crítico genético lidar com seu objeto "é necessário um pensamento do movimento e da não-linearidade, se o propósito é ser bem sucedido em uma simulação científica apropriada a esses processos cuja característica é justamente ser não-linear."

A semiose, ou ação do signo, é descrita como um movimento falível com tendência, sustentado pela lógica da incerteza, englobando a intervenção do acaso e abrindo espaço para o mecanismo de raciocínio responsável pela introdução de idéias novas. Um processo onde a regressão e a progressão são infinitas.

Passamos, agora, a discutir as conseqüências destas características básicas da semiose, para nossa conceituação de criação.

Primeiramente, este modo de ação do signo se dá independentemente da linguagem na qual o signo se atualiza, como já foi ressaltado. Palavras, imagens visuais e sons têm o mesmo modo de ação. Isso nos permitiu discutir, por um lado, as diferentes linguagens que fazem parte de cada ato criador e, por outro lado, este mesmo instrumental teórico nos permite acompanhar o processo criador em todas as manifestações artísticas.

O gesto criador está sendo apresentado como um movimento com tendência. Tendência esta que age como um rumo vago que direciona o processo de construção das obras. O artista, impulsionado a vencer o desafio, sai em busca da satisfação de sua necessidade. Ele é seduzido pela concretização desse desejo que, por ser operante, o

---

[7] Gréssillon, Almuth. "La critique génétique: origines et métohdes", *Genesi, critica, edizione*, P. D'Iorio, A. Petrucci & A. Stussi (orgs.). Pisa, Classe di Lettere e Filosofia, 1998, p. 19.

leva à ação. A tendência é indefinida mas o artista é fiel a esta vagueza. O trabalho caminha para um maior discernimento daquilo que se quer elaborar.

A tendência mostra-se como um condutor maleável. Este movimento dialético entre rumo e incerteza gera trabalho, move o ato criador e o caracteriza como uma busca de algo que está por ser descoberto — uma aventura em direção ao quase desconhecido. A tendência do processo pode ser observada sob dois pontos de vista: do projeto poético do artista e da comunicação em sentido bastante amplo.

Observa-se, ao mesmo tempo, ao longo do processo criador, a confluência das ações do vago propósito da tendência e do imprevisto trazido pelo acaso. São flagrados momentos de evolução fortuita do pensamento do artista. A rota é temporariamente mudada, o artista acolhe o acaso e a obra em progresso incorpora os desvios. Depois deste acolhimento, não há mais retorno ao estado do processo no instante em que foi interrompido.

Aceitar a intervenção do imprevisto na continuidade do processo com tendência, implica compreender que o artista poderia ter feito aquela obra de modo diferente daquele que fez. Admite-se que outras obras teriam sido possíveis.

O movimento criativo mostra-se, também, como um percurso falível. As rasuras dão a conhecer as diversas nuances de erros e das diferentes maneiras de enfrentamento dessa possibilidade de erro. Rasuras estão sendo, aqui, tratadas como qualquer tipo de modificação ou adequação, que podem ser observadas na comparação de momentos diferentes do processo. Não estamos nos restringindo à fisicalidade do traço sobre determinadas formas, como se vê nos manuscritos literários.

A regressão e a progressão infinitas do signo nos levam à continuidade do processo. Um signo — neste ambiente de vagueza e imprecisão — completa-se no outro signo. Fala-se, portanto, da incompletude inerente ao signo. A continuidade do signo significa, sob esta ótica, a destruição do ideal de começo e de fim absolutos. Estamos sempre no meio da cadeia semiótica — é sempre possível identificar um ponto no processo contínuo como sendo mais próximo do ponto de partida e todo ponto de parada na cadeia é, também, um novo ponto de partida.

Ao estabelecermos a relação entre esta característica da semiose e o processo de criação, estamos dialogando com as inquietações de Almuth Grésillon[8] que fala da dificuldade que o crítico genético enfrenta para tratar, em uma perspectiva teórica, a impossibilidade de se determinar com precisão o ponto inicial da gênese. Acredito que a regressão infinita da semiose seja um instrumento teórico bastante eficiente para se discutir esta impossibilidade de se definir a origem da criação. Em outro momento, Grésillon[9] ressalta que surgem problemas teóricos para se "discriminar com precisão a fronteira entre o texto e sua gênese". Neste contexto, Grésillon está especialmente preocupada com a dificuldade de se abordar teoricamente aquilo que, sob o ponto de vista semiótico, chamamos da progressão infinita do signo.

O artista cai, por vezes, na tentação da busca pelo ponto de partida daquela obra, ao afirmar que o romance, por exemplo, nasceu de um conto, mas também de uma cena vivida, de um texto lido... Há sempre signos prévios. O pensamento é sempre inferencial.

Do mesmo modo, o artista se vê diante da impossibilidade de determinar o último absoluto. Ao final de um processo, que representaria um ponto final suportável, ele pode já estar entrando em um novo processo, que de algum modo mantém dialogo com o processo anterior, ou pode, também, retomar essa obra em outro momento das mais diversas maneiras.

Quando estamos envolvidos em um estudo em crítica genética, no entanto, precisamos estabelecer um ponto inicial e um ponto final no dossiê — essas determinações são necessárias, no ambiente metodológico, para a delimitação da pesquisa que a torna possível de ser desenvolvida.

O percurso criativo, observado sob o ponto de vista de sua continuidade, coloca os gestos criadores em uma cadeia de relações, formando uma rede de operações estreitamente ligadas: um signo se

---

8) Palestra "Fronteiras e horizontes da Crítica Genética", 29 nov. 2000. FFLCH, Universidade de São Paulo.
9) Gréssillon, Almuth, op. cit., p. 20.

complementa no outro signo. Toda ação do artista está atada a outras. Anotações, esboços, exposições visitas, aromas lembrados, livros anotados, tudo está, de algum modo, conectado. O ato criador aparece, deste modo, como um processo inferencial, na medida em que toda ação, que dá forma ao novo sistema, está relacionada a outras ações e tem igual relevância, ao se pensar a rede como um todo.

A abordagem do movimento criador, como uma complexa rede de inferências, reforça nossa contraposição à visão da criação como uma inexplicável revelação sem história, ou seja, uma descoberta sem passado e futuro.

A natureza inferencial do processo nos remete, ao mesmo tempo, ao raciocínio responsável por idéias novas ou pela formulação de hipóteses. Em termos peirceanos estou falando da abdução. Os elementos selecionados já existiam, a inovação está no modo como são colocados juntos.

A continuidade do processo criador, aliada a sua natureza de busca e de descoberta, nos leva a encontrar formulações novas trazidas por este elemento sensorial do pensamento, ao longo de todo o processo. A criação está espalhada pelo percurso. Sob esta perspectiva, todos os registros deixados pelo artista são importantes, na medida em que podem oferecer informações significativas sobre o ato criador. Há criação em diários, anotações e rascunhos. O processo inferencial destaca as relações; no entanto, para compreendermos melhor o ato criador interessa-nos a tessitura destes vínculos, isto é, a natureza das inferências.

Avancemos um pouco mais em nossa discussão semiótica sobre criação. O signo é uma representação: nunca temos acesso direto à realidade, este acesso é sempre resultado da mediação pela qual o signo é responsável. Por outro lado, o fato fictício, para Peirce (*apud* Johansen[10]), é aquilo cujas características dependem daquelas que alguém lhe atribui. Ao aproximar o conceito de mediação sígnica à definição do fictício, o ato criador é um processo de construção de uma representação, a partir de determinadas características que o artista vai lhe oferecendo, ao longo do percurso de acordo com certos

---

10) Johansen, J.D. "The place of semiotics in the study of literature", *Semiótica e literatura*, A.C. Oliveira e M.L. Santaella (orgs.). São Paulo, Cadernos PUC 28, EDUC, 1987.

princípios direcionadores de natureza estética e ética — ou seja, de acordo com seu projeto poético. Esta representação em construção é permanentemente vivenciada e julgada pelo artista, assim como será vivenciada e julgada, no futuro, por seus receptores.

Tudo que foi, aqui, discutido sobre processos criadores que envolvem um indivíduo, ganha nos processos coletivos a complexidade da interação entre pessoas em contínua troca de sensibilidades. Nas manifestações artísticas que envolvem um grupo de artistas e técnicos, como o cinema, teatro, dança e música há uma inter-relação de processos que gera uma rede criadora bastante densa.

Nesse ambiente teórico podemos falar, sob o ponto de vista do artista, que os documentos de processo preservam uma estética em criação, que surge para o crítico genético como a estética do movimento criador. Discutir o processo de criação com o auxílio da semiótica peirceana é falar da estética do inacabado — põe, portanto, em questão o conceito de obra acabada, isto é, obra como uma forma final e definitiva.

Com o apoio de Colapietro, acredito que a teoria semiótica de Peirce manifestou seu valor para a crítica genética em oferecer a possibilidade de abrir o caminho para a investigação sobre o processo criador e, a partir do momento em que este caminho foi aberto, ofereceu assistência para cultivo desta área do conhecimento.

Teoria geral da criação

Apresentei, até o momento, a caracterização geral do movimento criativo como processo sígnico. No entanto, esses conceitos gerais nos permitem dar mais um passo adiante, no que diz respeito à interpretação dos documentos de processo. Relacionando o conhecimento que temos sobre criação, que só a convivência com estes documentos oferece, à descrição do movimento geral do processo criativo, podemos retirar instrumentos interpretativos também de caráter geral mas, agora, carregados de criação. Estou falando da atrelagem de conceitos teóricos amplos a um sistema concreto e complexo de signos.

Esse processo de preenchimento da generalidade com a concretude de um determinado processo sígnico, o processo de criação no nosso caso, oferece uma visão mais geral sobre o ato criador que passa a agir como guia condutor para pesquisas específicas.

A história das ciências mostra movimento semelhante em outros campos do conhecimento: o estudo das singularidades necessitando de generalizações. Vem sendo, assim, desenvolvida uma possível teoria da criação de base semiótica: ferramentas gerais que tiveram como ponto de partida estudos singulares de documentos e que, ao mesmo tempo, se alimenta desses estudos.

O quadro da diversidade de áreas, no qual os estudos de caso vinham sendo desenvolvidos, estava estreitamente ligado à necessidade de se desenvolver instrumentos teóricos de natureza geral. Acredito que a ampliação da diversidade das pesquisas só tornou-se possível pelo acesso que os pesquisadores têm a essas ferramentas gerais. Se, por um lado, os estudos genéticos ganham em extensão na ampliação dos limites de manuscrito para além da literatura; por outro lado, na procura por princípios de caráter geral, os estudos das singularidades ganham na profundidade de seus resultados.

A busca por instrumentos gerais foi aos poucos tomando corpo e direcionando-se à construção de uma possível teoria da criação de base semiótica. Fica evidente que só pudemos chegar a esses princípios gerais a partir das comparações entre os estudos de caso da crítica genética e, esses instrumentos, estão sempre sendo colocados à prova diante de novos documentos. Esse projeto de ir ao encontro de uma morfologia do ato criador, levou a uma inversão de perspectiva dessas pesquisas.

Os estudos de caso, como se caracteriza a crítica genética, levam necessariamente a conhecermos melhor **um** processo de criação. Tínhamos, portanto, no início de nossa história a crítica genética gerando conhecimento sobre alguns processos. A metodologia do estudo de documentos era, naquele momento, mais geral do que os resultados singulares aos quais as pesquisas chegavam. Eram pesquisas específicas que caminhavam, necessariamente, para singularidades. À medida que uma possível morfologia da criação é configurada, há uma inversão de perspectiva. A teorização passa, naturalmente, a ser mais geral do que os estudos de caso. De um certo modo, a metodologia dos estudos genéticos passam, assim, a estar a serviço de algo mais amplo que é a teorização sobre o processo criador.

Apresento, a seguir, alguns desses instrumentos gerais sem entrar na complexidade de cada um, pois isso escaparia ao âmbito desse trabalho.[11]

Vale ressaltar que a recursividade e a simultaneidade, inerentes aos processos não lineares, oferecem resistência à rigidez de esquemas e ordenações temporais. Com esta preocupação em mente, uma teoria, que se encontra em aberto, foi sendo delineada: ferramentas teóricas amplas e flexíveis. São princípios de natureza geral que atuam como orientação para pesquisas que lidam com especificidades.

Não seria um modelo rígido e fixo que, normalmente, mais funciona como fôrma teórica que rejeita aquilo que nela não cabe. São norteadores maleáveis e gerais o suficiente, para levarem o pesquisador à singularidade do fazer de cada artista.

Apresento, portanto, uma visão geral de algumas características do processo criativo — uma possível morfologia do gesto criador que fala da beleza da precariedade de formas inacabadas, de sua metamorfose complexa e de uma estética do inacabado. Trata-se de um detalhamento do conceito semiótico de criação, que acabamos de discutir.

Trajeto com tendência

Uma visão semiótica nos permite falar da criação como processo de construção de uma representação que dá a conhecer uma nova realidade, com características que lhe vão sendo atribuídas pelo artista. Seu esforço é o de fazer visível àquilo que está por existir — um trabalho sensível e intelectual executado por um artesão. Um movimento feito de sentir, agir e pensar, sofrendo intervenções do consciente e do inconsciente.

A criação mostra-se como uma metamorfose contínua. É um percurso feito de formas em seu caráter provisório e precário porque hipotético. O percurso criador é um contínuo processo de

---

11) Ver Salles, Cecília Almeida. *Gesto inacabado — Processo de criação artística*. São Paulo, Annablume, 1998.

transformação buscando a formatação da matéria de uma determinada maneira e com um determinado significado. Processo este que acontece no âmbito de um projeto estético e ético e cujo produto é uma realidade nova.

O gesto criador está sendo visto como um movimento com tendência mas sem pré-determinação de fins. Peter Brook[12] fala dessa tendência como uma intuição amorfa que dá senso de direção e Murray Louis[13] como uma premissa geral. Essa trajetória é a perseguição de uma miragem, para Maurice Béjart.[14] O artista é atraído por esse propósito nebuloso e move-se em sua direção. A criação é, assim, um projeto vago e dinâmico. O plano é alterado porque não tem nada da experiência que se adquire na medida em que vai se escrevendo a história (Bioy Casares[15]).

O movimento, no âmbito individual do artista, tende para a concretização de seu projeto poético; no contexto social, essa tendência concretiza-se no aspecto comunicacional do processo criador.

Projeto poético

Em toda prática criadora há fios condutores relacionados à produção de uma obra específica que, por sua vez, atam as obras daquele criador. São princípios envoltos pela aura da singularidade do artista pois estamos no campo da unicidade de cada indivíduo. Gostos e crenças que regem o seu fazer — um projeto pessoal, singular e único.

O projeto está ligado a princípios éticos de seu criador: seu plano de valores e sua forma de representar o mundo. Pode-se falar de um projeto ético conduzido pelo grande propósito estético do artista. São princípios éticos e estéticos, de caráter geral, que direcionam o fazer do artista: norteiam o momento singular que cada obra representa. O artista é comprometido com seu projeto e, ao mesmo tempo, deseja concretizá-lo. O projeto encontra suas concretizações em cada obra do artista.

---

12) Brook, Peter. *O ponto de mudança*. Rio de Janeiro, Civilização Brasileira, 1994.
13) Louis, Murray. *Dentro da dança*. Rio de Janeiro, Paz e Terra 1992.
14) Béjart, Maurice. *Um instante na vida do outro*. Rio de Janeiro, Nova Fronteira, 1979.
15) Casares, Bioy. *A la hora de escribir*. Barcelona, Tusquets, 1988.

Pode-se, assim, dizer que o processo de criação de uma obra é a forma do artista conhecer, tocar e manipular seu projeto de natureza geral, por meio de diálogos de natureza intrapessoal. As tendências poéticas vão se definindo ao longo do percurso — são leis em estado de construção e transformação. Trata-se de um conjunto de princípios que colocam a obra em criação em constante avaliação e julgamento.

Comunicação

O processo de criação mostra-se, também, como uma tendência para o outro. A arte é social porque toda obra de arte é um fenômeno de relação entre seres humanos (Mário de Andrade[16]). A obra de arte carrega as marcas singulares do projeto poético que a direciona, mas faz parte também da grande cadeia que é a arte.

O projeto de cada artista insere-se na linha do tempo da arte e da ciência. É o diálogo de uma obra com a tradição, com o presente e com o futuro. A cadeia artística trata da relação entre gerações e nações: uma obra comunicando-se com seus antepassados e futuros descendentes. Carlos Drummond de Andrade[17] lembra que se não fosse esses tios literários, que mal ou bem nos transmitem o fio de uma tradição que vem de longe, não haveria literatura. Ninguém a inventaria.

O projeto individual de cada artista é dependente do tempo e do espaço em que aquela obra se insere no percurso da criação daquele artista específico: uma obra em relação a todas as outras já por ele feitas e aquelas por fazer.

Processos de criação, carregando os traços de seu tempo e de seu espaço, tendem para o outro — é um ato comunicativo, também, em sua intimidade, à medida que são travados diálogos de naturezas diversas:

Diálogos internos: o ato criador é resultado de uma mente em ação, que faz reflexões de toda espécie. São os diálogos do artista com ele mesmo;

---

16) Andrade, Mário de. *O banquete*. São Paulo, Duas Cidades, 1989.
17) Andrade, Carlos Drummond de. "Fala o poeta", *Leia*, ago. 1985.

Diálogo do artista com a obra em processo: ao longo do percurso, o artista muitas vezes vê-se produzindo para a própria obra e respeitando as leis internas que já se consolidaram;

Diálogo do artista com o receptor: a obra necessita de um receptor. Para Borges[18] o texto é o resultado da estreita colaboração entre um autor e um leitor. Pode-se falar de uma espécie de interdependência entre artista-obra-receptor: o artista não cumpre sozinho o ato da criação. Essa relação comunicativa é intrínseca ao ato criativo. Está inserido em todo processo criativo o desejo de ser lido, escutado, visto ou assistido. O percurso criador, que tende para a concretização do desejo do artista, deixa, portanto, transparecer sua tendência comunicativa, em sentido bastante amplo.

RECOMPENSA MATERIAL

O artista busca a concretização desta tendência: a construção de um objeto. A sua necessidade o impele a agir, gerando um processo complexo de materialização, onde todas as questões que envolvem esses rumos vagos, discutidos até aqui, interferem continuamente. O propósito é, deste modo, transformado em ação.

A concretização é uma ação poética, ou seja, uma operação sensível ampla no âmbito do projeto do artista. A criação parte e caminha para sensações e nesse trajeto alimenta-se delas: é, assim, permeado de operações sensíveis. O processo de construção da obra é a busca da recompensa material para seu poder inventivo e para sua sensibilidade (Kandinsky[19]).

O tecido do percurso criador é feito de relações de tensão, assim como se fosse sua musculatura. Pólos opostos de naturezas diversas agem dialeticamente um sobre o outro, mantendo o processo em ação. A criação dá-se, em termos bastante gerais, na tensão entre limite e liberdade: liberdade significando possibilidade infinita e limite

---

18) Borges, Jorge L. *O pensamento vivo*. São Paulo, Martin Claret, 1987.
19) Kandinsky, N. *Do espiritual na arte*. São Paulo, Martins Fontes, 1990.

enfrentamento de leis. O artista, aparentemente, pode criar tudo — é onipotente. No entanto, liberdade absoluta é desvinculada de intenção e, por conseqüência, não leva à ação. A existência de um propósito, mesmo que seja de caráter geral e vago, é o primeiro orientador desta liberdade ilimitada. Criar livremente não significa poder fazer qualquer coisa, a qualquer momento, em quaisquer circunstâncias e de qualquer maneira, mas fazer seleções e tomar decisões.

Limites internos ou externos à obra — a tendência em seus dois aspectos já discutidos — oferecem resistência à liberdade do artista e revelam-se como propulsores da criação. O artista é incitado a vencer essas delimitações estabelecidas externamente e, às vezes, determinadas por ele mesmo. A capacidade de estabelecer limites é a maior prova de liberdade — o artista é um livre criador de limites, do cumprimento ou superação desses elementos "cerceadores".

Passemos a discutir esse caminho tensivo sob diferentes ângulos: as marcas de caráter psicológico, o diálogo do artista com a matéria, as relações entre forma e conteúdo, entre partes e todo, entre acabamento e inacabamento.

Marcas de caráter psicológico

As relações tensionais, que mantêm a vitalidade do processo de construção da obra, aparecem também nas emoções do criador. As marcas psicológicas do gesto criador carregam sentimentos opostos que, na medida em que atuam um sobre o outro, tornam a criação possível.

Isolamento e relacionamento

O homem solitário pode preparar muitas coisas futuras pois suas mãos erram menos (Cecília Meirelles[20]); no entanto, solidão não significa recusa ao mundo. O artista precisa de sua torre de observação. Faulkner (*apud* G.G. Marquez[21]) dizia que a casa perfeita para um escritor é um bordel, pois nas horas da manhã há muita calma e, em compensação, à noite há festa.

---

20) Meirelles, Cecilia. "Prefácio". Rilke, R.M. *Cartas a um jovem poeta*. Porto Alegre, Globo, 1980.
21) Marquez, Gabriel G. *Cheiro de goiaba*. Rio de Janeiro, Record, 1982.

Desprazer e prazer

Desprazer está ligado ao fato de que se encontra na feitura da obra problemas infinitos, conflitos sem fim, provas, enigmas, preocupações e mesmo desesperos que fazem do "ofício do poeta um dos mais incertos e cansativos que possa existir" (Valéry[22]). Dificuldades que são, na verdade, de toda ordem: desconforto de decidir; resistência dos limites; busca da "palavra certa"; enfrentamento de bloqueios. O artista necessita da paciência daqueles que trabalham sob o estímulo da esperança.

Ele enfrenta angústia de toda ordem: morrer e não poder terminar a obra; reação do público; busca de disciplina; o desenvolvimento da obra; querer e não poder dedicar-se ao trabalho; precisar e não conseguir trabalhar; enquanto todos "personagens" não se põem em pé. Angústia que leva à criação.

Surge o artista enfrentando dificuldades com angústia e buscando paciência, em estado de aparente desequilíbrio; Miró[23], no entanto, na época do fascismo, desenhava para seu equilíbrio pessoal.

O enorme prazer que acompanha o desenvolvimento artístico pode ser descrito algum dia como uma manifestação de energia (Klee[24]). Kafka não pode ter sentido somente angústia mas também felicidade. O ato de escrever é uma felicidade. Talvez isso baste para justificar o que se faz, diz Borges[25].

A criação, que pertence ao mundo prazeroso e lúdico, mostra-se um jogo sem regras. Se estas existem são estipuladas pelo artista. Jogar é sempre estar na aventura com palavras, formas, cores, movimentos.

Diante de tanta dificuldade e da consciência de problemas, o artista depara-se também com facilidades, como a fluidez das associações. São fluxos de lembranças e relações: pessoas esquecidas, cenas guardadas, filmes assistidos, fatos ocorridos, sensações são trazidas à mente sem aparente esforço. Há também momentos aparentemente fáceis em que idéias, gestos, decisões parecem jorrar ou aqueles instantes que exigem do artista, simplesmente, acolher o acaso.

---

22) Valéry, Paul. *A serpente e o pensar*. São Paulo, Brasiliense, 1984.
23) Miró, Joan. *A cor de meus sonhos*. São Paulo, Estação Liberdade, 1989.
24) Klee, Paul. *Diários*. São Paulo, Martins Fontes, 1990.
25) Borges, Jorge L. *Borges sus dias y su tiempo*. Buenos Aires, Jovier Vergano Ed., 1984.

Relação com a matéria

Olhando mais de perto a relação do propósito do artista com sua matéria, compreendemos a interdependência dialética entre os elementos. Matéria está sendo usada, aqui, como tudo aquilo a que o artista recorre para concretização de sua obra: o que ele escolhe, manipula e transforma em nome de sua necessidade. Matéria seria, portanto, tudo aquilo do que a obra é feita; aquilo que auxilia o artista a dar corpo a sua obra. No caso do romancista, por exemplo, a língua é amplamente explorada ao ser manuseada para dar forma ao discurso narrativo: personagens, enredo, conflitos, espaços.

O tipo de relação que une o artista à matéria envolve escolha de acordo com os princípios gerais da tendência do processo, conhecimento de suas leis, desejo de expansão desses limites e impossibilidade de superação. Ao longo da criação é estabelecida uma relação complexa entre o criador e os meios selecionados, que envolve resistência, flexibilidade e domínio.

A matéria é limitadora e cheia de possibilidades por isso, ao mesmo tempo, impede e permite a expressão artística. O desejo do artista libera as possibilidades numa ação extremamente ativa de ação e reação e impele para o desbravamento do (aparentemente) não-permitido. Este diálogo exige uma negociação: um diálogo entre artista e matéria que assume a forma de "obediência criadora" (Pareyson[26]). Todo esse processo envolve manipulação que implica um movimento dinâmico de transformação ao longo do qual a matéria é transformada pela ação artística.

Relação entre forma e conteúdo

Não se pode tratar forma e conteúdo como entidades estanques. Se, por um lado, vê-se o conteúdo determinando ou falando através da forma, isto é, uma visão da forma como um recipiente de conteúdo; não se pode negar que a forma é a própria natureza do conteúdo. É a noção de forma não como automatismo mas como poesia feita de ação.

O poder de expressão do produto que está sendo fabricado está

---

26) Pareyson, Luigi. *Os problemas da estética*. São Paulo, Martins Fontes, 1989.

na fusão de forma e conteúdo — uma espécie de amálgama. O processo de construção da obra mostra essa permanente interferência de um sobre o outro. Investigar onde um começa e o outro termina é descobrir a própria natureza da arte (Carlos Fuentes[27]).

Relação entre partes e todo
A combinação de crescimento e execução, que caracteriza o fazer artístico, conduz a procedimentos que não podem ser descritos como a elaboração sucessiva de fragmentos. A manipulação de cada "parte" (uma substituição de um adjetivo, uma alteração de uma marcação teatral, uma ampliação de curvatura de um tubo de aço em uma escultura) atua dialeticamente sobre a outra. Uma interação de interferências, modificações, restrições e compensações conduzem gradualmente à unidade e complexidade da composição total (Arnheim[28]).

Relação entre acabamento e inacabamento
Tomando a continuidade do processo e a incompletude que lhe é intrínsica, há sempre uma diferença entre aquilo que foi concretizado e o desejo do artista sempre a ser completamente realizado. Este é o valor dinâmico do inacabado. A arte é resultado da insatisfação humana. Para Lasar Segall[29], satisfação é, realmente, algo que o artista desconhece. Isso é uma de suas grandezas, mas também uma de suas desgraças; estimula-o continuamente para diante, mas o artista não encontra paz interior. Há uma profunda verdade que ele procura expressar em sua obra, algo pessoal, mas nunca o consegue integralmente. Faulkner (*apud* Ernesto Sábato[30]) radicaliza: se sua obra chegasse a poder equipar-se com a imagem que ele faz dela, só restaria ao artista precipitar-se do pináculo dessa perfeição definitiva e suicidar-se.

O artista dedica-se à construção de um objeto que, para ser entregue ao público, precisa ter feições que lhe agradem mas que se revela

---
27) Fuentes, Carlos. *Eu e os outros*. Rio de Janeiro, Rocco, 1989.
28) Arnheim, Rudolf. *Génesis de una pintura*. Barcelona, Ed. Gustavo Gilli, 1976.
30) Sábato, Ernesto. *O escritor e seus fantasmas*. Rio de Janeiro, Francisco Alves, 1985.

sempre incompleto. O objeto "acabado" pertence a um processo inacabado. Cada forma contém, potencialmente, um objeto acabado e o objeto considerado final representa, também de forma potencial, um instante do processo. Por outro lado, existe uma diferença entre a intencionalidade ou o desejo do artista e a concretização final da obra — algo realizado mas não racionalizado, que Duchamp[31] denominou de coeficiente da arte.

Essa possível morfologia da criação de base semiótica (ou teoria geral da criação), que acaba de ser apresentada de modo breve, foi construída a partir dos estudos de casos e alimenta-se dos mesmos, tem papel preponderante, como já foi discutido, na transdisciplinaridade que caracteriza as pesquisas do Centro de Estudos de Crítica Genética (PUC/SP).

UMA EXPERIÊNCIA TRANSDISCIPLINAR

A experiência de uma crítica genética transdisciplinar, tendo como sustentação teórica a semiótica, trouxe algumas conseqüências para a prática desta nova abordagem para obra de arte. Quais as implicações, para o desenvolvimento destas pesquisas, da inversão de perspectiva que discutimos anteriormente?

A configuração desta teorização sobre o ato criador oferece uma nova contribuição para os estudos genéticos. Como já discuti na palestra que apresentei no ITEM em 1995, tendo em mãos essas ferramentas teóricas de natureza geral, que foram retiradas das singularidades, os resultados dos estudos das singularidades ganham em profundidade. Com eixos analíticos comuns e gerais podemos chegar com maior acuidade às unicidades de cada artista. São evitados, assim, os possíveis desvios de análise que o estudo de singularidades podem sofrer, na medida em que se pode encontrar o particular naquilo que, por vezes, nada mais é do que algo comum ao fazer artístico.

Ao mesmo tempo, esses mesmos eixos têm o poder de apontar para as especificidades de uma determinada linguagem (ou

---

31) Duchamp, Marcel. *Notas*. Madrid, Technos, 1989.

manifestação artística). Apesar da ação de um cineasta ter características em comum com aquela de um pintor, por exemplo, há suas peculiaridades que fazem cinema ser cinema e pintura ser pintura.

Abre-se, por outro lado, a possibilidade de se desenvolver pesquisas comparadas. Passamos a ter instrumentos de comparação e contraste, tanto no que diz respeito a diferentes autores de uma mesma expressão artística ou estudos comparados entre processos de artistas de diferentes áreas.

Saindo do limite das artes, acredito que as discussões das relações entre ciência e arte encontram nesta teorização sobre processo criador um campo bastante fértil, que ainda está por ser explorado. Tivemos um exemplo desta potencialidade no seminário *Les archives de la création* (São Paulo, 1997), que reuniu pesquisadores franceses e brasileiros. O espaço no qual essas relações começaram a ser apontadas foi a mesa redonda *Les archives de la création — lettres, arts et sciences*.

Vale ainda ressaltar que a crítica genética, desenvolvida nesse ambiente especialmente comprometido com o processo criador em sentido amplo, passa a interagir com outros campos de pesquisa. Abre-se caminho para o transporte dos resultados já obtidos pela crítica genética para a educação e a terapia ocupacional, para citar exemplos de áreas que já vem sendo exploradas. Essas interações oferecem um espaço de desenvolvimento de pesquisas, cuja definição vai se dar ao longo do tempo, sem qualquer possibilidade de previsões.

Como se pode observar, no percurso da literatura para as artes em geral, e das artes para a ciência, a crítica genética está chegando ao conceito expandido de processo de criação, seja este concretizado na arte, na ciência ou na sociedade como um todo.

Acredito que esta inversão de perspectiva pode oferecer algo de extrema relevância para os estudos sobre a arte: a possibilidade de se olhar para os fenômenos artísticos em uma perspectiva processual. Colocando, assim, a crítica genética não só próxima mas em condições de estabelecer um diálogo, extremamente profícuo, com outros campos da ciência atual, na medida em que oferece uma linguagem comum — aquela do movimento. Por outro lado, os resultados das discussões sobre arte, sob a ótica da mobilidade, podem ser adensados, ao serem estabelecidas conexões com teorias que vão além dos limites da arte.

Não há dúvida de que os estudos genéticos oferecem uma outra maneira de se aproximar da obra de arte, que a insere em seu movimento de construção. Ao tirar objetos do isolamento de análises e reintegrá-los em seu movimento natural, aponta-se para a relevância de se observar fatos e fenômenos inseridos em seus processos. Nessa perspectiva, a crítica de arte passa a dialogar com as ciências contemporâneas que falam de verdades na continuidade de seus processos de busca e, portanto, não absolutas e finais.

REFERÊNCIAS BIBLIOGRÁFICAS

BACHELARD, Gaston. "A poética do espaço", *Os pensadores*. São Paulo, Abril Cultural, 1978.
FOCILLON, Henri. *Vida das formas*. Rio de Janeiro, Zahar, 1983.
FUENTES, Carlos. *Eu e os outros*. Rio de Janeiro, Rocco, 1989.
JUNG, Carl G. *O espírito na arte e na ciência*. Petrópolis, Vozes, 1987.
MORIN, Edgar. *O método 4. As idéias*. Porto Alegre, Sulina, 1998.
VIEIRA, Jorge A. *Semiótica, sistemas e sinais*. Tese de doutorado. Programa de Estudos Pós-Graduados em Comunicação e Semiótica da PUC/SP, 1994.

A CRÍTICA GENÉTICA DO SÉCULO XXI SERÁ TRANSDISCIPLINAR, TRANSARTÍSTICA E TRANSEMIÓTICA OU NÃO EXISTIRÁ[1]

Daniel Ferrer

Inicialmente, deve-se dizer que este título, um tanto quanto apocalíptico, não visa anunciar uma obscura catástrofe na qual a crítica genética estaria ameaçada caso não se reformulasse: a crítica genética do século XX já é transdisciplinar, transartística e transemiótica, mesmo se nem sempre consciente disso. Trata-se, certamente, do caso daqueles que se esforçam para promover uma reflexão genética que atravesse as fronteiras dos gêneros e das artes, como é o caso de alguns pesquisadores na França; no Brasil deve-se, evidentemente, citar o trabalho de Cecília Salles, que empreendeu essa tarefa com mais seriedade que ninguém. Mas é também o caso daqueles que, no âmbito literário, não se isolam num corpus predileto, mas trabalham com manuscritos de vários autores, esforçando-se para fazê-los interagir uns com os outros: no Brasil, nos lembramos imediatamente de Philippe Willemart, na França de Jacques Neefs e outros ainda. Na realidade, cada corpus constitui um sistema semiótico que lhe é particular, e passar de um a outro sempre implica uma transposição, uma adaptação mais ou menos importante dos modos de compreensão e de classificação, o pior sendo não percebermos e acreditarmos, ou fingir

---

1) Texto originalmente apresentado no VI Encontro Internacional da APML, Fronteiras da Criação, em 1999. Tradução de Verónica Galíndez Jorge.

que acreditamos, que é possível utilizar num corpus as ferramentas conceituais que foram apropriadas num outro.

Indo além: no interior de um mesmo corpus, a passagem de cada estado genético a outro ocasiona a passagem de um sistema semiótico a um outro, que não é idêntico, e uma forma de tradução, ainda mais complexa do que se imaginava, de um para o outro.

Em suma, no interior de um mesmo manuscrito, de uma única folha, sempre coexistem vários sistemas semióticos concorrentes, cujas interferências devem ser estudadas pelo geneticista, que não são apropriadamente percebidas se ele se isola no interior de uma só disciplina.

O que queria dizer com esse título, então, é que a crítica genética deve preservar esse caráter transversal, desenvolvê-lo e aprofundá-lo, para não correr o risco de se atrofiar, reduzir-se a tal ponto de não passar de uma pequena filologia dos manuscritos de autores.

Mas basta de generalidades, transversalidade não significa considerações abstratas de alcance universal e de fraco conteúdo informativo. A fim de ilustrar minha proposta, vou estudar três exemplos nos quais os diferentes níveis se cruzam de maneira particularmente complexa, esforçando-me para mostrar que a consideração de tal complexidade pode ser heuristicamente produtiva.

Quando se evoca o cruzamento das artes, das disciplinas e dos sistemas de signos, pensa-se imediatamente no teatro, já que este naturalmente associa elementos pertencentes a registros heterogêneos, que se desdobram plenamente na representação cênica, mas que já são perceptíveis no texto impresso, dividido entre registros tipograficamente distintos: indicações cênicas, nomes dos personagens, texto de suas réplicas... Nosso primeiro exemplo será, na verdade, um empréstimo feito de um híbrido de teatro e ficção romanesca, o episódio de *Ulisses* de Joyce intitulado "Circe". No começo deste capítulo, o leitor encontra-se mergulhado há aproximadamente trezentas páginas na leitura de uma narrativa em prosa, estilisticamente excêntrica, mas que se pode qualificar de ficção romanesca. Ora, repentinamente, o texto toma o formato, pelo menos um formato exterior, tipográfico, de uma peça de teatro. Não se trata de verdadeira representação, pois o que acontecerá na "outra cena" aberta brutalmente no coração da ficção é, sob vários aspectos, irrepresentável, principalmente porque esta pretende oferecer ao leitor acesso direto à interioridade dos personagem, o que configura um dos limites da representação dramática. Todavia, é evidente que seu *status* pragmático deixa de ser exatamente o da narrativa tradicional.

A fim de compreendermos melhor o que se produziu, analisemos o primeiro rascunho desse episódio. Constatamos que o capítulo começa como uma narrativa tradicional, com uma longa descrição, apresentada de um ponto de vista externo, que se costuma chamar de "dramático", mas que é absolutamente corriqueiro no romance. As primeira réplicas dos personagens são introduzidas por travessões, como é de costume em *Ulisses*. É somente após três páginas que o dispositivo tipográfico teatral aparece. Percebemos, na primeira folha, que o parêntese inicial foi acrescentado retrospectivamente. Além do mais, ele nunca foi fechado.

O resultado é uma quimera um pouco monstruosa, escorregando insensivelmente do formato romanesco ao formato teatral. O caráter híbrido será preservado na versão definitiva pois, se a representação tipográfica é unificada, o ponto de vista será contraditoriamente modificado pela forma teatral adotada: ao invés de uma visão "cênica", objetiva, teremos, ao contrário, uma visão "panorâmica", correspondente a um ponto de vista onisciente. Não se trata, porém, de uma modificação cosmética ou de um simples relance alusivo em direção ao gênero teatral. O estatuto do texto é profundamente transtornado pelo acréscimo do parêntese inicial: o que era uma narrativa torna-se uma *didascália*. O descritivo transforma-se em prescritivo. Em vez de descrever o estado de um mundo, mesmo que imaginário, e de narrar os eventos, o texto torna-se uma indicação que prescreve a montagem de uma representação teatral, incumbindo-se de uma força ilocutória verdadeiramente particular. Nada nos impede de lê-lo *também* como uma forma de narrativa: é exatamente o que somos obrigados a fazer para continuarmos a tomar conhecimento do mundo fictício de *Ulisses*, no prolongamento dos episódios precedentes.

O que é interessante para o nosso propósito é essa dualidade do estatuto pragmático do episódio, tanto no plano genético como no plano textual, um repentino desequilíbrio do documento de gênese pela adição de um simples parêntese, vacilo durável do texto, em função da atitude de leitura adotada. Seguindo o raciocínio que tentamos aqui delinear, podemos conferir a este documento excepcional um alcance ainda mais amplo. Pode-se dizer que todo documento de gênese desfruta de um estatuto pragmático duplo: é ao mesmo tempo texto e conjunto de indicações visando a realização de um texto — ou mais exatamente, é um conjunto de indicações, de prescrições, um protocolo de escritura que faz, secundariamente (e provisoriamente), função de texto, assim como o começo de "Circe" é um conjunto de didascálias fazendo a função de narrativa.

Precisemos que este caráter secundário deve ser entendido no plano ficcional e não necessariamente cronológico: o que o escritor acredita escrever (através do protocolo representado pelo manuscrito precedente, quando existe um, protocolo que ele respeita mais ou menos fielmente), no momento de criação, é talvez um texto e não um protocolo de escritura — assim como o compositor compõe uma música, e não uma partitura, tocando no piano ou cantarolando internamente o que vai transcrever sobre o papel numa seqüência de signos, mesmo se a função desses signos não é a de descrever o assobio ou o dedilhado do compositor durante o processo de criação, mas de *prescrever* uma futura execução musical. A comparação musical permite, aliás, fazer jus à distinção que normalmente se faz entre o que, nos manuscritos, remeteria ao texto e o que remete à evidência do metatexto (projetos, marginália...): se olharmos de mais perto, tudo remete ao metatexto, tudo faz parte do protocolo que visa à realização do texto final, como numa partitura, o signo que representa uma nota não é mais "música" que as palavras que designam o tempo e as nuanças ou que a clave de sol. Todos esses signos constituem, juntos, um protocolo que permite executar a partitura e produzir "música". Ainda, num projeto de arquitetura, as especificações escritas pelo arquiteto têm o mesmo estatuto prescritivo que seus planos e desenhos. É certo que fazer a história da arquitetura a partir desses documentos é preferível a fazê-la a partir dos edifícios efetivamente construídos (somos freqüentemente obrigados a isso). É certo também que alguns melômanos conseguem, apenas lendo a partitura, *ouvir* a obra e sentir tanto prazer quanto se ouvissem uma verdadeira execução. Assim, pode-se ler um prototexto como se fosse um texto, facilmente no caso de uma cópia passada a limpo, e mais laboriosamente no caso de um roteiro lacunar. Todavia, isso não faz com que um manuscrito seja um texto, mesmo que possa ser assim lido, nem que a partitura seja a música, a não ser para efeito de metonímia.

Nosso segundo exemplo é uma gravura de Picasso — uma gravura diferente das outras, já que é também um rascunho, o rascunho de dois poemas. Na realidade, todas as características de um rascunho estão presentes: escrita rápida dificilmente legível, inserções interlineares, rasuras pesadas, manchas, testes de pena, rabiscos marginais talvez um tanto quanto hipertrofiados em comparação à média dos escritores, mas já vimos piores (Pouchkine, Beckett...). Tem até mesmo a data de composição de cada um dos poemas... Mas trata-se, como dissemos, de uma gravura, o que não deixa de representar um problema no que diz respeito ao estatuto do rascunho. Deve-se supor que Picasso compôs esses poemas diretamente sobre a placa de metal? Nesse caso, ela constituiria o manuscrito, e as gravuras que apareceram não passariam de marcas... Por outro lado, dissemos que um prototexto era uma seqüência de prescrições. Que sentido podem ter aqui essas prescrições? Uma rasura, por exemplo, prescreve a não reprodução da palavra rasurada na versão seguinte. Ora, a palavra e sua rasura encontrar-se-ão reproduzidas mecanicamente em numerosos exemplares por ocasião da tiragem da gravura...

Na verdade, um certo número de indícios, internos e externos, nos permitem afirmar que se trata de um falso rascunho — o que aliás é ainda mais interessante. Primeiramente as datas. Além da data que aparece no começo de cada um dos poemas ("16 de maio XXXVI Paris" e "18 de maio XXXVI"), há também uma data no canto esquerdo da gravura (20 de maio XXXVI), que nós acreditamos ser a data *da* gravura. Ela tem o papel de **conector** lingüístico, que liga o ato da enunciação verbal e visual da gravura ao momento de sua execução. As duas outras datas imitam o ato de datar um manuscrito no momento de começar a escrever, mas elas não têm a mesma força ilocutória. Poderíamos dizer que elas fazem "menção" e não "uso". Da mesma forma, podemos dizer que as rasuras e todas as características iconográficas do rascunho, que aparecem aqui sob uma forma quase que estilizada, estão igualmente em caráter de "menção" e não de "uso". Isso é confirmado pelo fato de que podemos encontrar o verdadeiro rascunho desses poemas. Ele tem as mesmas datas (16 e 18 de maio), e a mesma menção de lugar (Paris), as palavras são as mesmas, mas a gravura não é uma reprodução idêntica do rascunho. A disposição é diferente, a página contém poemas suplementares e, sobretudo, as rasuras e adições não são as mesmas. Todavia, a gravura não se constitui como um outro estado do poema, uma cópia reescrita ou ainda um segundo rascunho, pois não há nenhuma modificação textual, e podemos verificar que todas as adições da gravura são pseudo-adições, fingindo introduzir elementos que já estão presentes no rascunho. Podemos então dizer que a gravura de Picasso não é nem um verdadeiro rascunho (nem fac-símile do rascunho), nem a reprodução ou edição de um texto. Então, de que se trata? É a reinterpretação plástica, a estilização do componente gráfico de um rascunho. A dimensão pragmática do manuscrito, que havíamos ressaltado a partir do exemplo precedente, é aniquilada pelo processo de reprodução. Mas não é a dimensão semântica que passa para o primeiro plano, mas a dimensão visual. Não significa que seja um "belo rascunho", como os de Victor Hugo — ele é particularmente sujo, tão mal escrito que é praticamente ilegível, repleto de manchas e rabiscos duvidosos. Mas todos esses elementos são os *indícios* de uma atividade criadora intensa, de um trabalho febril do espírito e da mão, de um dinamismo de invenção, que estão na fonte de fascínio dos rascunhos — e que, visivelmente, fascinaram Picasso, como outros antes dele, colecionadores ou geneticistas.

Nossos dois primeiros exemplos mostraram que o trabalho nas fronteiras das disciplinas, dos gêneros e dos sistemas de signos, permitiam ressaltar as dimensões essenciais do manuscrito que eram menos perceptíveis nos casos menos marginais. Distinguimos, então, a partir do pseudoteatro de "Circe", uma camada pragmática, e partir do dito rascunho gravado uma camada ao mesmo tempo iconográfica e indicial. Nosso terceiro e último exemplo nos permitirá uma retomada desses aspectos, mas também ressaltar uma dimensão essencial, ainda que particularmente impalpável, de todo prototexto, que chamo de "memória do contexto".

Este exemplo associa estreitamente, e em todos os níveis, o verbal ao pictórico. Trata-se de um quadro de Delacroix, uma tela imponente (3,77 m de altura x 3,40 m de largura), que foi apresentada no salão de 1845 com o título, não menos imponente, de *Muley-Abd-Rhahmann, sultão do Marrocos, saindo de seu palácio de Mequinez, rodeado por sua guarda e seus principais oficiais*. Mas não é o único acompanhamento verbal. A nota do catálogo é bastante longa (Delacroix se desculpa numa carta ao organizador do salão: "Minha nota sobre *O Imperador* é um pouco mais longa que as outras... aconselharam-me a colocar os detalhes que pudessem oferecer a autenticidade necessária..."). A nota começa assim: "O quadro reproduz exatamente o cerimonial de uma audiência à qual o autor assistiu em março de 1832, quando acompanhava a missão extraordinária do Rei, no Marrocos. /.../" ele continua com uma apresentação das personagens do quadro, detalhes acerca da cerimônia e ainda comentários sobre os cavalos árabes e sobre os costumes militares marroquinos...

O estatuto desse texto precatado é difícil de determinar. Os "detalhes" dos criadores de "autenticidade" remetem à evidência do que Barthes chama de "efeito do real". Mas se trata, sobretudo, de reforçar a força ilocutória (se podemos assim dizer) do quadro, de conferir-lhe uma autoridade ligada às circunstâncias de sua gênese. O pintor foi testemunha ocular da cena representada. Melhor ainda, fazia parte de uma "missão extraordinária", enviada pelo rei dos Franceses junto ao Sultão do Marrocos, o que confere ao quadro o estatuto de documento quase que diplomático. Tudo acontece como se a pintura estivesse incompleta sem esse suplemento escrito, que aponta para as circunstâncias de sua gênese.

Examinemos então, remontando a ordem cronológica, os documentos que testemunham essa gênese. O primeiro dentre eles é particular no sentido que não possui, ou não mais possui, existência material. Trata-se do esboço que Delacroix dissolveu sobre a tela, antes de executar o quadro. Apenas sabe-se disso através do testemunho escrito de um pupilo de Delacroix, que demonstra seu êxtase diante do esplendor de suas cores (superiores, segundo ele, às da versão final) e conta sua decepção ao tê-la visto dissolver-se e escorrer pela tela na medida em que Delacroix aplicava a camada de impressão. Eis um estado de gênese irremediavelmente perdido sob sua forma pictórica (as mais avançadas das radiografias não conseguirão restituí-la). Esse desaparecimento é emblemático nas nossas condições de trabalho: a documentação que está à disposição do geneticista é sempre incompleta, de fato e de direito. Não só os documentos perdem-se (e ameaçam sempre reaparecer, afetando construções laboriosamente estabelecidas com base em documentos existentes), não só os estados importantes ficam eternamente inacessíveis, pois aconteceram na consciência íntima do artista, mas também quando um documento existe não podemos jamais reconstituir totalmente o contexto no qual foi elaborado, nossa perspectiva é irremediavelmente falsa por causa da instância do fim da obra. Podemos, então, generalizar esta idéia da destruição de uma etapa, inerente à elaboração da etapa seguinte: ela raramente reveste uma forma tão radical como a dissolução material deste rascunho, mas a reinterpretação dos elementos em função das exigências internas da nova versão é tão poderosa que nos impede de encontrar a intenção original e torna inevitável a projeção retrospectiva sobre a camada mais antiga de preocupações que somente surgiram na mais recente — o que deveria nos alertar contra uma atitude muito positivista. Ao mesmo tempo, a narrativa do pupilo de Delacroix evidencia que o rascunho desaparecido deixou marcas, primeiramente na memória deste homem, para nós concretizada pela sua narrativa. Não é menos evidente que ela deixou marcas na própria obra, não somente na medida em que os pigmentos do esboço se encontram incorporados na camada de preparação do quadro e contribuem então, mesmo que infimamente, ao seu colorido final, mas sobretudo porque o equilíbrio da obra concluída contém necessariamente o traço, positivo ou negativo, positivo *e* negativo, desta versão que a precedeu sobre a mesma superfície, e que não podia deixar de atormentar a visão do pintor que escolheu construir sua obra *contra* ele, e que ele tenta se aproximar o máximo possível ou, ao contrário, dissimular alguns pontos.

O estado precedente é em si mesmo muito menos problemático: ele é o equivalente do que seria, para uma obra literária, o último rascunho, que precede a versão passada a limpo. É, na realidade, o último desenho que ordena a composição; ele foi inclusive colocado em quadriculado para ser transferido para a tela. Esta grade que se impõe sobre o desenho como barras de prisão parece significar que o espaço da invenção se fecha (ao menos no que diz respeito à composição, pois acabamos de ver que a invenção cromática ficaria ativa ainda algum tempo e conheceria até mesmo a apoteose, como compensação talvez, desse fechamento). Além desse ponto, a imaginação formal cede espaço a uma transposição meticulosa, um escalonamento matemático determinado. Mas um pouco antes desse fechamento, surge um último impulso de invenção: um arrependimento afeta a porta e as muralhas que constituem o segundo plano. É visivelmente no último momento que a porta adquire a forma imponente e as proporções majestosas que encontramos no quadro. Retomaremos este ponto.

Contudo, esse documento, tão próximo de um manuscrito literário, apresenta-nos inversamente o problema de todos os outros esboços, que de forma alguma se prestam a uma análise do mesmo tipo. Impossível falar de uma simples cópia, como dizemos de um escritor que recopia mais ou menos textualmente seu rascunho sobre um folha nova para retrabalhá-lo. Os parâmetros são numerosos e perpetuamente móveis, o que faz com que as comparações sejam muito mais imprecisas. De um desenho ao outro, de um desenho ao quadro que se prepara, há sempre um elemento importante de reinterpretação em função das dimensões, do apoio, do instrumento de desenho, etc. Mas o que parece evidente no domínio plástico deveria ser generalizado e estendido, principalmente, ao domínio literário. Apesar das aparências, uma versão que reproduz uma outra com pequenas diferenças é também uma transposição, as diferenças menores bastam para criar um novo contexto em função do qual as palavras aparentemente idênticas são reinterpretadas.

Um dos desenhos que colocamos na categoria de esboço ilustra, de maneira quase que didática, certas noções como as de pluralidade semiótica e de contexto de inscrição. A folha contém três desenhos e três grupos de frases e, no mínimo, dois instrumentos de desenho. O primeiro desenho em tinta, à esquerda, não tem, aparentemente, nada a ver com o Marrocos. O segundo desenho, à direita, ainda em tinta, representa três silhuetas, das quais duas parecem vestidas à oriental. Assemelha-se muito a um grupo que aparece em certas versões da cena de Mekhnès, mas que desapareceu na composição final. O terceiro desenho, em tinta, no pé da folha representa, em escala reduzida, uma versão do encontro do Sultão muito próxima da que está representada na versão de Toulouse. Os três grupos de frases ocupam a parte superior da folha. As duas primeiras, em tinta, parecem não ter relação com nosso quadro. A terceira, à direita, está escrita a lápis.

Parece-me então natural distinguir sobre esta folha dois sistemas semióticos, o pictórico e o verbal. Sendo que as frases são, todas, auto-injunções ("ver Van Thulden", "fazer os desenhos...", "fazer um grande quadro..."), parece natural retraduzir esta dualidade em termos da oposição que evocamos anteriormente entre "texto" e "didascália": os desenhos seriam o equivalente do texto na obra, enquanto que as frases escritas representariam as indicações, o protocolo de fabricação. De um lado, algo que faz parte da obra, do outro, algo que é exterior à obra, mesmo se esta está focalizada por ele. Mas já vimos acerca de "Circe" que essa distinção é contestável. É verdade que as injunções escritas não fazem parte da obra, mas os desenhos, de forma estrita, tampouco. Mesmo se podem ser verdadeiras obras de arte (como o esboço perdido, segundo o pupilo de Delacroix), pode-se considerar que sua beleza é um fenômeno acidental. Sua função primeira é instrumental, dirigida à obra final. Têm como objetivo registrar uma idéia, visando uma composição posterior, não fazem parte dessa composição. Não há diferença, nos cadernos de viagem de Delacroix pelo Marrocos, entre a indicação verbal segundo a qual uma porta está "caiada pela metade" e os toques de aquarela que ele utiliza com o mesmo efeito. Não há diferença entre a palavra "cipreste", na borda de um desenho, e a representação da árvore esboçada num outro desenho. Isso nos confirma o que afirmamos acerca da dimensão pragmática essencial de todo documento de gênese.

Mas retornemos ao nosso documento intersemiótico. A distinção mais pertinente, em termos genéticos, não é a que podemos fazer entre o que está escrito e o que está desenhado, mas a distinção entre os instrumentos utilizados para escrever e para desenhar. Vimos que uma parte das inscrições foi traçada a lápis e outra em tinta, o que permite distinguir duas camadas arqueológicas e (no mínimo) dois momentos diferentes de utilização da folha. A disposição espacial indica claramente que as inscrições em tinta foram feitas primeiro. As anotações a lápis estão apertadas nos espaços que permaneceram disponíveis, no alto à direita e no pé da folha. Elas constituem então uma segunda camada. Observamos uma primeira forma de influência do contexto, a contigüidade espacial, que se manifesta no entrecruzamento dos elementos heterogêneos na superfície da folha.

A partir dessas indicações, pode-se propor a seguinte interpretação. A primeira inscrição a lápis é uma auto-injunção explícita, de significado relativamente geral: "fazer um grande quadro", que começa a se especificar imediatamente: "monges no refeitório, por exemplo, ou na grande sala de Sevilha que desenhei". Podemos imaginar que Delacroix consultou seu álbum da África do Norte e Espanha, para procurar um esboço dessa "grande sala de Sevilha" e que encontrou por acaso o croqui de seu encontro com o Sultão; o que mostra que a contigüidade espacial pode extrapolar os limites de um único documento. Porém, mais provavelmente (pois conservou o mesmo instrumento, e continuou trabalhando sobre o mesmo pedaço de papel já bastante preenchido, o que parece indicar uma sessão ininterrupta), o simples fato de evocar sua viagem pela Espanha e pelo Marrocos, em conjunção com os personagens em trajes orientais que estavam sob seus olhos, sobre a mesma folha, foi suficiente para suscitar a idéia que a cena de Mekhnès constituiria o tema ideal para o "grande quadro" projetado. E, em seguida, um desenho, minúsculo mas surpreendentemente completo, esboça a cena no pé da folha, na porção de espaço que ficara livre.

É raro podermos ver tão claramente as diferentes contigüidades espaciais e memoriais se conjugarem para contribuir no surgimento de uma idéia criadora. Podemos igualmente observar um exemplo bastante concreto da maneira como o contexto genético permanece inscrito na memória da obra, pois o grupo de personagens em trajes orientais que, aparentemente, não tinha nenhuma relação com o

Marrocos, encontra-se integrado no centro da nova composição que surge após seu contato.

Mas vejamos um exemplo ainda mais contundente dessa memória do contexto, no estado anterior, o do Álbum, o caderno no qual Delacroix fez anotações quando da cerimônia de Mekhnès, à qual a nota do catálogo alude insistentemente.

Essas anotações tomam a forma de uma narrativa ilustrada, precedidas de um título: "Audiência do imperador". Haveria muito a dizer acerca das relações do texto e da imagem neste conjunto, acerca da maneira como um serve de contexto para o outro, mas falaremos a respeito de outra forma de contexto, constituída pelos *pressupostos* a partir dos quais a descrição se faz, as construções prévias sobre as quais ela se apoia. Essas anotações, feitas praticamente ao vivo, tomam a forma relativamente literária (Delacroix tinha ambições nesse campo, e posteriormente publicou vários textos relativos à sua viagem pelo Marrocos) de uma espécie de narrativa iniciática, descrevendo a travessia de uma quantidade de soleiras antes de aceder à praça onde surgira o imperador, como um caminho místico na direção de uma experiência decisiva (é verdade que o imaginário de Delacroix estava, havia algum tempo, povoado de potentados orientais: vide a suntuosa *Morte de Sardanapale*). O público não é um elemento neutro, objetivamente registrado, ele preenche, visivelmente, uma espera, sendo introduzido nos moldes dessa espera. Mas as esperas podem, também, ser marcadas negativamente. É o caso em, pelo menos, dois pontos.

Eis o momento crucial da narração:

> Entrei mais à frente após ter esperado e cheguei numa praça grande onde deveríamos ver o rei
> Da porta mesquinha e sem ornamentos acima, saíram primeiro, em curtos intervalos, pequenos destacamentos de oito ou dez soldados negros com bonés pontudos que se enfileiraram à esquerda e à direita. Em seguida, dois homens carregando lanças. Depois o rei que avançou em nossa direção, parou muito perto. grande semelhança com Louis-Philippe. mais jovem. barba cheia. mediocremente moreno.

Vemos primeiramente que a porta de onde sai, vai sair, o Sultão é decepcionante, ela é "mesquinha e sem ornamento". Essa decepção é valorizada por uma inversão gramatical e pela referência ao croqui adjacente. Em seguida, a fisionomia do Sultão tampouco é o que deveria ser: ela corresponde bem à imagem que Delacroix tem de um monarca (já que quer encontrar-lhe semelhanças com seu próprio rei), mas sua cor não é apropriada. Enquanto destinatário da mensagem real, Muley-Adb-Err-Rhahmann, é a contrapartida do soberano francês; no jogo de xadrez diplomático, ele é o rei negro simétrico ao rei branco, como tal, sua tez parece bem pálida ("mediocremente moreno").

É interessante observar que, no quadro final, essas decepções são corrigidas e que os pressupostos triunfarão sobre a fidelidade da experiência vivida. Assim, no catálogo de 1843, o "mediocremente moreno" será transformado em "notavelmente mulato" e sobre a tela, a tez imperial aparece, com efeito, relativamente curtida.

Quanto à porta, as coisas são um pouco mais complexas, já que a deformação da realidade interveio, como vimos, tardiamente, num último arrependimento sobre o desenho final. Há uma diferença muito clara entre texto e desenho. Na retórica narrativa, descrever a porta como "mesquinha e sem ornamento" produz um poderoso efeito de antítese em relação ao cortejo real que se seguiu, enquanto no caso de uma representação pictórica, a porta não oferece um verdadeiro contraste: ela falha simplesmente por não oferecer a majestade *necessária* em tais circunstâncias. No último momento, então, as exigências pictóricas e simbólicas triunfaram sobre a "autenticidade requerida", que foi, de certa forma, delegada à nota do catálogo.

Afim de explicar esse ressurgimento tardio dos pressupostos originais, não é necessário apelar aos caprichos da memória. Os pressupostos sempre vigoraram, eles faziam parte de um programa implícito da obra, que foi satisfeito sob um formato negativo pelas antíteses da versão narrativa, mas que criou um desequilíbrio estrutural quando de sua passagem à forma pictórica, desequilíbrio que é sentido, particularmente, no momento em que a composição estava a ponto de ser definitivamente fixada (e, também, no momento em que se aproximava do confronto com os pressupostos do público).

Este exemplo permite evidenciar o fato de que a estrutura de uma obra em processo é constituída por uma série de elementos presentes, mas também ausentes, em relação dinâmica uns com os outros e que são redistribuídos a cada estágio, a cada remanejamento. A passagem de um estágio a outro constitui uma mudança de meio menos espetacular, mas igualmente radical, que o observado entre a forma narrativa e a pictórica.

Um último, e rápido, ponto a respeito da evolução do ponto de vista nesta gênese. Desde o começo, há uma grande diferença entre o ponto de vista da narrativa, que se manifesta no presente e na primeira pessoa e não se distancia das impressões e sensações instantâneas de Delacroix, e o ponto de vista do desenho, que adota uma visão desviada, quase panorâmica, não correspondendo à perspectiva que era necessariamente a sua no momento em que viveu a cena, na multidão, perto do Sultão. O autor abandona seu ponto de vista subjetivo, mas permanece presente na cena, no meio da delegação francesa. Isso aparece ainda claramente num desenho posterior, no qual Delacroix toma o cuidado de se identificar no grupo pela palavra Eugène. Entretanto, trata-se de um quase-desaparecimento: seu corpo é dissimulado e sua cabeça reduzida a um óvalo, muito parecido com um zero, como se fosse um gesto de aniquilação, um último passo em direção à impersonalidade. Com efeito, nas versões posteriores, a situação será restringida ao ponto da delegação francesa (e Delacroix entre eles) desaparecer do quadro, focalizando inteiramente seu tema exótico. Assim, deu-se a passagem de uma narrativa literária, subjetiva, de uma impressão de viagem ilustrada com um rápido croqui, ao majestoso quadro de proporções épicas intitulado *Muley-Abd-Err-Rhahmann, sultão do Marrocos, saindo de seu palácio de Mequinez, rodeado por sua guarda e seus principais oficiais.*

Os documentos de gênese nos permitem verificar muito concretamente o que a psicanálise afirma: a criação não é unicamente, e talvez nem mesmo principalmente, uma questão de acumulação, mas também um processo de renúncia. Renunciar aos pressupostos: apagar, rasurar, cortar, abandonar um estágio para passar ao seguinte. A gênese da obra de arte é o resultado de uma série de sacrifícios custosos, de compromisso, de reequilíbrio e de transações compensatórias.

As quedas, os membros cortados ou arrancados, que formam o resto desta divisão constitutiva da obra não voltam ao nada, eles estão indiretamente presentes na estrutura da obra acabada. Eles flutuam em torno dela como um halo, resplandescendo a forma última, duplicando-a, determinando visivelmente seus contornos — eles permanecem, em todo caso, imperceptíveis àquele que não conhece o detalhe da gênese, pois o traços e as cicatrizes que deixaram estão sujeitos a um processo de reinterpretação e de sobredeterminação que os dissimula numa rede de novas determinações.

No caso do *Sultão do Marrocos*, esta presença indireta e abstrata da história da obra está incarnada, sob uma forma excepcionalmente palpável, neste estranho aviso, esta nota de catálogo, que conserva, como um suplemento ambíguo, os elementos esvaídos da gênese: as dimensões narrativas, temporais, pessoais e subjetivas pertencentes a um projeto narrativo abandonado em favor de um projeto pictórico de grande amplitude.

Uma vez mais, o recurso a um exemplo particularmente entrecruzado, estritamente sobre as artes e os sistemas de signos, permitiu-nos ressaltar uma dimensão que está presente nos prototextos comuns, mas onde percebemos menos claramente, porque nossa vista está sombreada pelo que neles parece-se com o texto final, ou é uma variante em relação a ele.

É por isso que insisto em pensar que a crítica genética tem interesse em garantir sua sobrevivência como disciplina produtiva, continuando a errar nos confins, caçando nas fronteiras da criação.

O HORIZONTE GENÉTICO*
Pierre-Marc de Biasi

O modelo de análise genética que se desprende do estudo dos manuscritos literários modernos pode, sem dúvida nenhuma, se estender a outras manifestações da criação. Tal extensão só é possível para as obras cujos arquivos de trabalho foram mantidos; ora, esses tipos de fundos existem em várias áreas e, a não ser por falta de um inventário que geralmente ainda não foi feito, não é a matéria documental que falta. Tampouco faltam curiosidade ou interesse científico: o processo de concepção e de realização de uma obra certamente constitui uma questão central para toda pesquisa acerca das produções intelectuais ou artísticas; este tipo de abordagem corresponde a uma interrogação cultural do nosso tempo, e os sucessos registrados na área da literatura permitem esperar uma renovação crítica, pelo menos igualmente fecunda, em outras disciplinas.

O verdadeiro problema repousa em descobrir se os métodos de estudo válidos para o prototexto literário podem ser aplicados com propriedade a qualquer objeto da cultura. Aparentemente, o procedimento e as noções herdadas da genética literária não podem ser exportados de seu campo de aplicação sem delicadas adaptações: as mudanças necessárias para tal transferência metodológica parecem ainda mais importantes quando o objeto considerado está mais distante da estrutura textual (codificada, linear, orientada, seqüencial, temporalizada).

---
*) Texto "L'Horizon Génétique", *Les manuscrits des écrivains*. Paris, Hachette, 1993, pp. 238-260. Tradução de Verónica Galíndez Jorge.

Ainda é bastante difícil esboçar um balanço, mas resultados importantes obtidos nos meios não-literários permitem algumas observações: mantidas as evidentes diferenças relativas aos códigos, as pesquisas de tipo genético desenvolvidas em musicologia, por exemplo, parecem-se muito com os estudos de manuscritos de escritores. Por outro lado, apesar das fortes semelhanças, os estudos de gênese acerca das obras de artes plásticas (desenho, pintura, escultura, artes decorativas) parecem implicar numerosas características (espaciais e sincrônicas) ausentes do âmbito textual. Ora, paradoxalmente, é das artes plásticas que a genética literária inicialmente tomou emprestados, para suas próprias necessidades, vários elementos de sua concepção do trabalho criativo, destacadamente algumas metáforas técnicas como "rascunho", "esboço", "desbastamento", "modelo", "trabalho sobre motivo". E se excluirmos alguns escritores, será nos textos de pintores e artistas plásticos que, ao longo da história, encontraremos as reflexões mais aprofundadas sobre a gênese. Pensar em extensões possíveis do modelo genético não se limita somente ao levantamento de condições de uma transferência unilateral de conceitos e de métodos concebidos para o prototexto dos escritores. É considerar as pesquisas de mesmo tipo desenvolvidas durante muito tempo em outros âmbitos e avaliar as complementaridades possíveis dos métodos de abordagem. Em suma, é questionar-se acerca do espaço de uma troca transdisciplinar na qual o estudo das gêneses literárias simplesmente marcou, há alguns anos, um certo avanço em matéria teórica.

O patrimônio dos manuscritos modernos não se resume aos que são autógrafos de escritores. Coleções muito importantes de manuscritos filosóficos, jurídicos, políticos, administrativos, religiosos, científicos, musicais, enormes fundos de arquivos sobre as artes do espetáculo, as artes gráficas, a arquitetura, esperam pacientemente, na sombra das bibliotecas, para revelar seus segredos. Esses arquivos da criação constituem um continente intelectual fantástico, ainda em sua maioria inexplorado. Os historiadores se interessaram muito por alguns desses documentos de trabalho, quando podiam encontrar informações úteis sobre as mentalidades, a evolução intelectual e espiritual da sociedade ou sobre o estado das estruturas sociais, econômicas, políticas, militares, etc., mas suas pesquisas raramente os levavam a estudá-los do ponto de vista da *escritura* propriamente dita, para considerar por exemplo as várias redações de um mesmo texto. Tal abordagem, atenta aos processos de concepção, aos fenômenos de textualização e que visa a um estudo dos processos criativos, é a da crítica genética. Se é apaixonante compreender como um escritor trabalha, não é menos interessante para o espírito, nem menos precioso para o conhecimento, interrogar-se acerca dos outros campos da produção textual a partir do mesmo ponto de vista.

CIÊNCIAS DO HOMEM E DA SOCIEDADE: A AUTORIDADE DO TEXTO POSTA EM XEQUE POR SUA GÊNESE

A abordagem genética caracteriza-se por uma valorização dos modos de elaboração do texto em detrimento, e mesmo estabelecendo um questionamento, da *autoridade do texto*. O prototexto deixa transparecer uma imagem móvel, muito mais hipotética e por vezes mais rica, daquilo que o texto publicado oferecerá à leitura como sendo sua *verdade,* após várias modificações. Este fenômeno, que constitui o próprio risco das pesquisas em genética literária, adquire importância particular quando abordamos o campo da história das idéias, das ciências do homem e da sociedade. Nesse setor, onde a finalidade da escritura/escrita é menos artística que descritiva e demonstrativa, o esvaecimento da problemática que se pode observar nos rascunhos corresponde evidentemente a uma vontade de esclarecimento: a inteligibilidade do texto não tolera mais as contradições, ou mesmo altos graus de incerteza, e os procedimentos de textualização respondem às exigências de coerência e de sistematização que são uma regra geral na ordem do pensamento racional. Mas o estudo dos manuscritos prova que essa finalização das formas e do sentido permanece inseparável de uma certa estratégia de esquiva, de ataque ou de autodefesa: sob sua forma estagnada, o texto teórico deve poder, por seus próprios meios, resistir ao discurso de seus contraditores. Desprende-se, pelo menos para a escrita crítica e argumentativa, a necessidade de "cimentar" o texto definitivo: as lacunas, os pontos fracos, os fatos perturbadores, as hesitações, as dúvidas, as questões não resolvidas que integravam o pensamento prototextual devem ser integradas, absorvidas num sistema, ou desaparecer retoricamente, dando lugar a um texto liso e sem falha, deixando apenas um mínimo de possibilidades de apreensão ao adversário. Ora, freqüentemente, tal finitude vem acompanhada de muitos sacrifícios: do rascunho à obra publicada, várias hipóteses, sedutoras mas divergentes e incompatíveis, e várias questões, insolúveis mas carregadas de sentido e de futuro, são impiedosamente eliminadas em benefício de fórmulas mais simples e menos discutíveis. O momento em que o texto é passado a limpo torna-se aquele da redução e do enrigecimento. Essa evolução parece ser mais forte que a busca do texto por um sistema, e que a tentativa de um sistema em fazer escola. Este tipo de evolução é mais ou menos acentuada de acordo com os autores e as disciplinas, mas o fenômeno pode tornar-se maciço quando a redação escapa ao autor. Certas obras teóricas de primeira categoria, elaboradas por discípulos em formato de sínteses de anotações de seminários, oferecem então uma imagem forte, mas estática, dos conceitos que o teórico, em seus rascunhos preparatórios, apresentava com muito mais nuanças e relatividade (é o caso, por exemplo, do *Curso de lingüística geral*, de Ferdinand de Saussure). Às vezes é preciso esperar gerações de leitores para que o edifício nocional, questionado pelas realidades que pretendia descrever e interpretar, deixe transparecer o traço de suas fissuras ou de suas porosidades, perfeitamente visíveis nos rascunhos, que se revelariam *a posteriori* como índices de fragilidade e de incompletude do discurso teórico, mas também como pontos de partida de novos desenvolvimentos intelectuais.

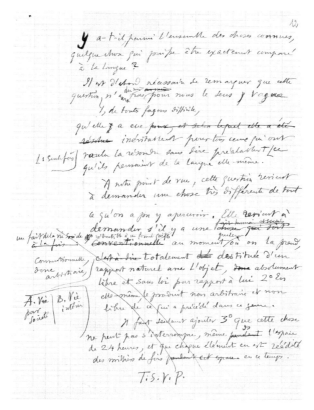

Figura 1: Saussure. Notas para um livro de lingüística geral, *1893-1994 (dois cadernos escritos dos dois lados).*

O ponto de vista genético conduz então a um questionamento do prototexto acerca dos discursos que têm pretensões diferentes das do estatuto de discurso verdadeiro. Como se escreve o texto filosófico, discurso auto-suficiente por excelência? Sob quais formas o antropólogo elenca suas observações de campo? Por quais processos se constitui o sistema de articulação lógica que lhe permite formular uma síntese de seus resultados, verificar a pertinência de suas hipóteses, torná-las comunicáveis? Qual o papel da escritura, da enunciação, da redação propriamente dita e mesmo do "estilo" no trabalho de um historiador, de um sociólogo, de um psicanalista, de um lingüista? Que nos ensinam, quando acessíveis, os documentos preparatórios, rascunhos, anotações de seminários (autógrafas ou não) das obras teóricas de Freud, Saussure, Jackobson, etc.? Como foram trabalhados os textos fundadores das grandes correntes do pensamento crítico de nosso tempo? E muito antes disso, por quais gestos de escritura foram constituídos os fundamentos das ciências do homem e da sociedade desde o final do século XVIII? Que podem nos ensinar os documentos redacionais dos textos, os diários íntimos, as correspondências, as traduções e adaptações acerca dos riscos, das condições da escritura, das trocas interdisciplinares, das transferências culturais que constituem a gênese escrita do pensamento ocidental moderno e que estão na origem do cenário intelectual no qual vivemos?

Um olhar atento à difícil emergência das idéias, ao seu inacabamento constitutivo, a essa "bricolagem" intelectual que caracteriza o texto *in statu nascendi,* cai espontaneamente em contradição com os pressupostos do pensamento fundamentalista que sempre repousa sobre a concepção ahistórica de um texto revelado, não importa qual seja seu objeto: moral, religioso, político ou puramente teórico. Os arquivos do pensamento escrito trazem para cada campo um desmentido circunstancial à maioria das teses integristas e dogmáticas: as vias que levam ao texto só se revelam ao autor graças a um trabalho prototextual, nos moldes de um determinado estado da sintaxe e do vocabulário, através de um pensamento que precisa de tempo para ser elaborado e que se busca através das aproximações. As significações da obra textual são produtos híbridos, essencialmente relativos a seu período de surgimento, ao ambiente sociohistórico e intelectual de seu contexto nativo, e que não cessam de se transformar ao longo do tempo de acordo com a evolução das realidades sociais, da língua e da cultura do leitor. Nesse sentido, a crítica genética é inseparável de uma crítica da recepção. A única verdade do texto que pode permanecer intacta diante dessas metamorfoses é a dimensão heurística: a capacidade que certas obras têm de suscitar no leitor uma liberdade de pensamento que o afaste das idéias feitas e dos preconceitos. A história dos textos demonstra que a verdade, inseparável de suas sempre relativas formulações, não é da ordem do acabamento: é uma exigência, algo que se busca, se aprofunda, se alarga, e cuja definição comunicável, sempre incompleta e provisória, é objeto de uma perpétua reescritura.

CIÊNCIAS EXPERIMENTAIS E CIÊNCIAS EXATAS: MODELIZAR OS PROCESSOS DE DESCOBERTA

Existem pelo menos duas grandes direções por onde podem se enveredar as pesquisas em genética do texto científico, obviamente com a condição que exista um dossiê suficientemente completo de documentos. A primeira concerne o processo de pesquisa que conduz, mais ou menos diretamente, a um resultado: a partir de qual hipótese ou observação; por qual caminho intelectual; sob efeito de quais fenômenos ou de quais erros felizes; qual o ritmo; por quais mediações técnicas; através de quais verificações, o físico, o químico ou o biólogo teria chegado a essa conclusão significativa e inédita, geralmente designada pelo termo "descoberta"? Quais dificuldades técnicas ou teóricas teriam constituído primeiramente um empecilho? Em qual estágio do processo pode-se ver surgir, se ela existe, a mutação conceitual que produzirá a inovação? Quais os signos que nos permitem reconhecer essa mudança capital? Em suma, como se descobre a novidade na ciência? A história das ciências, obviamente, já se dedicou a esse tipo de reflexão e com resultados substanciais. Mas é evidente que o estudo sistemático dos manuscritos de trabalho constitui uma via privilegiada para se adentrar com certa sistematicidade na diacronia das operações de concepção e abordar uma outra dimensão da epistemologia histórica.

A segunda via possível da pesquisa seria aquela que se concentraria na textualização propriamente dita da descoberta, na formatação redacional à qual o pesquisador se consagrou na última fase de seu trabalho, no momento em que se trata, para ele, de apreender seu percurso e seus resultados. Como são escritos os rascunhos dos textos (artigo, comunicação, conferência) pelo qual o responsável da pesquisa comunica o conteúdo de seus resultados à comunidade científica e valoriza o alcance de sua descoberta? Contrariamente às aparências, esse segundo campo de reflexão pode ser tão revelador quanto o primeiro: certos resultados científicos somente se tornam verdadeiras descobertas nesse estágio, sob o efeito de um distanciamento conseguido *a posteriori* de sua verdadeira amplitude. É o caso, por exemplo, dos manuscritos de Pasteur, estudados por Françoise Balibar.

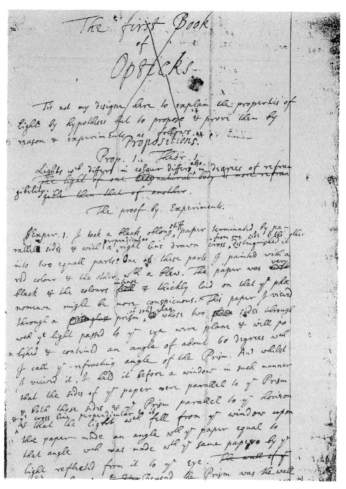

Figura 2: Newton. The first book of opticks, *manuscrito autógrafo.*

Este tipo de pesquisa parece possível acerca vários setores da pesquisa experimental dos séculos XIX e XX, quando impôs-se o hábito da descrição cotidiana das experiências, observações e resultados de cada pesquisa em um "diário de laboratório". Os mais célebres dentre esses arquivos, notadamente os que possuem um nome de prestígio, juntaram-se às grandes coleções públicas tornando-se, alguns, objetos de análises; em outros lugares, muitos arquivos ainda aguardam organização e inventário antes de poderem ser estudados.

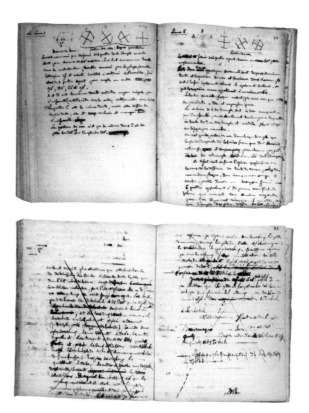

Figura 3: Pasteur, cadernos de laboratório. Acima: notas sobre a cristalização do sulfato de potássio (1847); abaixo: notas sobre uma observação de Mittscherlich apresentado à Academina de Ciências por Jean-Baptiste Biot em 1844 (1848).*

*) O ENIGMA DOS TARTARATOS OU OS CADERNOS DE LABORATÓRIO DE PASTEUR. Françoise Balibar, professora da universidade de Paris VII, estudou, recentemente, dois admiráveis manuscritos de trabalho (encontrados por acaso no fundo de uma gaveta, em 1969, e hoje conservados na Biblioteca Nacional da França) que retraçam, etapa por etapa, a pesquisa que ocupou Pasteur, então com vinte e cinco anos, de 1847 a 1848. Esses cadernos são o diário da primeira descoberta do jovem cientista que começou sua carreira de pesquisador como especialista em cristalografia. Sem conseqüência evidente em 1848, a descoberta se revelou de grande importância no século XX para as ciências da vida: Pasteur evidencia o fenômeno conhecido pelo nome de quiralidade (dissimetria molecular), noção de grande valor operatório em química orgânica. Na origem dessa pesquisa encontra-se uma nota enviada à Academia de Ciências por um fabricante, M. Mittscherlich, que chamava a atenção, como uma curiosidade, que um certo sal de ácido tartárico (o tartarato) fazia rodar o plano de polarização da luz, enquanto um outro sal, duplo da mesma composição (o paratartarato), não parecia dotado do mesmo poder rotatório. Após vários meses de pesquisa, Pasteur transforma essa simples anomalia em uma verdadeira descoberta. Ele mostra que duas

Música: o que é um prototexto musical?

A musicologia se beneficia de uma antiga tradição de pesquisa de manuscritos. Assim como para a filologia literária, a exigência de se editar, tão exatamente quanto possível, as partituras dos grades corpus históricos traduziu-se rapidamente na necessidade de se recorrer aos documentos autógrafos e elaborar um método de deciframento e interpretação dos documentos de trabalho dos criadores. No século XX, essas pesquisas adquiriram uma dimensão ainda mais importante, com a rápida evolução das técnicas que desencadearam uma verdadeira redefinição da noção de "texto" musical. O aparecimento de formas de escritura muito diversificadas, ligadas às renovações da arte musical e recentemente às ferramentas informáticas, à ampliação e multiplicação das técnicas de produção e reprodução sonoras, à existência de interpretações gravadas que são fixadas como se fossem edições do texto musical, conduziram os meios da pesquisa e da criação a um questionamento aprofundado acerca do próprio ato de composição e das diversas etapas da gênese das obras.

Ao mesmo tempo, o conjunto do patrimônio musical escrito tornou-se objeto de uma verdadeira releitura, para a qual a pesquisa

---

amostras de um sal aparentemente idênticas fazem rodar a luz em sentido inverso, desde que possuam um arranjo molecular semelhante mas dissimétrico. Assim, provava-se a existência na natureza de moléculas que não são idênticas ao seu duplo no espelho. Os cadernos de Pasteur (ver fig. 3) permitem seguir passo a passo o percurso intelectual que possibilitou a descoberta, esclarecendo, também, a surpreendente inversão de perspectiva que ocorre na redação das conclusões apresentadas à Academia de Ciências em 1848, conclusões essas que lhe valeram o reconhecimento imediato no mundo científico. Com efeito, no momento de redigir sua memória definitiva, Pasteur enfatiza sua descoberta, esquecendo de citar a fonte: a nota de Mittscherlich. No entanto, sua consciência o chama e, passando de um extremo a outro, Pasteur reescreve o texto com o intuito de evidenciar o papel do fabricante alsaciano: "Nada é mais extraordinário do que essa citação de Mittscherlich. Ela abala, sozinha, todas as idéias que, no estado atual da ciência, poderiam ser pensadas sobre a constituição molecular, o isomorfismo, etc". Mas relendo essa enfática segunda versão, Pasteur, brutalmente, toma consciência de duas evidências: a nota de Mittscherlich não poderia, por si mesma, abalar as idéias científicas de seu tempo. Contudo, a sua descoberta contém realmente as conseqüências consideráveis que ele entreviu. Ela prova que existe uma continuidade fundamental entre duas ciências constituídas e até então separadas: a cristalografia e a química. Redigindo sua terceira e última questão, Pasteur faz dessa idéia o pivô mesmo de sua demonstração que generaliza a idéia de dissimetria molecular, e o exemplo do tartarato fica relegado ao lugar de simples prova experimental. (Tradução do organizador.)

musicológica se dotou de estruturas de grande amplitude, como o *Repertório internacional das fontes musicais (RISM)* na França que, com o apadrinhamento da Associação Internacional das Bibliotecas Nacionais e da Sociedade Internacional de Musicologia, tem como objetivo repertoriar a totalidade dos documentos escritos relativos à música. Foi possível então realçar as transformações, ainda pouco conhecidas, da linguagem musical no período que vai de Bach a Mozart, do barroco ao classicismo, fazendo surgir impressionantes paralelismos com a evolução do pensamento enciclopédico e com as formas literárias na mesma época.

Mas as pesquisas em musicologia genética não se limitam à música escrita. Outras pesquisas, apoiadas nos recursos técnicos multimídia, exploram nesse terreno o imenso campo da etnomusicologia e das músicas de tradição oral. Finalmente, uma parte importante da genética musical consagra-se, há alguns anos, ao conhecimento da história instrumental que constitui, por assim dizer, a dimensão material e técnica da gênese. A partir dos anos 1960, o Centro de organologia e de iconografia musical, e mais recentemente o Centro de música barroca de Versalhes, dedicam-se a completar o estudo da escritura musical a partir de uma pesquisa aprofundada da história da produção sonora. Essas pesquisas são principalmente consagradas ao vasto período que se estende do século XVI ao XIX, do qual nos resta um número muito reduzido de instrumentos de época (do desaparecimento total, para o caso do Renascimento, a graves lacunas para o século passado); mas essas pesquisas também contemplam as músicas medieval e antiga. Recentemente, um programa de análise de inscrições antigas e de manuscritos antigos, unido à reconstituição de liras, de cítaras e de percussão antigas, fixou como meta a reconstituição do repertório conhecido pela Antigüidade ocidental (aproximadamente cinqüenta partituras), como *Efigénia a Aulis* de Eurípides (apresentada em 405 a.C.) ou os dois grandes hinos a Apolo gravados no tesouro dos Atenianos em Delfos, em 128 a.C., obras não apresentadas durante dois milênios. Hoje, essas pesquisas históricas, acerca da escritura e das técnicas da criação musical, conduzem a um verdadeiro ressurgimento das formas antigas e a uma reapropriação do patrimônio histórico.

Os criadores contemporâneos sentiram-se rapidamente implicados por essas diversas perspectivas de pesquisa técnica, histórica, sociológica, etnológica, matemática, que enriqueceram a reflexão musicológica, e essa sinergia talvez seja hoje uma das interações mais frutíferas, e das mais cuidadosamente estudadas, do mundo da criação artística. Os manuscritos musicais modernos e contemporâneos representam provavelmente um campo tão rico quanto o dos arquivos literários.

Figura 4: Iannis Xenakis, Erikhthon, *1974, fragmento autógrafo da partitura original, compassos 253 a 260.*

CINEMA E ARTES DO ESPETÁCULO: A ESCRITURA DO ESPETACULAR

Depois de ter atravessado, assim como a crítica literária, um período estrutural, e estritamente textual, no qual o filme era estudado de um ponto de vista sobretudo formal — mas no qual prestava-se muita atenção à autorepresentação do trabalho fílmico, à *mise en abyme* — a crítica cinematográfica redescobriu o interesse de uma abordagem genética das obras. Artigos, livros, programas de televisão, filmes consagrados aos "bastidores" da criação. Como o roteiro foi escrito? Que é um cenário? um truque? Que acontece durante uma filmagem?

Qual o papel da montagem na realização de tal ou tal obra? Estas questões fazem parte, obviamente, de uma tradição: a da crítica e da imprensa de atualidade cinematográfica, e essa curiosidade pelo avesso do cenário talvez seja tão antiga quanto o próprio cinema. Por outro lado, o que parece novo é um certo aprofundamento dessa curiosidade — o público não se contenta mais com declarações gerais ou anedotas, ele quer respostas precisas acerca dos aspectos técnicos da empreitada, um olhar significativo do processo de concepção do filme. E é também o interesse que os próprios criadores parecem dar às questões de gênese: muitos filmes foram recentemente, quando lançados, objetos de publicações (com formato de *storyboard* integral ou de uma longa entrevista ilustrada), no qual o diretor e os vários parceiros da produção apresentam os elementos preparatórios de seu trabalho, explicando a origem do projeto, os procedimentos adotados, as exigências de estilo, as restrições concretas, a interpretação dos atores. É por sinal nesse espírito que Luc Besson conseguiu criar, pelas edições Pierre Bordas, a coleção "Aventura e descoberta de um filme", que pretende contar a "história completa de um filme".

Pela natureza complexa e muito diversificada de sua gênese, o filme (ou a obra vídeo) constitui o objeto ideal de um estudo genético transdisciplinar de grande amplitude, que poderia servir de modelo para vários outros campos de estudo. Na realidade, combinam-se a isto: os constituintes textuais, literários ou didascálias (sinopse, redação do cenário, texto dos diálogos, *storyboard*, edição, roteiros); os constituintes dramatúrgicos e cênicos (a montagem, o jogo dos atores); elementos de concepção gráfica e plástica (esboços, esquemas, desenhos preparatórios, acessórios, cenários, vestuário); um dossiê documentário (anotações no local, pesquisas, reconstituintes históricas); componentes sonoros e musicais; aspectos técnicos e sintáticos (tomadas, enquadramento, luzes, cores, montagem); exigências financeiras, industriais, publicitárias e comerciais.

Essa abordagem genética das realidades cinematográficas e audiovisuais que procura conhecer, a partir do interior, o trabalho dos criadores, comporta também efeitos práticos não negligenciáveis no campo do patrimônio: como para a edição de grandes textos ou dos manuscritos literários inéditos, algumas obras-primas do cinema mudo, somente conhecidas sob um formato atrofiado ou desaparecidas, são objetos de verdadeiras investigações policiais que, após muitas pesquisas, permitiram reconstituir a versão original do filme, às vezes inacessível havia muito tempo.

Finalmente, se o cinema faz parte dos objetos que a pesquisa genética deve privilegiar, também pode tornar-se um de seus melhores instrumentos de pesquisa. Como técnica de gravação seqüencial do visível e do sonoro, o cinema (ou o vídeo, ou animação de síntese) parece destinado a ter um papel decisivo no arquivamento documental e na pesquisa genética acerca das trilhas da criação: algumas experiências no campo das artes plásticas (o *Mistério de Picasso* de Clouzot, por exemplo) indicam claramente de que forma a imagem fílmica é insubstituível no testemunho das etapas e da gestualidade criativas. Associada a outros recursos lógicos e técnicos fornecidos pelas ferramentas informáticas, a imagem animada oferece o melhor suporte possível para o estudo, reconstituição e simulação dos processos.

O cinema representa apenas, é claro, um setor particular do vasto campo das artes do espetáculo, para o qual os arquivos consideráveis estão há muito tempo à disposição dos pesquisadores — principalmente no grande departamento que lhes é consagrado na Biblioteca Nacional de Paris: cenários de teatro, livretos de óperas, dossiês de didascálias, maquetas de vestuários, desenhos preparatórios de montagens, cadernos de ensaios constituem um verdadeiro continente ainda pouco explorado, reservando descobertas inesgotáveis a críticos e criadores.

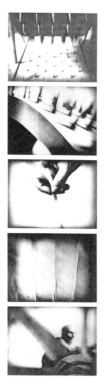

Figura 5: La passion de Jeanne d'Arc, *Carl Theodor Dreyer, 1929.*

A VERDADEIRA *PAIXÃO DE JOANA D'ARC* DE DREYER. Realizado na França pelo célebre cineasta dinamarquês Carl Theodor Dreyer e tornado público em 1928, primeiro em Copenhague depois em Paris, A *Paixão de Joana D'Arc* teve um destino particularmente conturbado: imediatamente censurada, a obra foi desde o início mutilada por uma série de cortes substanciais efetuados na maior parte das cópias, alguns meses mais tarde, o negativo original do filme foi destruído pelo fogo. Impossível encontrar qualquer traço da segunda cópia original enviada à Dinamarca. Ela desapareceu. Dreyer reconstituiu, bem ou mal, um segundo negativo original remontando às ruínas da montagem e às cópias do primeiro negativo, mas no ano seguinte (1929), esse segundo original também desapareceu num incêndio. Assim, durante quase meio século, esse grande clássico do cinema mudo era acessível apenas em cópias expurgadas pela censura e mal matrizadas, depois em uma versão falha recomposta na época do cinema falado: uma cópia sonorizada e entretitulada a contra-senso, parcial, que nada tinha em comum com o original perdido há tanto tempo. Em 1981, nos confins da Noruega, o acaso fez com que se descobrisse num manicômio uma película em nitrato que, após perícia e análise genética, averiguou-se ser uma das cópias originais enviadas à Dinamarca por Dreyer. Essa cópia, entretitulada em dinamarquês, completa e em excelente estado de conservação (diferentemente de todas as outras cópias conhecidas), fôra tirada a partir do primeiro negativo. Graças a essa descoberta a cinemateca francesa pôde reconstituir, em 1986, uma versão de *A paixão de Joana D'Arc* muito próxima da versão original. (Tradução do organizador.)

Arquitetura: processos de concepção e técnicas de projeto

Diferentemente da literatura, da música ou do cinema, que compartilham a produção de objetos ao mesmo tempo virtuais (devendo, para existir, contar com a boa vontade de um leitor, de um ouvinte ou de um espectador), mais ou menos "textuais" e seqüenciais — as obras desenvolvem-se num eixo temporal orientado, de um começo a um fim. A gênese do objeto arquitetural repousa, aparentemente apenas enquanto acessório, sobre manuscritos no sentido escritural do termo. Ela visa, em princípio, à elaboração de uma obra construída que se imporá ao olhar como uma realidade material sincrônica, estruturada em espaços e volumes penetráveis. Essas diferenças são talvez mais aparentes do que reais. Na verdade, a arquitetura desenvolve uma lógica produtiva em três dimensões muito comparável à elaboração das obras textuais, e o edifício concluído compartilha com as obras a exigência de ser "lido". Há uma dimensão virtual da obra construída: apesar de sua realidade visível (que pode muito bem passar despercebida), ela precisa de um destinatário que a receba (espectador, visitante, habitante), que sinta sua existência e suas qualidades, da mesma forma que um livro precisa de leitores; seus componentes espaciais, sua estrutura e sua sintagmática são apreendidas seqüencialmente numa verdadeira temporalidade interna (circulação do olhar, deslocamento físico, apropriação do espaço), como circulamos num texto que comporta capítulos, parágrafos, frases; o valor estético do projeto demanda uma interpretação como toda obra de arte; finalmente, para se expressar, o arquiteto desenvolve um "vocabulário", uma "sintaxe", um estilo, que permitem falar de uma verdadeira textualidade arquitetural.

Um "projeto" de arquitetura evolui como um prototexto: do primeiro mecanismo de concepção (imagem ou programa) e do primeiro rascunho (gráfico ou conceitual) até as últimas decisões no canteiro de obras, o projeto integra à sua "redação" progressiva uma série aberta de condições internas evoluindo, de reelaboração em reelaboração, até um estado definitivo que se apresenta como o texto da construção. Cada elemento construído é a conseqüência final de uma ordem escrita ou desenhada na qual intervieram numerosos parâmetros, além de muitos colaboradores externos.

Figura 6: Fernando Montès, projeto de construção de habitação urbana, 1988 [ver reprodução colorida na p. 251].

Estudando o dossiê completo dos documentos de trabalho produzidos por uma agência para a concepção de um projeto (anotações, croquis, rascunhos, maquetas, planos, desenhos técnicos, etc.); reconstituindo a cronologia precisa de seu encadeamento, as diversas pistas seguidas durante a reflexão; associando a isso uma análise das intervenções exteriores que podem ter tido peso na escolha das soluções; seguindo essa investigação, dos primeiros momentos da reflexão até as reuniões de obra onde o projeto se transforma ainda em realização, torna-se possível fazer emergir os mecanismos profundos do processo de concepção: uma lógica intelectual complexa, muitas vezes diferente da imagem que o arquiteto pode formar por um olhar retrospectivo sobre o seu trabalho quando, *a posteriori*, ele apresenta o edifício terminado. Além da renovação da leitura estética das obras arquiteturais que ainda não foram interpretadas à luz de sua gênese, é em grande parte graças às pesquisas fundamentais sobre o trabalho concreto no escritório que poderão ser elaborados, no futuro, verdadeiros programas de criação arquitetural assistida por computador e, nas escolas de arquitetura, uma pedagogia eficaz dos processos de concepção e técnicas de projeto, que constituem a realidade essencial do trabalho do arquiteto.

As artes plásticas

O campo das artes plásticas, como o da música, possui uma antiga tradição de estudos genéticos. A idéia de se ler rascunhos de escritores é uma atitude recente, enquanto que o interesse pelos croquis, esboços, estudos, portfólios, arrependimentos e desenhos preparatórios dos grandes pintores e escultores é quase tão antigo quanto o interesse por suas obras acabadas. O estudo das produções pictóricas implica tradicionalmente numa atenção precisa aos aspectos técnicos da atividade, da preparação material dos componentes, e supunha, até um período recente, a freqüentação do "ateliê" — verdadeiro laboratório do estilo — que se tratava, para o crítico, de conhecer os segredos de fabricação: a organização coletiva (divisão das tarefas, o papel atribuído às diversas "mãos" que intervêm na elaboração da obra). Por outro lado, a tradição dos salões e logo das grandes exposições públicas, uma certa pressão da atualidade crítica ligada ao surgimento de novas tendências, à renovação das formas, ao destino mundano e comercial das obras, obrigam o crítico, há muito tempo, a compreender a evolução da criação seguindo o trabalho dos artistas o mais de perto possível.

Figura 7: Ingres, estudos para o Banho turco.

No campo das artes plásticas, os mecanismos genéticos parecem, sob muitos pontos de vista, bastante diferentes dos que podemos observar quando estudamos outros setores da criação intelectual ou artística. Apesar das aparências, a relação entre um quadro e a série de esboços preparatórios que o tenham precedido não é idêntica à relação substancial que se estabelece na gênese de um livro, entre os rascunhos e um texto definitivo. A gênese do quadro pode conhecer uma fase de preparação externa (sob formato de croqui, de esboços, de rascunhos), mas a realização da obra propriamente dita constitui um trajeto genético relativamente autônomo. Diferentemente do escritor que, ao escrever seu manuscrito definitivo, se limita geralmente a recopiar um estado do texto já quase acabado, acrescentando, no máximo, algumas das últimas correções, o pintor ou o escultor deve refazer todo o itinerário partindo da tela virgem ou do bloco de mármore bruto até o formato definitivo da obra. Tudo acontece, então, como se os esboços iniciais tivessem lhe servido para aquecer a mão e conceber a idéia das formas, mas fornecendo-lhe apenas um esquema mental do trajeto a ser seguido: para chegar à obra acabada, o pintor e o escultor deverão passar, mais uma vez, pela fase do desbastamento ou do rascunho, da composição geral, da reelaboração do detalhe. E cada uma das etapas ocorrerá sucessivamente, camada após camada, sobre o mesmo suporte material: por recobrimento na pintura, por entalhe progressivo dos relevos na escultura. Disso resulta uma singularidade genética maior: a obra de arte plástica é o cenário inicial dela mesma, seu próprio rascunho, e contém o traço material de todas as suas metamorfoses. Em escultura essa história fica imaterializada pelo vazio que modela a matéria; em pintura, a gênese constitui-se de forma concreta como uma verdadeira acumulação de estratos: a obra acabada não é mais que seu estrato superior, a camada visível de uma estrutura onde foram sedimentadas, uma após a outra, as diversas paisagens geológicas do quadro. A técnica pictórica construiu o essencial de suas regras sobre essa realidade material: noções elementares como *frottis*,[1] camada intermediária, a pasta na paleta, *empâtements*,[2] *glacis*,[3] camadas profundas, camadas superficiais, transparência, opacidade revelam

---

1) Camada leve de tinta transparente.
2) Aplicação das pastas sobre a tela.
3) Cor leve e transparente que se aplica sobre outra cor para lhe modificar o tom e produzir certos efeitos.

claramente a consciência que o pintor tem do trabalho em espessura, ou seja, numa terceira dimensão que é a de uma profundidade ao mesmo tempo material e temporal. Um *aplat*[4] branco de superfície não vibra da mesma forma se foi pintado sobre azul ou sobre um vermelho, e esse vermelho como fundo age diferentemente sobre o branco, se foi por sua vez feito sobre um amarelo-limão ou um verde Veronese. Em seus *Quadrados mágicos*, Paul Klee buscou, assim, uma lógica vibratória das cores, com as quais jogava alcançando até quinze camadas de variações cromáticas. Mais que em seus esboços preliminares, a história do quadro repousa, então, concretamente na sua matéria.

Os estudos sobre a gênese das obras antigas se beneficiaram do desenvolvimento dos museus e dos órgãos científicos de pesquisa e restauração, associados às instituições de conservação. As análises radiográficas, estratigráficas e fotográficas sob infravermelho e sob ultravioleta provêem, há alguns anos, os meios para uma abordagem da história secreta do quadro: elas permitem distinguir os primeiros esboços sob a superfície pintada, assim como as várias reelaborações da composição inicia, os retoques de detalhe e as diferentes campanhas de trabalho do pintor; em suma, cada uma das principais etapas que precederam o acabamento da obra e, obviamente, os "arrependimentos" e as intervenções posteriores que possam ter modificado ou desnaturado a obra ao longo do tempo. Em vários casos, os estudos materiais trouxeram revelações importantes acerca do trabalho do artista, seus procedimentos, as orientações de sua pesquisa, a originalidade de sua técnica e a cronologia detalhada de sua produção.

Essas pesquisas, incluindo tanto o estudo do patrimônio histórico quanto as formas mais recentes de criação, tornaram-se familiares ao público graças às numerosas exposições e publicações que habituaram os espectadores, progressivamente, a olhar as obras de um ponto de vista genético. Certamente, nossa percepção das obras mudou, mas será que devemos atribuí-la a um simples efeito de recepção? Na realidade, trata-se de uma transformação do olhar cujo mérito não é dos críticos nem dos responsáveis pela museografia, mas resulta de

---

4) Camada de tinta toda da mesma cor. Notas compostas segundo *Grande Dicionário Francês-Português de Domingos de Azevedo*, Lisboa, Livraria Bertrand, 1975.

uma mutação muito mais profunda, cuja origem talvez esteja na própria criação. É bem provável, na verdade, que uma grande parte das mudanças que vêm afetando a história da pintura ocidental há um século possa ser interpretada como o efeito de um questionamento cada vez mais radical dos criadores acerca do sentido e do alcance da idéia de gênese em seu próprio trabalho.

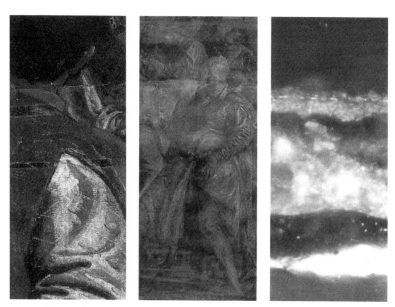

Figura 8: Véronèse, As bodas de Canaã, *1562 [ver reprodução colorida na p. 252].*

A RESTAURAÇÃO DE *AS BODAS DE CANAÃ* DE PAOLO VERONESE. Diversos meios são empregados, hoje, para sondar a gênese das obras picturais e a história de suas transformações: a fotografia de luz visível (incidência rasante) que coloca em evidência aspectos de superfície (asperezas, rachaduras, espessuras, etc.); a fotografia ultravioleta que permite isolar os materiais fluorescentes como certos vernizes; a reflectografia infravermelha que detecta, graças a uma câmara de vídeo "vidicom" (que capta somente os raios infravermelhos), a estrutura profunda do material segundo o grau de absorção dessa luz na espessura da obra — esta última técnica permitiu, no caso dos primitivos flamencos, visualizar, pela primeira vez, esboços e desenhos preparatórios do artista por meio das diferentes camadas que o recobriam. O raio X é utilizado para as camadas picturais mais profundas: ele permite detectar os átomos mais pesados dos pigmentos que contêm chumbo, como o carbonato de chumbo. Enfim, procedem-se, às vezes, microantecipações de cortes estratigráficos na matéria mesma do quadro para observar (no microscópio ou no microscópio eletrônico de varredura ou de fluorescente X) o detalhe de cada camada com maior garantia de

Numerosas pesquisas já estabeleceram claramente o efeito de ruptura constituído pelo movimento impressionista, radicalizado por Cézanne, pelo qual a pintura, questionando-se entre outros acerca da nova mimese fotográfica, opera um primeiro retorno sobre si mesma e se orienta em direção à exploração de seus próprios meios. Ao se distanciar, pouco a pouco, do problema da exatidão referencial, da representação fiel ou visível, a pintura se depara mais intimamente com a questão de sua essência: Que é pintar? Que é um quadro? Questões que se unem, na verdade, por uma nova problemática — a da obra em *statu nascendi* — e pela exigência de uma reflexão fundamental — ao mesmo tempo fenomenológica e genética — que permitiria isolar o pictural em estado puro. É essa revolução do olhar — o olho do criador e também o olho do historiador da arte — que Paul Klee chamou em 1920 de c*redo do criador*: "a obra de arte é essencialmente gênese; nunca a apreendemos como produto. Um certo fogo jorra, transmite-se à mão, descarrega-se sobre a folha, onde se espalha em feixe sob forma de centelha e fecha o círculo retornando

---

precisão. Análises químicas efetuadas sobre essas microantecipações podem também levar a preciosas informações sobre a composição dos materiais. Essas técnicas permitiram restaurar, de modo espetacular, o quadro monumental (6,77 x 9,94 m) de Paolo Veronese, *Noces de Cana*, pintado em 1562 para o convento de beneditinos de San Giorgio Maggiore, em Veneza, e conservado na França desde 1798, depois da campanha da Itália. Maurice Bernard, diretor do Laboratório de pesquisas dos museus franceses (L.R.M.F.), resume da seguinte forma essa grande operação que hoje permite ao público ver a obra de Veronese no seu estado original: "depois do alijar o verniz e tirar a maior parte das repinturas, ele foi minuciosamente examinado por reflectografia infravermelha. Simultaneamente, algo próximo de uma centena de microadiantamentos foram efetuados para realizar os cortes estratográficos e as análises químicas /.../. O conjunto desses dados, acrescidos àqueles dos arquivos sobre a história do quadro, permitem hoje a compreensão da gênese da obra, sua realização, suas transformações posteriores e, ao mesmo tempo, a melhoria de nossos conhecimentos para otimizar restaurações. "Essa restauração conduziu a descobertas espetaculares. Assim, por exemplo, verifica-se que a cabeça de um dos religiosos sentados à mesa foi pintada sobre um papel que, por sua vez, foi colado sobre a tela, sem dúvida pouco antes da finalização do quadro: este seria o retrato do prio de San Giorgio nomeado em 1564. Foi tomada a decisão de deixar esse acréscimo no estado em que se encontrava. As vestimentas das duas personagens — uma delas muito importante, o intendente, representava, acredita-se, Aretino, amigo de Veronese — sofreram repinturas. A capa do intendente, inicialmente verde, foi recoberta, provavelmente desde o século XVI, de vermelho sombrio. As radiografias como a estratografia são categóricas. Uma comissão de peritos internacionais recomendou, unanimemente, a retirada dessas repinturas e o desvelmento do verde original". (Tradução do organizador.)

ao seu ponto de origem: ao olho e ainda mais longe, a um centro do movimento, do querer, da Idéia". E não é evidentemente por acaso que, ao retomar, em outro texto, essa idéia de gênese, Paul Klee conseguiu associar diretamente a noção de "força criadora" com a de uma energia inata que seria própria de toda produção de signo: "A gênese como movimento formal constitui o essencial da obra /.../. *Escrever e desenhar* são, no fundo, idênticos" (*Filosofia da criação*).

Uma parte muito grande da criação pictórica do século XX e do período contemporâneo ganha sentido nessa vontade dos pintores de explorar seu próprio procedimento e de exibir o processo de nascimento da obra. *As demoiselles de Avignon* constituem, em 1907, uma verdadeira ruptura porque Picasso afirma ali precisamente a fratura estilística, a gênese heterogênea da obra, como sendo o próprio objeto do quadro; mas observa-se uma revolução comparável na paciente redução do gesto ideográfico em Matisse, na tendência dos pintores em trabalhar por "séries", como para explorar as metamorfoses e as variantes de um mesmo tema visual em *statu nascendi*, e na surpreendente inversão dos procedimentos preparatórios que levam os artistas a produzir *a posteriori* esboços, croquis, rascunhos e arrependimentos que não são mais concebidos como elementos de uma matéria prévia do projeto, mas como uma forma de retornar incansavelmente ao gesto inaugural, ao princípio genético, ao sentido primeiro da obra acabada. Como Paul Klee anunciava, essa obsessão pela gênese não é tampouco estranha à pressão paradoxal da escrita na pintura e, em último caso, à tentação de muitos criadores de substituir o pincel pela pluma?: de Malevitch (que num determinado estágio "passa à escrita") ao minimalismo e à arte conceitual, a pintura viu-se confrontada com seu próprio limite — a passagem do signo plástico ao signo lingüístico —, encontrando a necessidade autodestrutiva de trazer à tona o significado, o conceito e finalmente a palavra, o texto, como princípio originário, processo e finalidade da obra pintada. Mas, por um último e melancólico paradoxo, a escritura manuscrita desaparece progressivamente de nossos hábitos cotidianos em benefício do tratamento de texto, do teclado e de realizações escriturais inteiramente mediatizadas por máquinas; o polimento dado pelo pintor não será em breve o único espaço de realização dos antigos gestos de escritura:

um espaço de puro gozo gráfico e de desempenho da mão nos confins do legível e do visível, onde se reencontraria um sentido sagrado do signo, uma espécie de novo hieróglifo?

Figura 9: Cy Twombly, Wilder shores of love, 1985 [ver reprodução colorida na p. 252].

O ESTUDO DOS PROCESSOS EM *STATU NASCENDI*

Artistas, cientistas e pensadores contemporâneos sentiram-se implicados pela crítica genética a ponto de ser possível pensar-se num novo tipo de solidariedade entre criação e pesquisa. Ao invés de limitar-se à história das produções culturais, técnicas e científicas, o pesquisador pode considerar, hoje, o estudo da criação contemporânea, observando e apreendendo seu objeto em tempo real no seu próprio espaço de gênese: ao lado do diretor que roda seu filme, no laboratório de biologia ou de astrofísica onde os pesquisadores trabalham, no escritório do arquiteto onde se elabora um projeto de um edifício. A imensa vantagem desse tipo de pesquisa "de campo" é que ela permite ao geneticista dispor de um material muito mais rico: aos arquivos escritos ou desenhados coletados na fonte, acrescentam-se a observação direta das condições de sua produção, a possibilidade de entrevistar seu autor, muitas vezes com a ocasião de localizar o efeito imediato de uma descoberta, de uma discussão, de um acontecimento fortuito que pode vir a ser determinante sem deixar nenhum traço escrito. De fato, esse tipo de pesquisa *in vivo* permite que o geneticista se rodeie das melhores garantias de exaustividade e de pertinência para a coleta e a classificação dos documentos que deve interpretar.

Para tanto, deve conseguir que todos os documentos lhe sejam submetidos sem distinção, e que cada papel seja datado (e até horodatado!). Os dois piores inimigos da genética continuam sendo a desordem cronológica — a ausência de parâmetro temporal pode dificultar muito a reconstituição de um processo — e, sobretudo, a destruição material dos documentos: o pérfido cesto de lixo no qual, há séculos, desaparecem esses montes de "nadas" rabiscados, com os quais se fazem as maiores obras e as mais belas descobertas.

Essa pesquisa genética de campo distingue-se radicalmente das pesquisas feitas sobre corpus antigos. A presença, explícita ou implícita, de um observador que pretende examinar tudo, modifica o clima da gênese e a análise deve levar isto em consideração. Por outro lado, ao recuperar *todos* os documentos, o pesquisador encontra-se rapidamente diante de um dossiê de gênese incomparavelmente mais extenso que aqueles de que dispõe quando trabalha com arquivos do passado. Nesse caso, o tempo e as dificuldades de conservação encarregaram-se de reduzir os traços ao essencial, por vezes até chegando a perdas irreparáveis. Em nosso caso, a dificuldade é inversa: é preciso desembaralhar o essencial do acessório, encontrar as linhas de coerência e fazer emergir o processo mantendo-se atento a cada traço, mesmo o mais modesto, que possa ser julgado não-essencial para o autor ou para o criador, mas no qual pode estar dissimulado, sem saber, um acontecimento decisivo.

Este apanhado tão parcial do vasto campo das gêneses não-literárias foi aqui proposto somente a título heurístico, no intuito de apontar a existência de uma verdadeira solidariedade transdisciplinar para o futuro das pesquisas em crítica genética. Talvez os estudos literários nunca tenham estado tão diretamente ligados a uma problemática científica de tão grande amplitude. Ora, não nos enganemos, tal solidariedade comporta um risco real, cujos efeitos não são negligenciáveis.

As pesquisas, que vão da literatura e das ciências do homem até as ciências exatas e as artes aplicadas, não se justificam apenas por uma curiosidade intelectual do nosso tempo: os fundamentos de nossa cultura, o *savoir-faire* e os segredos de fabricação, a "caixa-preta" das operações mentais. Ao propor novas respostas às questões "que é escrever, inovar, descobrir, inventar?", a pesquisa genética aproxima-se de muitas zonas de pesquisas centrais nas ciências de hoje: a modelização dos tratamentos de textos "inteligentes" e de programas de assistência à criação e, de forma geral, a vasta problemática das ciências cognitivas e das pesquisas sobre inteligência artificial. No horizonte dessas pesquisas, vemos delinear-se uma convergência teórica que poderia muito bem constituir um risco científico maior para o começo do século XXI. Nesse caso também, o estudo de gênese, ao abrir-se para novas fronteiras intelectuais e culturais, parece destinado a recolocar em causa os abismos tradicionais que dividiam, mais claramente há um século, os territórios da criação artística e do pensamento científico. A noção de manuscrito irrompe hoje, ao mesmo tempo, sob o efeito dos avanços tecnológicos que fazem prevalecer novos instrumentos de escritura e sob o efeito de um alargamento do campo de estudos, que nos obriga a pensar a continuidade do gesto escritural e do gesto gráfico, do signo e da imagem.

Texto-móvel.

Roda.

Espiral.

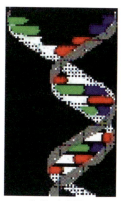

Cadeia de DNA.

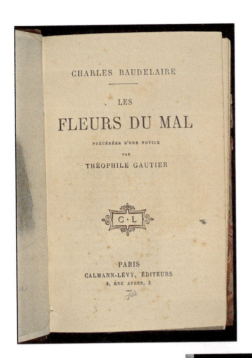

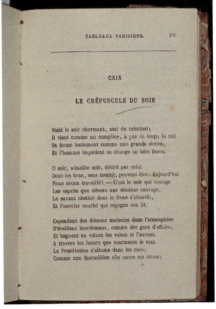

Nota de leitura de Mário de Andrade no poema "Le crépuscule du soir" em seu exemplar de Les fleurs du mal *de Baudelaire.*

Si nous en croyons de jugement d'historiens aussi
savants et autorisés que Jules Quicherat et Siméon
Luce — avec cela les moins suspects possible de
tout parti pris religieux — la carrière et le caractère
de Jeanne d'Arc ont été merveilleux au plus haut
degré. Mais c'est aujourd'hui une sorte d'axiome,
pieusement entretenu par un grand nombre
de personnes « éclairées » que nul fait de merveilleux
ne saurait être tenu pour vrai jusqu'au jour où
il se trouve d'ûment expliqué et réduit aux propor-
tions de la banalité coutumière. Une explication
de ce genre est, précisément, ce que M. France se
flatte d'avoir tenté et accompli. Il nous dit, dans
sa nouvelle préface, qu'il a « expliqué » Jeanne
d'Arc, qu'il l'a « restituée à la vie et à la nature
humaines », et que d'explication qu'il nous en a offerte a
toujours le mérite d'être « claire, naturelle, puisée aux
meilleures sources, et fondée en raison »
(pag 7 e 8)

VIE DE JEANNE D'ARC

12–18 de Juin é chamado a semana da victoria

... qui étonne la raison et l'imagination,
c'est la hauteur morale où s'éleva cette
jeune paysanne, en ce siècle grossier et violent.
La pureté en son âme, la douceur exquise
de son cœur, la netteté admirable de sa
fine intelligence, l'élan de sa volonté
vers les plaisirs de Dieu » voilà ce qui la
place sur les sommets de l'humanité, et
pourquoi Jeanne d'Arc, avec saint Louis
est le charme de notre ancienne
histoire ! »
         Histoire de France de M. Petit-
         Dutaillis vol IV p 70

Exemplar de Mário de Andrade de Vie de Jeanne d'Arc de Anatole France.

TRISTEZA CONTEMPORÂNEA

que a palavra de Deus deixou de nos tocar, e que a sua graça divina já não tem influencia entre os homens? Verlaine foi o traductor da nossa esperança. Reconhecido entre a multidão como o mais soffredor e o mais miseravel, Deus permittiu-lhe penetrar, em uma hora da sua vida, o segredo do amor celeste. Que exemplo para nós, se elle tivesse perseverado no caminho da Egreja! como a sua voz teria facilmente arrastado os hesitantes e os scepticos! Mas que decepção não foi a sua derradeira queda! Que nova dôr, para todos aquelles que esperavam ainda vêr reflorir o bordão dos peregrinos perdidos nos caminhos da vida!

Disse-se que em Paul Verlaine revivia a alma d'esses pobres da Palestina, cheios de impurezas e de culpas, «que seguiram Jesus, sem largos raciocinios, simplesmente porque elle lhes parecia bello e porque fallava aos seus pobres olhos!» Com effeito, a candura e o vicio commovem-se do mesmo modo, quando lhes apparece um clarão de bondade divina. Esses doentes, esses penitentes da Palestina, vejo-os, na admiravel *Peça de cem florins* de Rembrandt. Em um pateo, tal como a sua vida, nú e sombrio, elles expõem as suas angustias e as suas chagas. Á direita dos velhos, mulheres febris arrastam-se para junto do Salvador; uma pobre rapariga, cahe agonisante e mal tem forças para levantar o braço, que implora. Á esquerda, um grupo mais illuminado em que se distinguem perfeitamente alguns espectadores scepticos e indifferentes. Um d'elles, destaca-se da multidão. Com a fronte descoberta, o busto in-

Exemplar de Mário de Andrade de Fierens-Gevaert,
A tristeza contemporânea: *Estudo sobre as grandes correntes moraes e intellectuaes.*

O geneticista: poeta e matemático *(Paul Valéry, nascimento da poesia e fórmulas matemáticas; um rascunho do poema "Éte", BN, Nafr. 19002, Vers anciens, v. II, f. 58).*

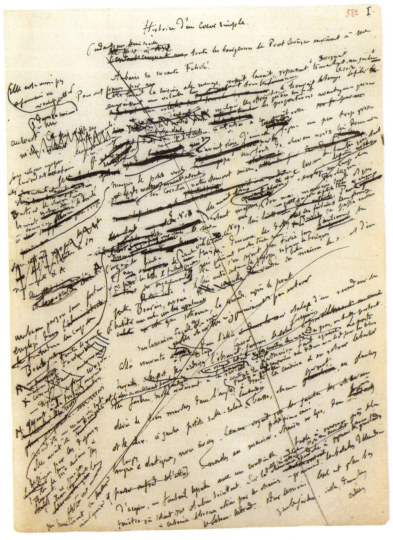

Os manuscritos, esses objetos proteiformes e confusos...
(Gustave Flaubert, Un coeur simple, *BN, Nafr. 23.663, t.1, f° 382).*

Fernando Montès, projeto de construção de habitação urbana, 1988.

Véronèse, As bodas de Canaã, *1562.*

Cy Twombly,
Wilder shores of love, *1985.*

252

SOBRE OS AUTORES

PIERRE-MARC DE BIASI — *Directeur de Recherche* no ITEM (Instituto de Textos e Manuscritos Modernos) ligado ao CNRS (Centro Nacional de Pesquisa Científica da França) e membro da equipe Flaubert. Publicou, entre outros, *Carnet de travail* (1988), *Voyage en Egypte* (1991) e *Les secrets de l'homme plume* (1995). Coordenador de *Genesis 14* sobre a arquitetura. Artista plástico e redator da revista *Magazine Littéraire*.

ROBERTO BRANDÃO — Professor Titular em Literatura Brasileira da Faculdade de Filosofia, Letras e Ciências Humanas da Universidade de São Paulo. É membro da APML (Associação dos Pesquisadores do Manuscrito Literário) e do NAPCG/USP (Núcleo de Apoio em Crítica Genética da Universidade de São Paulo). Publicou *Tradição sempre nova. Estudo sobre a poesia clássica* (São Paulo, Ática, 1987), *As figuras de linguagem* (São Paulo, Ática, 1989) e *Poética e poesia no Brasil Colônia* (São Paulo, UNESP, 2001).

DANIEL FERRER — *Directeur de recherche* do ITEM/CNRS e co-redator da revista *Genesis*. Escreveu ou co-dirigiu diversas obras sobre Joyce: *Poststructuralist Joyce* (Londres, Cambridge University Press, 1984); Virginia Woolf: *Virginia Woolf and Madness of Language* (Routledge, 1990); e crítica genética: *Genèse du roman contemporain: incipit et entrée en écriture* (Paris, CNRS, 1993).

ALMUTH GRÉSILLON — *Directeur de recherche* do ITEM/CNRS, coordenadora da equipe "Lingüística e Manuscrito" desta instituição e co-redatora da revista *Genesis*. Autora de *La règle et le monstre. Le mot Valise* (Tübinguen, Niemeyer, 1984) e *Eléments de critique génétique* (Paris, PUF, 1994).

LOUIS HAY — *Directeur de recherche*, fundador do ITEM em 1983 e pesquisador emérito do CNRS. Lançou a coleção *Textes et Manuscrits*, coordenou a obra coletiva *Les Manuscrits des écrivains* (Paris, CNRS, 1993) e publicou *La littérature des écrivains* (Paris, Corti, 2002)

JEAN-LOUIS LEBRAVE — *Directeur de recherche* do ITEM/CNRS. Especialista em Heine e sobre as incidências da informática nos processos de escrita. Participou de publicações como *Proust à la lettre*. *Les intermittences de l'écriture* (Paris, Du Lérot, 1990) e *L'écriture et ses doubles: genèse et variation textuelle* (Paris, CNRS, 1991).

TELÊ ANCONA LOPEZ — Professora Associada no Instituto de Estudos Brasileiros e na Faculdade de Filosofia, Letras e Ciências Humanas da Universidade de São Paulo. Coordenadora da Equipe Mário de Andrade do IEB-USP, membro do NAPCG/USP e da APML (Associação dos Pesquisadores do Manuscrito Literário), da qual foi presidente. Publicou *Mário de Andrade: Ramais e caminho, Mariodeandradiando*, a edição crítica de *Macunaíma*, entre outros livros. Colabora em jornais e revistas.

CECILIA ALMEIDA SALLES — Professora Titular do Programa de Pós-Graduação em Comunicação e Semiótica da Pontifícia Universidade Católica de São Paulo. Coordena o Centro de Estudos de Crítica Genética desse mesmo programa e é editora da Revista *Manuscrítica*. É membro da APML, da qual foi presidente, e do NAPCG USP. Publicou *Crítica genética. Uma (nova) introdução* (São Paulo, Educ, 2000) e *Gesto inacabado — Processo de criação artística* (São Paulo, Annablume, 1998).

PHILIPPE WILLEMAR — Professor Titular de Literatura Francesa e responsável pelo Laboratório do Manuscrito Literário na Universidade de São Paulo. É presidente da APML, coordenador científico do NAPCG/USP e membro da Equipe Proust do ITEM/CNRS. Autor, entre outros, de *Universo da criação literária* (São Paulo, Edusp, 1993), *Bastidores da criação literária* (São Paulo, Iluminuras, 1999) e *A educação sentimental em Proust* (São Paulo, Atelier Editorial, 2002).

ROBERTO ZULAR — Professor Doutor do Departamento de Teoria Literária e Literatura Comparada da Universidade de São Paulo. Pesquisador da obra de Paul Valéry. É membro da APML e do NAPCG/USP.

Este livro terminou
de ser impresso no dia
15 de outubro de 2002
nas oficinas da
R.R. Donnelley América Latina,
em Tamboré, Barueri, São Paulo.